L'ANTRE D'ELFRID

UNE HISTOIRE DE FANTÔMES ANGLO-SAXONS

JOHN BROUGHTON

Traduction par
DELETANG CHRISTOPHE

Ce livre est dédié à Dawn Burgoyne, mon amie calligraphe, qui, comme moi, adore la période anglo-saxonne.

Un grand merci à mon cher ami John Bentley pour son soutien indéfectible et infatigable. Ses vérifications et suggestions représentent une contribution inestimable à L'Antre d'Elfrid.

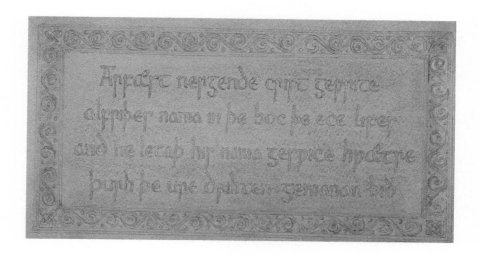

Traduction : « *Christ Sauveur Miséricordieux, inscrivez le nom d'Ald-frith dans le livre de la vie éternelle et faites qu'il ne s'efface jamais, et puisse-t-il être gardé en mémoire par vous, Notre Seigneur.* »

Illustration par Dawn Burgoyne

Restitutrice médiévale et présentatrice, spécialisée dans les écritures d'époque.

Retrouvez-la sur Facebook à dawnburgoynepresent.

Traduction en vieil anglais par Joseph St John.

L'esprit intuitif est un don sacré, et l'esprit rationnel est un serviteur fidèle.
(Albert Einstein)

UN

Jake Conley était agacé. Malgré tous ses efforts, il ne pouvait empêcher les remarques acerbes de sa fiancée de tourner comme un manège dans sa tête. Pour ce qui était des prédictions qui se réalisent d'elles-mêmes, Livie — Olivia pour ses parents — était une experte. Elle l'avait traité d'*excentrique*, toujours l'esprit ailleurs, dans un siècle lointain, et elle l'avait accusé de ne jamais écouter un traître mot de ce qu'elle disait. S'il n'était pas sorti de leur appartement furieux et s'il ne s'était pas trouvé à bon nombre de rues de là, elle aurait sans doute eu raison de lui faire la leçon à ce moment-là. Il marchait sans but, sans avoir conscience de son environnement ; il marchait à grands pas juste pour se débarrasser de sa mauvaise humeur... et penser au Moyen Âge. Il ne songeait pas à leur relation. Il cherchait seulement à façonner le roman qui lui trottait dans la tête. Ce qu'il souhaitait par-dessus tout, c'était une reconnaissance internationale en tant qu'auteur. Et Livie n'arrivait pas à comprendre ce besoin de réflexion et de tranquillité pour créer son chef-d'œuvre. Elle aussi était créative, mais sa passion pour le théâtre était moins réfléchie, plus spontanée.

Un chef-d'œuvre ? Sans aucun doute, il avait pour ambition d'écrire un roman historique à succès. Peut-être qu'elle accepterait plus facilement ses besoins si, grâce à son talent et à la chance nécessaire, un long métrage tiré du livre sortait dans les grandes salles de cinéma et que les droits d'auteur tombaient. Pourtant, il ne pensait à rien de tout cela quand l'accident se produisit. Comme d'habitude, Jake se demandait plutôt si son personnage principal devait être un *ceorl* — un paysan libre saxon — ou un noble, et il pesait le pour et le contre de chaque option. Mais si Jake Conley n'avait pas la tête au vingt et unième siècle, que dire du conducteur de la jeep ? *Celui-là*, il était tellement perdu dans ses pensées qu'il n'avait vu ni le stop au croisement, ni Jake qui traversait la route sans regarder.

Lorsqu'il sortit d'un coma, sept semaines plus tard, il n'était plus excentrique, mais carrément bizarre. Le premier visage flou qu'il eut du mal à reconnaître, une peau chocolat au lait et des yeux noirs, c'était celui de Livie qui avait suscité l'admiration du personnel soignant en restant à son chevet.

« Oh, Jake, Dieu merci ! Tu es réveillé ! J'appelle le médecin.

— Livie ? C'est toi ? Où est-ce que je suis ?

— Nous sommes à l'hôpital, mon amour. Tu as eu un sale accident.

— Tu m'as agressé, Livie ? »

Elle eut un rire nerveux. Avait-elle bien entendu ? Était-ce simplement de la provocation ? Ou une blague ?

« Ne sois pas bête ; tu t'es fait renverser par une jeep au coin de Percy's Lane et de Walmgate. Le chauffeur prétend qu'il ne t'a pas vu, mais je ne comprends même pas comment c'est possible. J'imagine que la police voudra te parler ; ils sont déjà venus trois ou quatre fois, mais tu as été inconscient pendant près de deux mois.

— Deux mois ! Et je vais bien ? »

Au moment même où il prononça ces mots, une vive douleur dans les côtes le fit gémir.

Inquiète, Livie se leva de son siège et s'empressa d'aller chercher quelqu'un et réapparut à deux pas derrière une infirmière en uniforme bleu foncé bordé de blanc.

« Comment vous sentez-vous, Mr Conley ? » Elle lui sourit.

« *Mal en point*. Et vous pouvez m'appeler Jake.

— Eh bien Jake, les médecins ont exclu les lésions cérébrales. Nous avons fait un scanner, et tout va bien compte tenu de l'intensité du coup. Vous avez reçu un sacré choc, mais dans l'ensemble, vous avez de la chance.

— *De la chance*, vraiment ? Vous avez une drôle de façon de voir les choses. »

Livie protesta : « Jake, ne sois pas désagréable. L'infirmière s'occupe toujours bien de toi.

— Je serai désagréable si je veux, merci bien. Et c'est de *ta* faute si j'en suis là. » Il gémit et ferma les yeux. « J'ai mal sur le côté !

— Comment ça, c'est de ma faute ? » Le ton de Livie devenait mordant.

« Mieux vaut le ménager, Miss Greenwood, il est encore déboussolé, murmura l'infirmière.

— Soyez gentilles, sortez toutes les deux ! » Jake tenta de crier, mais sous l'effort, ses deux côtes cassées se rappelèrent à son bon souvenir. « Ou au moins, trouvez-moi quelque chose pour calmer la douleur. »

L'infirmière, habituée, prit la jeune femme vexée par le bras et l'emmena dans le couloir.

« C'est juste le coup que le pauvre a reçu à la tête, proposa-t-elle en guise d'explication, dans l'espoir d'apaiser les nerfs de la si dévouée Livie. Venez avec moi, nous allons lui chercher les analgésiques. Je vais demander au médecin de l'examiner. Vous devriez être contente qu'il ait repris connaissance.

— Oh, je suis heureuse, en effet. »

Ou du moins le pensait-elle jusqu'à ce qu'elle revienne dans sa chambre particulière pour trouver Jake, bouche bée, le regard rivé sur la fenêtre.

« Qui c'est ? l'interrogea-t-il en montrant le vide.

— Qui ? Où ça ? Il n'y a personne d'autre que nous.

— Ne sois pas sotte, Liv. Il est en train de te faire signe.

— Qui ça, Jake ? Nous sommes tout seuls dans la pièce, je te dis.

— Mais ce vieux type, regarde ! Il lui manque trois doigts à la main droite. »

Livie pâlit et se frotta le cou. Son grand-père était décédé à l'âge de 94 ans. Or c'était il y a quatre ans, et Jake n'avait jamais entendu parler de lui puisqu'ils ne sortaient ensemble que depuis deux ans. Comment pouvait-il donc savoir qu'il avait perdu trois doigts pendant la Seconde Guerre mondiale ?

« Il te sourit, Livie. Pourquoi tu ne lui réponds pas ? »

Heureusement, un médecin fit son entrée à ce moment-là et la sauva des élucubrations de Jake.

« Bonjour, Mr Conley, comment vous sentez-vous ? » Il prit le dossier accroché au bout du lit et en feuilleta quelques pages. Il examina les graphiques et les données enregistrées. « Mmm, tout semble aller bien. Vous serez bientôt d'attaque.

— Bon sang, je suis pacifiste !

— Depuis quand ? Ne faites pas attention, docteur, il est bizarre depuis qu'il s'est réveillé.

— Bah tiens ! Et si tu rentrais plutôt à la maison, Liv. Je n'ai pas besoin de toi ici.

— Vous voyez, docteur ? Il ne m'a jamais parlé comme ça avant. »

Le médecin, grand et mince, à l'apparence distinguée et la peau fripée d'un gros fumeur, se tourna vers elle.

« Pardonnez-moi, je dois examiner mon patient ; auriez-vous la gentillesse d'attendre dehors ? »

Une fois qu'ils furent seuls, il commença par tester les yeux de Jake avec un crayon lumineux, puis l'ausculta avec son stéthoscope et lui demanda de tousser.

« Ça fait mal, bon sang !

— Je veux bien croire que ça vous fasse mal, vous avez deux côtes cassées. Mais pour être honnête, vous vous en sortez plutôt bien. Vous avez eu de belles ecchymoses, ça oui, mais elles s'estompent progressivement. Vous vous en sortez bien. Et votre épaule, elle vous fait souffrir ? Non ? Bon. Demain, vous verrez un neurologue. Le scanner laisse penser que vous vous en tirez bien pour quelqu'un qui a donné un coup de tête à une Jeep, mais nous devons rester prudents. Une commotion cérébrale peut être sérieuse. Si j'étais joueur, je parierais sur le fait que vous serez en pleine forme en un rien de temps, Mr Conley.

— Jake, s'il vous plaît. Dites-moi, docteur, je ne voudrais pas paraître indiscret, mais vous avez perdu quelqu'un de proche récemment ? »

Le visage du médecin devint aussi blanc que sa blouse.

« Par-pardon ? C'est l'infirmière qui vous a dit ça ? »

Jake le regarda avec inquiétude. « Non, pas du tout. C'est juste que... je peux *percevoir* votre douleur.

— Mon Dieu ! J'ai perdu ma fille il y a un mois, elle avait six ans. »

Il eut l'air de vouloir en dire davantage, mais il en réprima le besoin — qui était ce type pour lui ? Le médecin était une personne réservée et ne souhaitait pas partager sa peine. Il écourta sa visite et, avec quelques paroles de circonstance, se retira pour laisser Jake Conley prendre ses analgésiques. Il sortit de la chambre avec la sensation que son cœur s'était glacé, et l'échange qu'il venait d'avoir le laissa frappé de stupeur. Si le patient n'avait pas parlé à l'infirmière Ashdown, alors comment pouvait-il savoir pour Alice ? Le docteur Wormald n'eut pas le temps d'y songer plus puisque Livie l'intercepta et le bombarda de questions.

La seule chose qu'il pouvait faire, c'était de la rassurer sur la condition physique de Jake. Mais ce qui les préoccupait tous les deux, pour des raisons différentes et sans même l'évoquer, c'était son état mental.

DEUX

Selon son opinion, le docteur Gillian Emerson considérait l'hostilité de son patient, Jake Conley, comme un bouclier visant à protéger son extrême vulnérabilité. Non seulement il se remettait d'un grave accident, mais sa fiancée venait aussi de rompre avec lui, si elle avait bien compris, et il avait à faire face à un changement marqué de sa personnalité. Psychologue aguerrie, elle n'avait aucun mal à désamorcer cette agressivité. Par contre, le changement de personnalité l'intriguait et, si elle était honnête, il la passionnait même. Pendant qu'elle attendait que son patient arrive pour sa quatrième session, elle avait son dossier médical sous les yeux. Elle l'avait lu et relu. Aucune évaluation n'indiquait de complications physiques, mais elles étaient unanimes quant à son animosité accrue et ses sautes d'humeur. Sa compagne, dont la patience avait été mise à rude épreuve, l'avait quitté, et la psychologue comprenait la pression qu'avait dû subir la jeune femme.

On se trouvait face au cas d'un homme de 29 ans, incontestablement séduisant, intelligent et sensible — ah oui, c'était là le problème : il était même devenu hypersensible — qui avait décliné un poste dans le fameux département d'histoire de l'université d'York pour courir après une chimère. *Toute personne qui s'y met sérieusement peut écrire un roman*, songea le docteur Emerson. Elle y avait aussi pensé, mais en écrire un bon, un best-seller, c'était une autre paire de manches. Quant à savoir si réaliser son rêve était la meilleure option pour l'état fragile de Jake, c'était encore une autre histoire et elle espérait bien aborder le sujet avec lui lorsqu'il entra dans son cabinet de consultation.

Il arriva, s'assit et, alors qu'elle ne s'y attendait pas, lui offrit un sourire charmeur pour avouer : « Docteur Emerson, quand mon médecin m'a adressé à vous, je dois admettre que j'étais en rogne et même réfractaire à l'idée. Rien que de savoir que j'étais considéré comme un cas pour un psychologue, j'en étais furieux. Je suppose que le départ de Livie m'a donné le coup de fouet dont j'avais besoin. Mais après tout ce qui s'est passé récemment, je suis content d'être ici. »

Il avait capté son attention ; il pouvait le noter dans son langage corporel. Elle s'était penchée en avant dans son fauteuil et avait levé un sourcil. Elle lui demanda : « Et que s'est-il passé récemment, Jake ? »

Il lui était arrivé tant de choses qu'il pouvait qualifier d'étranges, que le plus simple serait de commencer par la plus récente, la plus fraîche dans son esprit ? Son visage brun, en contraste avec ses yeux gris clair, prit une expression perplexe, qui renforça la curiosité déjà piquée du docteur Emerson.

« Eh bien, pas mal de trucs, à vrai dire. Comme ce matin, en venant ici... Un parfait inconnu, pas un clochard ou quoi que ce soit, plutôt un homme d'affaires en costume... il s'approche de moi et se met à me déballer tous ses problèmes. Je veux dire, c'est comme si j'étais prêtre, ou psy, sans vouloir vous offenser... ou son meilleur ami. Je ne l'avais jamais vu de ma vie. Je veux dire, ce n'est pas normal, un étranger. Pourquoi moi ? Docteur, regardez-moi bien, ça n'est pas écrit "courrier du cœur" sur mon front. Je suis juste un type ordinaire. »

Gillian Emerson sourit à son séduisant patient. Elle ne l'aurait certainement pas décrit comme ordinaire, mais il faut dire qu'elle n'était pas insensible à ses charmes.

« C'est comme ça que vous vous considérez ? "Juste un type ordinaire" ? »

Il fronça les sourcils et se mit à regarder par la fenêtre les nuages qui défilaient, poussés par le vent.

« Avant l'accident, probablement oui. Mais après ça... c'est confus. Soit c'est moi qui ai changé, soit c'est la façon dont les gens me voient... ou les deux. »

Il laissa sa voix légèrement traîner, et il posa sur la psychologue un regard qu'elle interpréta comme un appel à l'aide désespéré.

« Vous avez sans doute raison. En quoi avez-vous changé ?

— D'abord, je capte les émotions des autres très facilement. Parfois, je suis exténué par les gens négatifs qui m'entourent, et ceux qui dramatisent tout, je ne suis pas loin de craquer : je ne les supporte plus du tout autour de moi. »

Le docteur Emerson prit des notes et, l'encourageant par un sourire, elle attendit qu'il reprenne son récit.

« Je fais aussi des rêves perturbants. L'autre nuit... mercredi... enfin, je n'appellerais pas ça un rêve, plutôt un... une vision. Je me suis vu sauter du lit, tirer les rideaux, et devinez quoi ! Il y avait cette voiture de sport rouge écrasée contre le mur de l'autre côté de la rue, les gens se rassemblaient, et une voiture de police avec son gyrophare bleu et une ambulance sont arrivées. Et puis, jeudi soir, pile-poil à la même heure, il y a eu un accident terrifiant, comme si une bombe avait explosé. J'ai sauté du lit, j'ai tiré les rideaux, et rien que de vous raconter ça, j'en ai encore la chair de poule, docteur, je *savais* ce que j'allais voir... Tout y était, exactement la même scène, comme un film qui passe une nouvelle fois. Deux jeunes gars ont pris le virage trop rapidement, ils ont perdu le contrôle de la voiture et ils ont foncé dans le mur de l'autre côté de la rue — tués tous les deux : morts à vingt ans ! Bon sang ! Et je savais que ça allait arriver vingt-quatre heures avant. Mais qu'est-ce que je pouvais faire pour empêcher ça ? Et qu'est-ce que ça fait *de moi*, une sorte de monstre ?

— Bien sûr que non, lui dit-elle en souriant, bien qu'elle ait trouvé cela troublant. Les prémonitions, notamment celles de tragédies, sont des phénomènes courants avec des sujets extrêmement sensibles.

— C'est donc ça, je suis sensible ? Je pourrais m'en passer, je vous le dis. Je sais ce qui va arriver avant même que ça n'arrive. C'est flippant, docteur ! »

Elle rit. « Eh bien, ça pourrait être utile parfois.

— Et puis il y a cette sensation bizarre que j'ai en permanence entre les sourcils. »

Il toucha son front avec son pouce et posa son index sur le sommet de son crâne. « C'est comme une douleur sourde, et ça arrive chaque fois que des impressions surnaturelles me tombent dessus. Du coup, j'ai commencé à me renseigner sur les religions et tout ça, je veux dire, le bouddhisme et l'hindouisme — des sujets sur lesquels je ne sais rien, ou du moins c'était le cas avant. Mais cette sensation étrange, c'est ce qu'ils appellent le "troisième œil" ; apparemment, ce sont mes *chakras* qui s'ouvrent ! »

Il pinça les lèvres, d'un air pensif et déconcertant. Elle jeta un œil à sa montre-bracelet, prit des notes et attendit, mais comme il continuait à la regarder fixement, sans parler, elle finit par dire :

« Vous savez qu'il y a une explication physique à tout ça, Jake ? »

Idéalement, il devrait faire un effort pour l'expliquer lui-même, mais comme son regard restait figé et qu'il ne disait plus rien, elle rompit à nouveau le silence.

« Il n'est pas rare qu'un *éveil métapsychique* se produise après un traumatisme. Vous avez reçu un sérieux coup à la tête, et heureusement vous en sortez indemne physiquement, mais vous savez, le cerveau est un organe très complexe — les scientifiques ne connaissent pas encore tout à fait son fonctionnement. Qui peut dire ce qu'un tel choc a pu déclencher ?

— Donc je *suis* un monstre ? »

La psychologue sourit. « Vous n'êtes pas un monstre, mais plutôt quelqu'un qui peut utiliser des parties du cerveau qui sont inaccessibles au reste de l'humanité. Vous savez, il est vraisemblable que l'homme qu'on dit primitif pouvait avoir recours à des parties de son cerveau que nous ignorons désormais. Comme pour la radiesthésie, comme pour voir les auras, et ainsi de suite.

— Donc je suis primitif ? »

Il la taquinait maintenant, se dit-elle ; dommage que son professionnalisme ne lui permettait pas de flirter — elle l'aimait bien.

« Non, je dis juste que vous n'êtes pas fou, Jake. En fait, je connais un éminent spécialiste des neurosciences cognitives, Abraham Spark, de l'université de Londres. Il a un cabinet sur Harley Street et il a écrit plusieurs articles sur le sujet. Il nomme ça la *synesthésie*, ce qui est, pour résumer, une interconnexion du cerveau dans laquelle les sens sont confondus. Ça ne touche qu'environ quatre pour cent de la population et on les appelle des synesthètes. Jake, *vous* êtes synesthète ! Certains peuvent voir des couleurs lorsqu'ils entendent de la musique ou percevoir quelque chose qui n'est pas là lorsqu'ils ressentent une certaine émotion. Ce trouble est causé par des connexions entre des parties du cerveau qui ne se trouvent pas chez les autres personnes, et il peut être dû à un traumatisme crânien. On pourrait supposer que c'est ce qui s'est produit avec votre accident. Vous voyez, Jake, il y a une explication convaincante à votre état mental actuel. Je vais l'appeler *syndrome médiumnique acquis*, une nouvelle sous-catégorie de la synesthésie. Concrètement, nous devrions chercher des solutions qui vous permettraient de vous sentir plus à l'aise avec ça.

— Vous voulez dire des médicaments, docteur ? Je suis absolument contre les cachets.

— Tant mieux, parce que *je suis* absolument contre leur prescription. Non, je veux dire que nous devrions chercher une solution qui vient de vous et qui pourrait vous aider.

— Comme quoi ?

— Vous m'avez dit que vous aimeriez écrire un roman. Dites-m'en plus.

— Je me suis spécialisé en histoire médiévale à l'université ; mon professeur m'a même demandé de rester pour faire des recherches sur l'ère anglo-saxonne. C'est quelque chose qui me passionne. Et je voudrais écrire un roman sur cette période.

— Vous avez déjà un plan pour ce livre ?

— Plus ou moins.

— Vous n'avez pas d'autres recherches à faire ?

— Il y en a encore à faire, bien sûr, mais dernièrement, j'ai plutôt été distrait par tout ce qui s'est passé. J'en ai même changé mes habitudes alimentaires.

— Vraiment ?

— Oui, c'est comme si je ne supportais plus toutes les cochonneries que j'adorais manger. Maintenant, je ne veux plus que des salades et des trucs sains. Les burgers, les frites, le ketchup — *pouah !* — tout passe à la poubelle !

— Intéressant. Et avant votre accident, vous aviez d'autres passe-temps, à part l'histoire ?

— J'adore la randonnée, les balades à pied dans la campagne, à la recherche des vieilles églises.

— Plutôt chouette. Je crois que ça me plairait aussi si j'avais plus de temps. Regardez, vous pourriez joindre l'utile à l'agréable, non ? Je pense que ça vous ferait le plus grand bien.

— Qu'est-ce que vous entendez par là ?

— Prenez vos chaussures de marche et partez à la campagne. Allez faire des recherches sur le terrain, pour votre roman. L'air frais aidera votre créativité à s'épanouir. »

Ses yeux gris clair s'illuminèrent. « Excellente idée, docteur ! Ça m'étonne de ne pas y avoir pensé plus tôt ! »

En dépit de cet « accès d'intuition », Jake n'avait certainement pas prévu les importantes conséquences de cette décision, et le docteur Emerson pourrait avoir à reconsidérer son évaluation selon laquelle *ça lui ferait le plus grand bien*. Elle se demanda si elle n'aurait pas mieux fait de l'envoyer à Helsinki, où l'excellente unité de recherche sur le cerveau de l'université d'Aalto. Ils auraient pu lui faire passer une IRM pour voir quelle partie de son cerveau pouvait s'illuminer sous certains stimuli, mais elle estima que ça n'était pas nécessaire. Ce serait flatter sa curiosité professionnelle plutôt que d'aider Jake, et cela ne ferait que confirmer un diagnostic dont elle était parfaitement certaine.

TROIS

Jake trouva une carte de l'Ordnance Survey pour le Yorkshire Est sur une étagère poussiéreuse. Il passa son doigt sur la saleté, grogna de dégoût devant la mauvaise tenue de sa maison, et jura de faire le ménage dès qu'il en aurait fini avec la carte. Avec précaution, il l'étala sur son bureau, veillant à ne pas aggraver l'usure des coins provoquée par les perpétuels pliages et dépliages.

Où pouvait-il bien aller faire des recherches pour son roman ? Il avait sans doute un peu menti au docteur Emerson en faisant croire qu'il avait une idée claire de son histoire, mais on ne pouvait pas être plus loin de la vérité. La seule chose dont il était certain, c'est qu'en théorie, il voulait écrire sur le royaume de Northumbrie. Cela lui donnait une belle liste de rois et d'événements, mais, comme d'habitude, il avait mentalement fait du tri dans la sélection. On trouvait déjà des livres publiés sur presque tous les rois de ce pays. Par conséquent, il ne savait tout simplement pas qui choisir pour une histoire captivante, d'où sa tourmente au moment de l'accident.

Face à la succession de contours et de symboles, ses efforts pour décider reprirent. S'il faisait de son protagoniste un roturier, le récit

13

pourrait produire l'originalité qu'il désirait. Mais la banalité d'un paysan libre ne l'inspirait guère. En quoi se promener dans la campagne du Yorkshire lui serait-il utile ? Où devait-il se promener pour faire jaillir sa créativité ? Il avait une bonne connaissance des sites anglo-saxons dans le comté. Son regard passa sur le nom des lieux modernes qu'il traduisit en vieil anglais : York — *Eoforwic*, Leeds — *Loidis*, et ainsi de suite. Au cours de cet exercice futile, l'un des noms apparut en caractères gras sur le papier, comme si les caractères imprimés avaient voulu attirer son attention : Driffield — *Driffelda*.

Jake cligna des yeux et secoua la tête. Cela s'était-il vraiment produit ? Était-ce là un autre des phénomènes bizarres qui le tourmentaient ces derniers temps ? Il l'ignora et continua à parcourir la carte jusqu'à ce que cela se reproduise. Cette fois, il n'y avait aucun doute, Driffield demandait son attention. L'endroit se trouvait à près de cinquante kilomètres à l'est d'York et, à sa connaissance, il n'y avait aucun lien avec les Anglo-Saxons, à part le nom, mais Internet pourrait l'aider.

Il passa une heure à chercher des informations et découvrit que l'église Sainte-Marie de Little Driffield avait été fondée par les Anglo-Saxons. Une légende racontait aussi que le palais d'un roi de Northumbrie, Aldfrith, s'était trouvé là. Lors d'une bataille dans les environs, ce monarque subit de graves blessures qui s'avérèrent ensuite fatales. Il aurait été enterré à Sainte-Marie. Cela décida Jake à commencer ses recherches sur Aldfrith en faisant un tour à Driffield, d'autant plus que les Yorkshire Wolds, ça n'était pas si mal pour des randonnées agréables.

Il se pencha alors sur la logistique du voyage. Il envisagea d'abord de faire le trajet jusqu'à Driffield à pied, mais il renonça à l'idée, préférant économiser son énergie pour les randonnées dans la campagne. Il n'aimait pas marcher sur route, jugeant cela malsain et difficile pour les articulations des jambes. Il n'avait jamais voulu acheter de voiture. Cela lui paraissait complètement inutile, étant donné qu'il vivait à York et qu'il était plus pratique d'y circuler à pied ou à vélo. Il prendrait donc les transports publics, mais il aurait à surmonter le problème habituel : l'embarras des voyages d'ouest en est.

Driffield ne se trouvait qu'à cinquante kilomètres d'York, mais il découvrit que pour y arriver, il lui faudrait prendre un autocar depuis Stonebow, qui atteindrait Scarborough en une heure et demie. Une fois dans la station balnéaire, il prendrait un autre car sur West Square qui l'emmènerait jusqu'à Bridlington. Jake poussa un soupir en secouant la tête. *Je parierais que les Saxons faisaient le chemin en moins de temps au huitième siècle !* Mais il savait que ce n'était pas vrai. Avec soulagement, il nota qu'à Bridlington, il n'aurait à marcher que dix minutes entre l'arrêt de bus et la gare ferroviaire. Au moins, cela lui dégourdirait les jambes. De là, le train le conduirait à Driffield en quatorze minutes.

Il éteignit son ordinateur et se mit à faire la poussière chez lui, sachant bien qu'il lui faudrait recommencer au retour de sa virée champêtre. C'était la nature abrutissante et incessante des travaux ménagers.

———

JAKE EUT DE LA CHANCE AVEC LA MÉTÉO ; UN ENSOLEILLEMENT tout à fait de saison le ragaillardit en sortant de la gare de Driffield. Regardant en derrière lui, il admira l'architecture du milieu de l'époque victorienne qui avait été adaptée aux exigences pratiques d'une gare semi-automatisée du vingt et unième siècle perdue au milieu de nulle part. Le service de la ligne nord avait rempli sa fonction ; il avait maintenant tout loisir de traverser la ville qui le séparait de Little Driffield. Un coup d'œil à la carte lui montra le meilleur itinéraire, par York Road et Church Lane.

Après avoir marché d'un bon pas pendant plus d'une demi-heure, il approchait du but de son voyage. Le cimetière se trouvait entre lui et l'église. Une rangée de jonquilles fanées s'étirait entre deux arbres comme pour marquer la limite du site funéraire. L'arbre de droite ressemblait à un squelette dénudé, son tronc était recouvert de feuilles de lierre vertes et brillantes qui grimpaient jusqu'aux premières branches désolées. Au contraire, celui de gauche exhibait son feuillage luxuriant de la fin du printemps. Le regard de Jake glissa des tristes jonquilles vers la pelouse bien entretenue sur laquelle était disséminée une série de pierres tombales mêlées aux stèles funéraires isolées. Au-delà se dressait l'édifice classé Grade II, avec sa tour trapue dotée de créneaux qui lui paraissait disproportionnée par rapport au long bâtiment à contreforts de l'église. Mais il devait admettre qu'il n'était pas un expert en architecture religieuse. Certes, il adorait les visiter, mais il avait besoin d'approfondir ses connaissances. Si on le lui avait demandé à ce moment-là, il aurait avoué honnêtement être déçu par cet extérieur peu attrayant. Il changea cependant d'avis une fois à l'intérieur. Il s'agissait, comme il l'avait lu chez lui, d'une église restaurée par le grand Sir Tatton Sykes à la fin du dix-neuvième siècle.

Il admira le somptueux « style Décoratif », avec son joli sol carrelé, ses bancs sculptés, sa chaire, son retable orné et son jubé. Mais ce qui le passionna vraiment, ce fut la brochure qu'il prit en échange d'une obole, et qui parlait de l'inhumation supposée du roi Aldfrith dans l'église, en 705 de notre ère. Elle affirmait que, sur sa tombe, était gravé *Statutum est omnibus semel mori* (il est établi que tous meurent une fois). Mais en 1807, après avoir fouillé la nef et le chœur, les chercheurs furent déçus de ne trouver aucune trace de la sépulture royale. Pourtant, Jake pouvait sentir le poids de l'histoire sur ce bâtiment, et il réalisa, quasiment comme une révélation, qu'il devait écrire un roman sur Aldfrith. S'il avait su tout ce que cette décision impliquait, il ne l'aurait certainement jamais prise.

Jake replia la brochure pour la mettre dans sa poche, puis quitta le lieu de culte. Il avait réservé un *bed & breakfast* de grande qualité en pleine campagne, près du village voisin de Bainton. Pour s'y rendre, il prit un chemin public qui lui fit contourner Southburn et l'emmena jusqu'à Bainton. Après seulement cinq minutes de marche, le Wolds Village fit son apparition et cela englobait bien plus que son *bed & breakfast.* Après s'être enregistré, il alla faire un tour au salon de thé, également installé dans un bâtiment classé, où thé et pâtisseries furent les bienvenus après sa balade.

Alors qu'il se reposait, il ressortit la brochure et fit un peu de lecture sur Aldfrith, qui reçut ses blessures lors de la bataille d'Ebberston. Il apprit que le roi fut transporté et mis à l'abri dans une caverne près du champ de bataille, avant d'être ramené à Little Driffield où se trouvait son palais, sur North Hill. Ce site avait lui aussi été fouillé et avait révélé une motte castrale datée d'après la conquête normande. Comme il lisait, Jake éprouva la sensation désormais familière d'un « troisième œil ». Au lieu de l'irriter ou de le décourager, elle le rassura sur le fait qu'il était sur la bonne voie. Dans cet esprit, il glissa la main dans une poche latérale de son sac à dos pour en récupérer la carte et localiser Ebberston. Il devait visiter cette caverne et le site de la bataille.

Il jura à voix basse, le doigt posé sur Ebberston. Il était parti vers le sud alors que les combats avaient eu lieu au nord de Driffield. Ça faisait une belle trotte de trente kilomètres pour y aller. Il se dit qu'il ne reviendrait pas dans ce *bed & breakfast* le lendemain. Dommage, il aimait bien l'endroit. En tendant la main, il attrapa un dépliant sur papier glacé faisant la promotion des installations.

Chaque matin, le Wolds Village vous sert un petit-déjeuner typique du Yorkshire dans la salle à manger géorgienne originale de la ferme. Le relais de poste climatisé vous propose un menu anglais traditionnel et vous pouvez également déguster des pâtisseries faites maison au salon de thé. Tous les plats sont préparés à partir de produits locaux frais.

Il se régala avec le copieux petit-déjeuner du Yorkshire, qui lui donna les forces nécessaires pour le trekking du lendemain. Malgré tout, lorsqu'il arriva à Ebberston, l'air frais et l'exercice lui avaient redonné l'appétit. Il trouva un pub-restaurant près du village, et se sentant de belle humeur après avoir profité de la campagne en pleine floraison, il entra dans le bar, en remarqua la propreté et demanda le menu à un sympathique barman. Dans un coin, un couple mangeait ce qui ressemblait à du porc avec de la purée de pommes de terre, et ils semblaient s'en délecter.

À l'extérieur, Jake avait aussi aperçu la plaque CAMRA et il contempla d'un air satisfait la série de pompes avant de commander une pinte d'une bière artisanale. Après avoir choisi son menu, il sourit au vieux barman et lui demanda : « On m'a dit qu'il y a une caverne où un roi saxon s'est réfugié, près du village. Vous en avez entendu parler ? »

La réponse se fit dans un fort accent local.

« Ça oui, m'sieur. Tout le monde connaît *l'Antre d'Elfrid*. C'est quasiment à deux kilomètres au nord par la route. »

Jake dévisagea le barman. « Donc, c'est plus qu'une légende ? »

— Ah ça c'est sûr ! Vous pouvez même y faire un tour, si ça vous chante. Y'a eu des fouilles quand j'étais gamin, mais je n'y connais rien à tout ça. J'imagine qu'ils ont quelque chose là-dessus à la bibliothèque d'Eastfield, si ça vous intéresse. »

D'après ses recherches sur la carte, la veille, Jake se souvint qu'Eastfield se trouvait à quelques kilomètres à l'est. Mais pour le moment, il garda sous le coude l'idée d'aller se renseigner sur les fouilles à la bibliothèque. Il demanda seulement : « La grotte n'est pas sur un terrain privé ? Je peux y aller à pied et la visiter ?

— Ben oui. Cela dit, elle a été rebouchée. On ne peut pas rentrer dedans. »

Jake avala une bonne gorgée de bière et se lécha les babines de contentement. Il espérait que la cuisine serait aussi satisfaisante que la bière.

« Est-ce qu'il y a une route jusqu'à la caverne ?

— Ah non, mon vieux ! dit le barman en riant, faut monter la colline, et puis vous passez le manoir et vous traversez les champs pour aller dans les bois, et pour sûr vous trouverez le sentier. Y'a même un panneau à l'entrée. Sinon, à quelle table on va s'asseoir ? »

Après un déjeuner des plus savoureux, Jake reprit son chemin en longeant la route vers la gauche, laissant le pub derrière lui, et il s'engagea sur un chemin qui, espérait-il, le mènerait au manoir dont le barman avait parlé. Après quelques centaines de mètres, assailli par le doute, il sortit sa carte de l'Ordnance Survey, bénissant l'absence de vent quand il l'ouvrit. Rapidement, il situa le pub sur la nationale, et non loin, plus au nord sur cette même route, se dressait un petit manoir de campagne. En continuant, il arriva près de l'élégant bâtiment, qu'il contourna, et se dirigea vers les bois situés derrière, en montant vers la colline. Au nord-est du manoir, il trouva un affleurement, où il discerna les vestiges d'une caverne à l'intérieur d'une grotte artificielle en pierre. Est-ce que c'était vraiment ça ? Il approcha et découvrit un panneau patiné par les intempéries devant l'entrée condamnée par un énorme rocher. Combien ça pouvait peser ? Il n'en avait aucune idée — mais ça avait l'air très lourd ! Il y avait une inscription gravée sur le panneau, usée mais toujours lisible : *Alfrid, roi du Northumberland, fut blessé lors d'une bataille sanglante près de cet endroit, et fut caché dans une caverne ; de là, il fut emmené à Little Driffield, où il mourut.*

Jake sortit son smartphone et photographia le panneau pour mémoire. Cela fait, et comme il se retournait pour partir, ses poils se hérissèrent alors sur son bras. Une curieuse sensation d'être observé et le sentiment oppressant de ne pas être le bienvenu lui donnèrent envie de fuir.

Se reprochant d'être un imbécile influençable, il repartit tout de même vers Ebberston avec l'intention d'y trouver un logement pour la nuit. Il devait également définir un plan d'action pour obtenir plus d'informations sur ce roi Aldfrith, ou Alfrid, ou encore Elfrid comme ils semblaient l'appeler par ici. Jusqu'à présent, il n'avait pas encore pénétré dans le village lui-même.

À travers les arbres près du manoir champêtre, Jake aperçut la tour d'une église qui, lorsqu'il changea de direction, s'avéra être Sainte-Vierge-Marie d'Ebberston. À huit cents mètres du village, elle se dressait dans un cadre boisé, et Jake, ne pouvant résister à l'envie de l'ajouter à sa collection d'églises rurales, prit plusieurs photos de l'extérieur avant de tenter d'entrer dans l'ancien bâtiment. Elle était fermée à clé, mais on trouvait le numéro de téléphone portable du bedeau, Mr Hibbitt, et un avis annonçant la célébration de l'office du soir à 18 h 30. Craignant de déranger le bedeau, il décida d'aller chercher un logement dans le village et de revenir plus tard pour assister à l'office. Il avait besoin de réponses à certaines questions, et cette église semblait être l'endroit idéal pour satisfaire ce besoin. Il ne savait malheureusement pas à ce moment-là qu'il valait mieux laisser *certaines* questions sans réponse.

QUATRE

Thornton-le-Dale, Yorkshire Nord, mai 2019

Jake quitta son nouveau logement, situé dans le pittoresque village d'Ebberston, pour revenir sur la nationale, par laquelle il se rendit au hameau de Thornton-le-Dale. Il souhaitait s'adonner à son passe-temps favori et explorer l'église Sainte-Vierge-Marie avant l'office du soir. Il tourna dans Hagg Side Lane et examina la forme élégante de l'église normande du douzième siècle. Un grand conifère dominait le bâtiment, et lorsqu'il approcha, il fut surpris de trouver une pierre tombale à moitié dévorée par un arbre. Combien de décennies lui restait-il avant qu'elle ne disparaisse complètement à l'intérieur du tronc ?

Faisant le tour par l'extérieur, il nota les sculptures de têtes grotesques aux traits troublants et contempla le cimetière bien entretenu jusqu'à ce qu'il arrive à l'arrière de l'édifice. Là, sur le mur nord, il tomba sur une chose qui lui rappela la raison pour laquelle il se trouvait ici. Dans la maçonnerie était enchâssée une pierre représentant ce qu'il imaginait être une épée viking. Il eut des picotements quand son esprit se mit à bouillonner. C'était clairement un fragment qui avait été récupéré, très probablement d'une dalle funéraire. Mais à qui appartenait l'épée qu'elle dépeignait ? Où était-il enterré ? Quelle était l'histoire de cet homme ? Jake essaya de calmer son imagination débordante. Le roi Aldfrith était mort en 705, et cette épée lui est donc postérieure de plus de cent ans puisque les raids vikings n'avaient démarré qu'au neuvième siècle dans le secteur. Néanmoins, la pierre oblongue l'avait retourné, et il commença à s'interroger sur le bien-fondé des conseils de sa psychologue, sur le fait de visiter la région, compte tenu de son état mental actuel.

Le portail sud de l'édifice eut sur lui un effet formidablement apaisant. Les ferronneries en rinceaux de la porte dataient de la fin de la période saxonne et montraient une colombe portant un rameau d'olivier dans son bec. Jake prit en photo les ornements et fouilla dans sa mémoire. Il avait vu des ferronneries saxonnes similaires sur une autre église dans le Yorkshire. Ah oui, c'était ça ! Pas loin d'York, plus près de chez lui, à Sainte-Hélène, sur Stillingfleet. Il sortit un carnet et nota ses réflexions sur l'extérieur de cette église.

Il allait bientôt pouvoir entrer dans le bâtiment puisque les gens arrivaient pour l'office. Une vieille femme aux cheveux blanchis lui adressa un sourire amical qui l'encouragea à demander : « Excusez-moi, je cherche le bedeau, pouvez-vous me dire qui c'est ? »

Elle le dévisagea attentivement, puis lui sourit de nouveau et lui montra un homme replet qui portait des lunettes et qui semblait tout à fait facile d'abord. Le moment était mal choisi pour le déranger, car la congrégation entrait dans l'église pour s'installer au son d'une agréable musique jouée à l'orgue. Celui-ci se tut brusquement, et le pasteur entonna le Gloria d'usage. Jake n'assistait pas souvent aux offices religieux, mais les rares fois où ça lui arrivait, il aimait se joindre à l'assemblée lorsqu'il connaissait les hymnes, et ce soir, il prêtait sa voix riche et inexpérimentée à une interprétation chaleureuse de « *Immortel, Invisible, Dieu seul sage...* », l'un de ses préférés.

Quand l'office du soir prit fin, les quelques fidèles se dispersèrent. Jake resta assis, la tête inclinée comme pour prier, et surveillait le bedeau par-dessous son front baissé. Le vicaire était dehors devant l'entrée, discutant avec ses paroissiens, mais Mr Hibbitt rassemblait les livres de prières et les empilait soigneusement sur l'un des premiers bancs.

« Tout va bien, mon ami ? »

Le sourire enjoué illuminait la mine joufflue du bedeau d'âge moyen.

« Parfaitement. » Jake lui offrit un plus grand sourire encore. « Pour être honnête, je voulais vous parler quelques instants — si vous avez un moment à me consacrer », ajouta-t-il rapidement.

« Évidemment. » L'homme se glissa sur le banc devant Jake et se retourna pour lui faire un signe de tête encourageant. « Qu'est-ce que je peux faire pour vous ? »

Jake se présenta comme romancier, de manière plutôt trompeuse, et exposa brièvement l'idée de son histoire autour du roi Aldfrith.

Pour la première fois, le visage amical s'assombrit.

« Prenez garde où vous mettez les pieds, jeune homme. Je suppose que vous êtes allé à la caverne ? »

Jake acquiesça.

« Il y a eu toutes sortes d'affaires étranges là-haut au cours des siècles. Remarquez, je ne fais pas vraiment attention aux rumeurs et aux ragots.

— Quelle est l'histoire de la caverne ?

— Vous connaissez la bataille d'Ebberston ? »

Jake hocha lentement la tête et ajouta : « Mais il y a beaucoup d'incertitudes à ce sujet. Du genre, qui a combattu qui, ou même si une bataille a vraiment eu lieu. »

La voix du bedeau prit un ton assuré.

« Oh, une bataille a bien été livrée. Il suffit de regarder une bonne carte pour voir les noms de lieux : le ruisseau du *Bloody Beck* coule devant le champ du *Bloody Field*, et ces noms étaient connus avant même le *Domesday Book*. Ils disent que le massacre a été si violent que l'eau du ruisseau était devenue rouge sang. Quant à savoir qui combattait, certains prétendent qu'Aldfrith s'était rebellé contre son père, Oswy, mais ça n'est pas possible à cause de la date de l'affrontement. Oswy était mort depuis longtemps. Non, je préfère croire que ce sont les Saxons qui se sont battus contre les pillards pictes ; *ça*, c'est possible.

— Je suis content d'être venu vous parler, offrit Jake. Vous comprenez, je veux que mon récit sonne juste. Il doit y avoir un tas d'historiens locaux qui seraient ravis de me descendre en flammes si je me trompe sur les faits. »

Le bedeau lui fit un large sourire. « La plupart d'entre eux seraient surtout contents si on entendait parler de l'endroit. Vous êtes monté jusqu'à la grotte, vous dites ?

— Oui, cela ressemble à une de ces folies que les riches avaient l'habitude de construire.

— Très perspicace. » Le bedeau regarda autour de lui avec un certain embarras, comme s'il était pressé. « C'est exactement ce que c'est. Elle a été érigée à la fin du dix-huitième siècle par Sir Charles Hotham-Thompson, le huitième baronnet, qui était alors propriétaire d'Ebberston Hall. » Jake ressentit à nouveau l'étrange sensation au niveau de son front et fronça les sourcils avant de noter le nom dans son carnet.

« Vous devriez vous pencher sur lui, si vous voulez mon conseil. Ça a été une drôle d'affaire, cette grotte. Vous pouvez lire sa correspondance aux archives de l'université de Hull. On dit qu'il a laissé plus de trois mille lettres. Bon, il faut vraiment que je ferme ici. Vous restez dans le coin ? »

Jake acquiesça et donna le nom du *bed & breakfast*.

« Faites un tour à Hull et voyez ce que vous trouverez. Ensuite, nous pourrons en reparler et je vous dirai tout ce que je sais. »

Il tendit la main et Jake sourit au visage amical, mais s'en alla plus que jamais troublé par cette histoire du roi Aldfrith. Il y avait quelque chose d'étrange autour de tout ça. Mais quoi ? Le bedeau était sur la défensive. Jake nourrissait également la curieuse conviction que son destin était d'écrire le récit de ce qui s'était passé sur le *Bloody Field* et d'arriver à la vérité sur cette affaire.

Alors qu'il s'éloignait sur Hagg Side Lane, il se retourna pour jeter un œil à la charmante église et vit le bedeau qui, sans l'ombre d'un doute, le montrait du doigt en discutant avec le vicaire. La main retomba immédiatement lorsqu'il se tourna vers eux. Jake haussa les épaules. Était-ce encore son imagination surchauffée ? Il était tout à fait naturel qu'un étranger au hameau assoupi qui posait des questions soit un sujet de conversation. Il décida quand même de demander à sa logeuse de lui parler de la grotte quand il reviendrait à sa chambre.

Pour Jake, elle était l'archétype de la propriétaire de *bed & breakfast*, maternelle et joviale. Dès qu'il entra dans la maison, elle apparut pour lui offrir du thé et des gâteaux. Se relaxant dans un fauteuil en chintz, en sirotant son thé, il lui dit à quel point il avait apprécié l'église du village et l'office.

« Vous vous intéressez aux églises, mon cher ? »

Jake admit que c'était le cas, mais il lui dit qu'il était dans la région pour une autre raison.

« Ah oui, et qu'est-ce que c'est ?

— Je fais des recherches pour un roman sur le roi Aldfrith qui s'est réfugié dans une caverne près d'ici. J'y suis allé ce matin. »

Le visage de la logeuse montra une certaine inquiétude.

« Non, mon petit. Vous ne voulez pas y retourner ! En tout cas, je ne m'y aventurerais pas si j'étais vous !

— Pourquoi ? Pourquoi pas ?

— Il y en a qui disent que cet endroit est hanté. Il y a eu des affaires étranges là-haut. Restez-en à l'écart, mon garçon, c'est mon conseil. »

Jake fronça les sourcils et repensa à ce qu'avait dit le bedeau. N'avait-il pas utilisé la même expression ? « *Toutes sortes d'affaires étranges là-haut au cours des siècles.* »

Il adressa un sourire narquois à Mrs McCracken, sa logeuse. « Vous ne croyez quand même pas aux fantômes ? Vous avez dit qu'il est hanté. »

« Il y a eu beaucoup de témoins au fil du temps. On peut dire qu'aucun des habitants du coin ne veut s'en approcher. En tout cas, pas moi. Et vous ne voulez pas y aller seul, surtout pas la nuit. Il y a eu deux décès, du moins à ma connaissance.

— Mon Dieu, c'est aussi terrible que ça ? Qui est mort, et quand ça ?

— Le dernier, c'était juste après que j'ai emménagé ici. C'était un de ces randonneurs, un instituteur de Wigan âgé de 57 ans, il me semble. Il a été retrouvé avec une entaille dans le crâne, raide mort. Le coroner a dit que c'était un malheureux accident, mais je n'y crois pas. Le pauvre homme avait tout l'équipement nécessaire et des chaussures de marche solides — je ne pense pas un seul instant qu'il ait glissé et qu'il se soit cogné la tête.

— Vous croyez que c'était un crime ?

— Je ne suis qu'une vieille femme insensée, ne vous fiez pas à ce que je raconte. *Un crime ?* Pire que ça, je dirais. Le *York Press* a publié que, quand on l'a retrouvé, il avait un regard horrifié.

— Je connais ce journal, et en général il est plutôt sérieux. Et quand était-ce exactement ? Et puis d'ailleurs, Mrs McCracken, vous n'êtes ni vieille ni insensée ! » Jake sortit son carnet de notes et fit planer un stylo sur la page ouverte.

Elle lui adressa un charmant sourire en remerciement du compliment, sourire qui fut vite remplacé par une expression plus sombre.

« Voyons voir, je suis arrivée ici en septembre 2004, et ça s'est passé à peu près un mois plus tard. Donc, en octobre. Je me souviens avoir pensé : "Ça commence bien !" Mais heureusement, il ne logeait pas chez moi. Ça aurait été tout simplement affreux, la police et tout le reste ! Pauvre homme ! C'est pour ça que j'aimerais mieux que vous gardiez vos distances avec la caverne — elle est *maudite* ! »

Jake n'y crut pas un seul instant, mais pour la tranquilliser, il lui dit : « Ne vous inquiétez pas, Mrs McCracken...

— Appelez-moi Gwen.

— Ne vous inquiétez pas, Gwen, je n'ai pas l'intention d'y retourner. Je dois aller à Hull demain. Pourriez-vous me réserver la chambre pour trois autres nuits ?

— Oui, pas de problème ; c'est plutôt calme en ce moment.

— Parfait alors. Et comment puis-je me rendre à Hull ?

— Le plus simple, c'est de prendre le car ; le 128 s'arrête sur la route principale à Brook House Farm, et il vous emmène jusqu'à Hull. C'est le mieux que vous puissiez faire. Je dois avoir un horaire quelque part. Ah, le voilà ! Voyons voir, on en a un qui part à 11 h 15. Vous serez à Hull en trois heures, ça ira ? Vous pouvez vous rendre à l'université depuis la gare routière.

— Du coup, je rentrerai probablement tard demain.

— Vous avez une clé. Vous pouvez rentrer à l'heure que vous voulez, mon cher. »

Comme Jake était fatigué, il passa dans sa chambre, où il trouva quelques brochures. L'une d'elles en particulier attira son attention : celle sur Ebberston Hall. C'était apparemment un bâtiment classé, un petit pavillon majestueux avec de splendides jardins. Il attrapa le dépliant et, une fois allongé sur son lit, commença à lire les informations sur le manoir. Déçu de constater qu'il n'était plus ouvert au public, il repéra néanmoins le fameux Sir Charles, celui qui avait fait construire la grotte, dans la liste des anciens propriétaires. Le baronnet semblait avoir eu un rôle assez important sous le règne de George III. Reposant la brochure, il décida de prendre une douche et d'en apprendre plus sur cet homme le lendemain à l'université.

CINQ

Cajoleries, mensonges et manipulations habiles permirent à Jake de percer les défenses acharnées de la bibliothécaire et d'accéder aux archives de Hotham-Thompson. Le huitième baronnet se révéla être un sujet captivant, mais Jake passa rapidement sur les lettres qui couvraient l'éducation du jeune Charles dans diverses écoles publiques, notamment à Westminster, ainsi que ses années de droit à Middle Temple. Involontairement aspiré dans la vie de ce noble du dix-huitième siècle, malgré son désir de découvrir tout ce qui pourrait faire la lumière sur la caverne d'Aldfrith, Jake ignorait de moins en moins de documents à mesure que son intérêt pour le personnage grandissait. Avec une carrière militaire illustre, commencée comme enseigne dans le 1er régiment des Fantassins de la Garde, Charles fut élevé au rang de colonel en 1762 pendant la guerre de Sept Ans. De 1761 à 1768, il fut également membre du Parlement pour Saint-Ives et, en 1763, il fut nommé valet de la Chambre du Roi.

Mince alors, ce Sir Charles était un gros bonnet — quelqu'un à prendre au sérieux !

La reconstitution de la carrière de l'homme à travers sa correspondance était une expérience fastidieuse mais profitable, et Jake remplit de notes les pages de son carnet en partant de 1768, l'année où Sir Charles fut transféré comme colonel au 15e régiment de Fantassins et où il se retira dans le Yorkshire en 1771 pour succéder à son père au titre de baronnet et prendre possession de son domaine près de Beverley. Il ajouta le nom de Thompson au sien en 1772, lorsqu'il hérita de propriétés dans le Yorkshire, provenant de la famille de son épouse. Il fut fait chevalier de l'ordre du Bain la même année.

Ces documents fournissaient à Jake un contexte pour sa recherche, et il commença à parcourir les lettres postérieures à 1771 avec plus d'enthousiasme, mais de façon frustrante, il ne trouva rien d'autre que des histoires banales sur les amours de la famille, les escapades arrosées entre amis, la gestion du domaine — comme la location d'une chaumière, ou des condoléances ; en bref, tous les événements majeurs ou mineurs constituant la vie d'un illustre noble de l'époque.

Ce n'est qu'en découvrant une lettre adressée à Sir Robert Wanley, de la Société royale des Antiquaires, datée de 1773, que le sentiment d'avoir gâché une journée se dissipa. Il se mit à lire :

Monsieur,

Votre nature bonne et généreuse vous fera certainement excuser l'impertinence envers votre estimable personne, de cette missive pour laquelle je vous demande pardon, et dont je pense que vous seriez plus heureux si je ne l'écrivais pas.

Pour tout dire, Monsieur, ma démarche est fondée sur la réputation méritée qui vous précède en tant que spécialiste de tout ce qui a trait à la période anglo-saxonne au sein et en dehors de la Royal Society. En digne héritier d'un noble et savant ancêtre, à savoir votre grand-père Sir Humfrey, pardonnez-moi de vous importuner et de troubler votre emploi à des études utiles et essentielles, pour une question d'intérêt mutuel que vous serez, je crois, désireux d'apprécier. Permettez-moi, Monsieur, d'attirer votre attention sur des incidents mystérieux et impressionnants survenus sur ma propriété dans la forêt de Chafer Wood, à un endroit connu par les habitants comme l'Antre d'Elfrid, une caverne sur laquelle votre savoir incomparable pourra sans aucun doute faire la lumière. C'est donc avec beaucoup d'espoir que j'attends votre réponse à cette invitation à séjourner dans mon humble résidence d'Ebberston Hall pour y mener quelques recherches. Si cela vous agrée, vous pourrez aussi faire quelques incursions agréables dans le Yorkshire pour voir toutes les belles places de ce pays qui, je suis certain, ne vous décevront pas.

Votre très humble et très obéissant serviteur,
Charles Hotham-Thompson, Chevalier de l'Ordre de la Jarretière.

Jake relut la missive et, avec une excitation croissante, la copia mot pour mot dans son carnet. Pourtant, il chercha vainement une réponse. Arrivé à la fin du paquet d'archives, il rangea les lettres avec soin et rapporta le carton à la bibliothécaire revêche qui se mit à vérifier le contenu et l'état des documents, tandis que Jake exprimait ses remerciements avec effusion. Il lui fit savoir combien la consultation de ces documents lui avait été utile et l'interrogea sur Sir Robert Wanley. Sa déception fut visible quand elle lui affirma que leurs archives ne contenaient pas la correspondance de ce chevalier du royaume. Malgré tout, elle lui indiqua qu'il aurait plus de chances de trouver les écrits du collectionneur à la Société des Antiquaires de Londres. Elle fouina dans un répertoire et produisit une adresse — Burlington House, Piccadilly. Jake la remercia et nota le tout, pensant d'un air repentant qu'il y avait beaucoup plus de matière pour écrire un roman qu'il n'avait jamais imaginé.

Le lendemain matin, après le petit-déjeuner, il ouvrit son carnet, retrouva le numéro de portable du bedeau et l'appela. Après un bref échange, ils convinrent de se rencontrer à l'église une demi-heure après. L'homme semblait détendu à propos du rendez-vous, dissipant les doutes de Jake sur sa sincérité.

Lorsqu'il approcha de l'église, le long du chemin, la figure corpulente du bedeau lui adressa un joyeux signe de la main, l'encourageant à avancer.

« Je suis allé à Hull hier et j'ai lu la correspondance de Hotham-Thompson, annonça Jake sans préambule.

— Ah oui ? Et vous avez déniché quelque chose ?

— Une lettre à un antiquaire qui mentionnait des *incidents mystérieux et impressionnants* à la caverne.

— Ce serait juste avant que Sir Charles ne fasse construire la grotte et ne bloque l'entrée de la caverne.

— Malheureusement, il n'y a pas eu d'autre missive adressée à ce fameux Sir Robert, je ne sais donc rien de plus que cette vague référence à des *incidents*. Vous pouvez m'en dire plus ?

— Je peux, mais au lieu de ça, je ferais mieux de vous avertir qu'il ne faut pas vous mêler d'affaires qui ne vous regardent pas. » Le ton menaçant du bedeau ne cadrait pas avec son habituelle bienveillance, jusqu'à ce que Jake croise le regard bleu pâle qui, derrière les lunettes, avait pris une teinte dure et agressive. « Écrire un roman, c'est une chose, mon vieux. De loin, on peut faire preuve d'autant d'imagination qu'on veut, mais agiter certaines forces, c'est une autre histoire. Je vous dirai tout ce que je sais et je vous laisserai juger par vous-même. »

Le vent souffla dans la cour de l'église, les arbres se mirent à grincer et à gémir sous la bourrasque. Jake frissonna et releva le col de sa veste. Il accepta donc volontiers l'invitation à s'abriter dans la sacristie où ils s'assirent l'un en face de l'autre autour d'une minuscule table. Les surplis et autres vêtements ecclésiastiques qui pendaient mollement à leurs patères contribuaient à rendre la petite pièce plus étouffante. Jake lutta pour dissiper sa claustrophobie et écouta attentivement ce que son hôte avait à dire.

« Ce qui s'est passé au dix-huitième siècle nous est parvenu sous forme de récits que beaucoup considéreraient comme des contes de vieilles femmes. Les fermiers de l'époque racontent que des animaux ont commencé à disparaître, et bien sûr, en ce temps-là, le vol de bétail était un crime capital. On a soupçonné quelques vauriens, mais ce n'est que lorsque des feux ont été signalés à la caverne qu'une escouade d'hommes est allée y faire un tour. Ils ont trouvé des traces d'animaux abattus, comme des peaux et des os, ainsi que les restes calcinés d'un feu de camp. Ils ont alors décidé de surveiller la zone et de retourner à la caverne pour capturer les coupables dès qu'un feu les alerterait.

« Malheureusement, un homme du coin, trop impétueux, a repéré la lueur des flammes un soir et, au lieu d'appeler de l'aide, il est parti jeter un œil en disant juste à sa femme ce qu'il allait faire. Il n'est jamais revenu. Personne ne sait ce qu'il lui est arrivé. C'est alors que Sir Charles a décidé de se pencher sur la question. Il y a eu une rumeur selon laquelle il aurait tiré plusieurs fois dans les bois ce soir-là. Bien sûr, il se peut qu'il ait mis le grappin sur un faisan ou deux. Vous savez comment les gens exagèrent tout. Certainement, ça n'a pas aidé quand Sir Charles est revenu au manoir et qu'il a donné l'instruction à ses métayers de rester à bonne distance de l'Antre d'El-frid. Peu après ces événements, comme vous le savez, Sir Robert Wanley, le célèbre antiquaire, est venu enquêter sur la caverne. Et voilà le fait le plus curieux : le vicaire de Sainte-Marie de l'époque tenait un journal et il y affirme que, quand Sir Robert est arrivé, c'était un personnage sociable et jovial, et qu'au moment de repartir, il était devenu hagard, hanté et irritable. C'est Sir Robert qui a encouragé Sir Charles à combler la caverne avec des rochers et à en bloquer l'accès. Et puis, bien sûr, suivant la mode du temps, Sir Charles a fait construire la grotte autour de l'entrée. Jusqu'à ce jour, elle se tient toujours là, et vous l'avez constaté, telle une folie. »

Jake examina le visage sérieux du bedeau et put constater que l'homme était perturbé par son récit.

« Il y a d'autres choses, n'est-ce pas ?

— En effet. On a cessé de compter les tragédies liées à cet endroit. Plus de deux siècles ont passé, mais la malédiction de l'Antre d'Elfrid persiste. On parle de voyageurs qui disparaissent sans laisser de traces, de corps sans tête, et même de gens devenus fous furieux. Ne me regardez pas comme ça ! Je n'invente rien. Vous pouvez vérifier tout ça assez facilement, Mr Conley.

— Ce n'est pas que je ne vous crois pas. C'est juste que… si c'est aussi terrible ça, comment se fait-il que la caverne ne soit pas plus connue dans tout le pays ?

— Les gens d'ici souhaitent préserver leur tranquillité. Nous nous passons de ce genre de notoriété. Vous voyez, en 1951, la caverne a été dégagée et fouillée. Vous savez ce que les archéologues ont trouvé ? Non ? Rien à voir avec les Anglo-Saxons. Bien plus vieux. Ils ont trouvé les restes de sept humains — cinq adultes et deux enfants — ainsi que des silex, des poteries, des bois et des os d'animaux. On a cru que ces découvertes nous venaient du début du Néolithique, mais aucune datation n'a été faite et, étrangement, elles ont disparu. Ça a provoqué des ragots et des fantasmes délirants. La caverne a été scellée avec un gros rocher après l'excavation. Et comme je l'ai dit, nous nous passons de ce genre de notoriété. Le dernier malheur a été la mort d'un instituteur en visite...

— En 2004, oui, Mrs McCracken m'a raconté ça. Le pauvre homme a glissé et s'est fendu la tête.

— C'est ce qu'on aimerait que les gens pensent, mais il y a peut-être une autre explication bien plus inquiétante.

— Que voulez-vous dire ?

— Peu importe. Gardez seulement vos distances avec l'Antre d'Elfrid. Nous ne voulons pas qu'un *accident* vous arrive, n'est-ce pas ? C'est grâce à nos efforts concertés pour éloigner les visiteurs de la caverne que nous avons pu réduire la fréquence de ces événements sinistres. Et nous faisons en sorte que cela reste ainsi, vous comprenez, Mr Conley ? » Il ne tentait plus de masquer l'agressivité dans sa voix.

« Ce sont des menaces ? » Jake regardait avec insistance le bedeau rondouillard, dont le ton tranchait avec son air inoffensif.

Il lança à Jake un sourire chaleureux et fit un geste d'excuses en ouvrant les mains. « Pas le moins du monde. Au contraire, j'essaie de vous protéger de votre propre curiosité. Je m'en voudrais qu'il vous arrive quoi que ce soit, jeune homme. Regardez, pourquoi vous n'écrivez pas sur un autre roi ? »

Jake le remercia, lui serra la main et quitta l'église, ébahi par sa propre duplicité. Les avertissements du bedeau avaient provoqué chez lui l'effet inverse. Il était plus que jamais déterminé à retourner à la grotte. Non pas que le récit des terribles incidents ne l'ait pas troublé — c'était le cas. En fait, il n'avait pas envie de retourner tout de suite en haut de la colline, il n'y avait aucune d'urgence ; au lieu de cela, il se baladerait jusqu'à Ebberston Hall. Entre-temps, il se pourrait que le vent se calme. La vue du bâtiment lui donnerait une meilleure impression sur l'homme qui avait construit la grotte. S'il voulait réussir ce projet, il lui fallait s'immerger entièrement dans le caractère et l'atmosphère d'Ebberston.

SIX

EBBERSTON, YORKSHIRE NORD, MAI 2019

En s'éloignant de l'église, Jake s'interrogeait sur l'atmosphère d'Ebberston. À première vue, songeait-il, c'était un joli petit village du Yorkshire, un parmi tant d'autres. Mais à y regarder de plus près, tout cela sortait de l'ordinaire, en particulier Ebberston Hall. Il passa devant l'entrée principale, donnant sur la très passante nationale A170, et marcha encore quatre cents mètres jusqu'à une ancienne allée qui était maintenant un chemin recouvert d'herbe, flanqué de marronniers d'Inde et de tilleuls. Il préférait cette vue, car elle offrait moins à l'œil. Comme il l'avait découvert, alors qu'autrefois le manoir était ouvert au public, il appartenait désormais à des particuliers. Et il ne souhaitait avoir qu'un aperçu du bâtiment, il ne souhaitait pas avoir à se présenter. Il avait lu un dépliant touristique sur Ebberston Hall parmi ceux que Gwen proposait.

Il ouvrit son carnet, reprit ses notes et se rafraîchit la mémoire. Ebberston Hall avait été érigé en 1718 pour William Thompson, ou plutôt pour sa maîtresse — apparemment, elle ne trouva pas l'endroit digne de sa condition et refusa d'y vivre. C'était peut-être parce qu'il avait été construit en tant que résidence d'été ou pavillon de chasse,

35

sans grandes prétentions. D'ailleurs, avait-il noté, il était connu comme *le plus petit manoir du pays*. L'un de ses anciens propriétaires, George Osbaldeston, s'était ruiné en jouant de manière inconsidérée, et, surnommé *l'Écuyer-Chasseur d'Angleterre*, il avait été forcé de le vendre et de vider les lieux. Ce fait ajoutait au trouble de Jake quant à l'atmosphère du village. Il y avait quelque chose dans cet endroit qui le dérangeait, et il était déterminé à aller au fond des choses.

À travers la rangée d'arbres, il étudia le bel édifice. Et immédiatement, il réalisa à quel point le bâtiment était minuscule pour un manoir. Néanmoins, il avait été construit dans le style palladien de façon charmante, avec une loggia à trois baies et des colonnes toscanes au premier étage. Jake pensait que l'architecte l'avait sans doute imaginé en observant la vue le long de l'étroit Kirk Dale. Il se demandait pourquoi Sir Charles l'avait délaissé en faveur de Dalton Hall, construit ensuite. Il avait probablement voulu, lui aussi, quelque chose de plus grand pour impressionner ses camarades aristocrates. Jake sourit. Personnellement, il aurait été heureux de vivre juste dans la maison du gardien d'un domaine comme celui-ci. Il reprit son chemin. Ce rapide aperçu lui suffisait pour se faire une idée de l'homme qui avait érigé la grotte, et cela lui permettait de se calmer après les balivernes que le bedeau avait proférées aussi facilement qu'une gargouille recrachait la pluie en pleine tempête. Il eut un petit rire à cette image et se dit à lui-même : « Pauvre Mr Hibbitt, avec son visage rubicond, il ne ressemble pourtant guère à ces monstres sculptés ! » Mais il repensa alors au regard dur et à la voix menaçante, et son sourire s'effaça. Pourquoi devrait-il changer le sujet de son roman ? Sa décision était prise, ce serait Aldfrith.

Après avoir regagné la nationale, il passa devant l'allée du manoir et bifurqua sur le chemin de droite, bordé de haies, qu'il suivit sur une centaine de mètres. Toujours sur la droite, la haie céda la place à un mur de pierres sèches, et il repéra un passereau qui se balançait sur la pierre qui coiffait le mur, et la minuscule créature, alarmée par sa présence, se précipita dans un trou où elle avait sans doute son nid.

Ayant dépassé le mur, il traversa pour tourner à gauche, emprunta un chemin accidenté qui bifurquait cette fois à gauche, l'amenant sur un sentier caillouteux entre de hauts talus couverts de fougères et surplombés de prunelliers et de sorbiers. Ils offraient un abri contre le vent.

Après des années de randonnées dans la campagne, Jake avait appris que marcher sans bruit lui donnait beaucoup plus de chances d'apercevoir la faune. Ce jour-là ne faisait pas exception. Il se figea, car parmi les arbres, il entrevit le ventre blanc d'un daim. Une biche, à en juger par sa taille. Considérant la façon dont le corps tacheté camouflait l'animal, il se félicita que son œil averti l'ait repéré. Réconforté par la grâce des mouvements de la biche, Jake suivit le chemin qui s'incurvait vers la droite, grimpant jusqu'à ce qu'il puisse apercevoir le monument circulaire en pierre qu'était la grotte de Sir Charles.

Son humeur enjouée et épanouie s'évapora aussitôt. Quelque chose n'allait pas. En proie à l'inquiétude, il s'approcha de la structure. L'odeur âcre du bois calciné lui piqua les narines. Quelqu'un avait fait du feu devant la caverne. Ses cheveux se dressèrent sur sa tête. Là où l'entrée de la grotte aurait dû être obstruée par un gros rocher et remplie de terre, il contemplait maintenant avec incrédulité le vide obscur de la caverne ! Quelqu'un avait enlevé tout ce qui empêchait le passage, mais en regardant autour de lui, il n'y avait traces ni du rocher ou autres blocs de pierre, ni du panneau explicatif. Lentement, il s'approcha de la caverne, son cœur battant la chamade. À moins d'un mètre de l'entrée, il entendit des bruits de pas à l'intérieur et poussa un cri. Là-dessus, le silence retomba et il appela : « Il y a quelqu'un ? »

Il n'y eut aucune réponse, mais une sensation glaciale l'envahit et il sentit la malveillance qui se dégageait des profondeurs de la caverne. Cette sensation était si forte que, sans réfléchir davantage, il se détourna et prit la fuite par le chemin qu'il avait emprunté à l'aller. Par deux fois, il jeta un coup d'œil derrière lui, mais personne ne le suivait. À mi-chemin, il s'arrêta pour reprendre son souffle, conscient qu'il respirait mal parce que son cœur battait trop fort. Il s'appuya contre le talus et, effrayé, scruta le haut du sentier — rien, personne ! Il prit une profonde inspiration, avalant l'air avec avidité. Avait-il imaginé tout cela ? Bien sûr que non ! Mais comment était-ce possible que le rocher et les décombres aient été déblayés en si peu de temps et sans laisser de traces ? Pour faire cela, ils auraient eu besoin de machines lourdes, mais il n'y avait pourtant aucune empreinte sur le sol autour de la grotte. Un autre mystère à Ebberston ! Que devait-il faire ? Comme son pouls se calmait, il commença à réfléchir avec un peu plus de sang-froid. Appeler Mr Hibbitt et lui avouer qu'il avait ignoré ses conseils ? Sinon, vers qui pouvait-il se tourner pour témoigner de cette situation extraordinaire ? Personne. Pour l'instant, il valait donc mieux garder ça pour lui.

Quelle matinée ! Il repensa aux événements de la journée jusqu'à présent. D'abord, l'étrange conversation avec le bedeau. L'homme lui-même avait parlé de fables de vieilles femmes, mais c'était quand même lui qui l'avait mis au courant de la correspondance de Sir Charles. En soi, c'était étonnant. Pourquoi n'avait-il pas voulu lui raconter ces événements avant qu'il ait lu la lettre sur les *incidents mystérieux et impressionnants* de Sir Charles Hotham-Thompson ? Pourquoi ne pas simplement lui en donner les grandes lignes et lui déconseiller d'y aller ? Il devait maintenant faire face à son propre incident mystérieux et impressionnant. Il lui faudrait y retourner pour trouver une explication. Il se redressa et fit deux pas en remontant le chemin, mais s'arrêta. Il n'osa pas avancer plus. Mr Hibbitt n'avait-il pas parlé de cadavres et de fous furieux ? Pour la première fois, il ne considérait pas ces paroles comme des absurdités. Pourtant, il ne pouvait pas expliquer ce qui s'était passé de manière rationnelle — et c'était cela, plus que la lâcheté, qui le retint de repartir vers la caverne. Même s'il décida de ne pas y aller, il savait qu'il lui faudrait revenir à l'endroit maudit — c'était juste qu'il n'irait pas maintenant. La sensation de malveillance venant de l'intérieur de l'Antre d'Elfrid avait été trop forte, trop diabolique.

Il refit deux pas vers l'emplacement où il s'était reposé et s'adossa à nouveau contre le talus, considérant une fois de plus les événements. N'y avait-il aucune explication rationnelle ? Il arriva à la terrifiante conclusion qu'il n'y en avait pas. Pour reprendre ses esprits, parce qu'il avait l'impression que sa tête allait exploser, il pensa à des choses positives comme le passereau et le daim qu'il avait croisés. Au fond, c'était pour ça qu'il adorait se balader. Puisque c'était le cas, pourquoi ne trouvait-il pas une autre destination pour tuer le temps avant le déjeuner ?

Il eut une idée. Il irait visiter le site de la bataille et le ruisseau qui passait là-bas. Dans cette perspective, il sortit sa carte de l'Ordnance Survey et localisa sa position actuelle. C'était là, à l'ouest d'Ebberston, à côté de la nationale, écrit très clairement, *Bloody Close*, et le lettrage gothique utilisé pour les sites historiques indiquait *Oswy's Dikes*. Jake fouilla dans son sac à dos et en sortit une brochure sur l'histoire de la région qu'il avait prise dans sa chambre, maintenant pliée dans tous les sens à force d'être utilisée. Il en parcourut le contenu jusqu'à ce qu'il tombe sur : *La tradition veut qu'Alfrid ait été blessé lors d'une bataille autour des lignes de Scamridge (soit à Six Dikes, soit à Oswy's Dikes). Les retranchements de Scamridge, non loin d'Ebberston, sont connus depuis la nuit des temps sous le nom d'Oswy's Dikes, probablement parce que l'armée d'Oswy y avait campé, avant de s'engager contre les forces de son fils rebelle.*

Il continua à lire un peu plus : *Il y a de nombreuses fortifications en terre primitives dans la région au nord d'Ebberston et de Snainton. Scamridge Dykes occupe presque huit kilomètres carrés de lande. Il est possible qu'elles datent de l'âge de pierre. Ici, il y a plus d'un siècle, une habitation commune au toit de chaume a été retrouvée parmi les monticules et les fossés, ainsi que 14 corps datés de 1000 ans avant notre ère.*

La région savait comment susciter l'intérêt d'un archéologue ou d'un historien, songea-t-il. Son doigt suivit la route qu'il allait emprunter. D'abord, il atteindrait les *Vignes*, y déjeunerait encore, puis continuerait sur le sentier près du pub, à gauche. Cela l'amènerait à *Bloody Close*, aussi dénommé *Bloody Field*.

Après un déjeuner très agréable, arrosé d'une excellente bière artisanale, Jake avait retrouvé sa bonne humeur. En quittant le pub, il prit le sentier public et le suivit à travers le *Bloody Field*. Il avait craint d'être tourmenté par de singulières sensations sur le lieu d'un massacre, compte tenu de sa réceptivité récemment exacerbée, mais heureusement il ne ressentit rien d'autre que sa propre conscience de l'histoire. Son regard fit le tour du champ et ne nota rien de particulier dans les environs, mis à part l'idée même qu'une féroce bataille avait été livrée là où il se tenait. Il calcula rapidement — 1304 ans auparavant, des hommes étaient morts ici. Il se demanda si un détecteur de métaux pourrait repérer des armes anciennes enterrées. Sur cette dernière réflexion, il repartit à la recherche du ruisseau. Après avoir franchi et soigneusement refermé trois barrières, il prit à droite, en passa une autre au coin du champ, et se dirigea vers un pont traversant le cours d'eau.

Là, il s'arrêta et plaça ses deux mains contre son front. Une soudaine sensation de vertige l'avait assailli. Il chancela, s'appuya contre le parapet et s'y agrippa pour maintenir son équilibre. En se penchant contre la structure, il jeta un coup d'œil à l'eau qui coulait et à son grand effroi — il cligna des yeux et secoua la tête — le courant était rouge ! C'était exactement ce qu'il avait redouté. Qu'est-ce qui lui arrivait ? L'accident l'avait-il rendu fou ? Le docteur Emerson pensait que non, mais bon, elle n'avait pas le regard fixé sur un ruisseau connu sous le nom de *Bloody Beck* dont l'eau venait de se teindre en rouge, du sang de ceux qui y avaient été massacrés... oui... mais il y a 1304 ans... pas maintenant !

SEPT

Ebberston et Eastfield, près de Scarborough, Yorkshire Nord

Lorsque Jake revint dans son *bed & breakfast*, Gwen fut aux petits soins pour lui.

« Mon Dieu, on dirait que vous avez vu un fantôme ! Qu'est-ce qu'il y a, mon petit ? Vous avez l'air si pâle. Asseyez-vous donc, je vais vous faire une bonne tasse de thé. »

Malgré sa gentillesse, Jake ne voulut pas lui faire part de sa bizarre expérience et la laissa croire aux vertus réparatrices miraculeuses de son thé. Une chose qu'elle avait dite lui revint à l'esprit.

« Mrs Mc... euh... Gwen, vous vous souvenez, vous m'avez parlé des étranges événements de la grotte ? Vous en avez mentionné deux récents, mais vous ne m'avez parlé que de l'instituteur. Et l'autre ? »

Elle lui lança un curieux regard, difficile à décrypter : réprobation, dégoût, un mélange des deux ?

« Vous devriez vraiment oublier cette grotte. Il porte malheur, cet endroit. Mais je suppose que vous voulez savoir pour votre livre, n'est-ce pas ? suggéra-t-elle sur un ton plus léger.

— C'est ça, l'encouragea-t-il.

— C'était avant que j'emménage à Ebberston, voyez-vous. Dans les années 70, une petite fille a disparu sans laisser de traces. Puis on a découvert quelque chose qui lui appartenait une vingtaine d'années plus tard. Je n'arrive pas vraiment à me souvenir des détails.

— J'imagine que je pourrais trouver ça à la bibliothèque d'Eastfield. De toute façon, je pensais y aller, j'ai besoin de plus d'informations sur le roi Aldfrith.

— Alors voilà ce qu'on peut faire, mon cher. Je dois aller chez Boyes à Eastfield. Ça fait longtemps que je veux acheter du tissu pour des rideaux. Ceux de la chambre du fond sont de plus en plus usés. Je peux vous déposer et, si vous voulez, on peut se retrouver après pour grignoter un morceau. Qu'en pensez-vous ? »

Jake sauta sur l'occasion.

« C'est très gentil à vous, et le moins que je puisse faire, c'est de vous inviter à déjeuner.

— Neuf heures et demie, ça vous va ?

— Ça me laisse le temps de me préparer et de prendre un petit-déjeuner. C'est parfait. »

———

Gwen le déposa à la bibliothèque sur Eastfield High Street, juste en dessous du principal centre commercial, au bas de la zone piétonne, qu'elle montra du doigt à Jake. « On peut déjeuner là. À quelle heure se retrouve-t-on ? »

Jake jeta un œil à sa montre ; il était déjà 10 h 45. Il estima que deux heures devraient suffire pour les notes dont il avait besoin.

« Treize heures, ça irait. »

Sa logeuse lui adressa un sourire chaleureux, et il se dit : *il y a des gens qui sont vraiment gentils par nature.*

« Alors je serai ici, devant l'entrée, à treize heures, mon cher. »

Il lui fit un signe de la main en s'efforçant de lui adresser un agréable sourire.

Des bénévoles s'occupaient de la bibliothèque, mais l'établissement était parfaitement tenu, offrant même différents services, tels que photocopie et télécopie. Il trouva un homme d'un certain âge, clairement retraité, serviable, qui avait la mine efficace d'un ancien professionnel.

Lorsqu'il expliqua son intérêt pour l'Antre d'Elfrid, l'homme sembla d'abord réticent.

« C'est une histoire obscure que vous êtes en train de creuser. Vous êtes journaliste ? »

Était-ce de la suspicion et de l'hostilité qu'il percevait dans le ton du vieil homme ?

« Pas du tout, je suis historien et je fais des recherches pour un roman sur le roi Aldfrith. J'aimerais juste me faire une idée sur l'endroit. »

Le retraité se détendit alors. « Eh bien, je ne sais pas si ce que nous avons sur la caverne sera utile pour votre roman, mais il y a tout un dossier sur les étranges événements qui se sont produits là-bas, vous savez, comme ça a un intérêt local, etc. Évidemment, nous avons plusieurs livres sur les royaumes anglo-saxons et en particulier un très bon article dans une revue appelée *Celtica* que vous voudrez sans doute aussi lire. Cela vous donnera un angle différent pour approcher Aldfrith. Je l'ai lu il y a quelques années, c'est très bien écrit.

— C'est très aimable à vous. Je souhaiterais quand même consulter tout ce que vous avez. »

Jake n'était pas tout à fait aussi intéressé qu'il aurait dû l'être par le monarque, surtout s'il était censé écrire sur lui. Mais son état d'esprit actuel le rendait plus enclin à se plonger dans le dossier sur les curieux événements de la caverne.

En particulier, il voulait en savoir plus sur la jeune fille qui avait disparu dans les années 70. Le dossier contenait de nombreux articles, allant des premiers journaux de la fin du dix-huitième siècle jusqu'à ceux du vingt et unième siècle. Comme les articles étaient classés par ordre chronologique, il fut facile de trouver celui de 1974 sur l'adolescente disparue. En vacances avec sa famille à Ebberston, Janice Pembleton, quatorze ans, était allée se balader dans la

43

campagne avec son amie Claire Weekes, treize ans, mais celle-ci avait obéi à la consigne stricte de rentrer à la maison avant huit heures du soir. Janice avait décidé de rester dehors, et selon Claire, ses derniers mots avaient été : « Je monte à la grotte. » On ne l'a plus jamais revue. Lors des recherches, des centaines de bénévoles inquiets avaient ratissé chaque recoin de la campagne sans trouver la moindre trace de Janice. Bien qu'elle ait suivi toutes les pistes possibles et interrogé des dizaines de personnes, la police avait été incapable de découvrir sur ce qui était arrivé à la jeune fille.

Jake s'appuya contre le dossier de sa chaise et réalisa à quel point sa gorge était nouée et combien ça le prenait aux tripes. Ces sensations étaient faciles à expliquer. Aurait-il disparu comme Janice s'il était entré dans la caverne ? La malfaisance qui émanait de l'intérieur l'impressionnait encore. Et si, comme lui, Janice avait trouvé le passage débloqué et qu'elle était entrée ?

Il reprit sa lecture et découvrit que, près de vingt ans plus tard, en 1992, un randonneur qui suivait le sentier de la grotte était tombé sur un petit médaillon en or. La mère de Janice l'avait identifiée comme une médaille religieuse qu'elle avait offerte à sa fille lors de sa confirmation plus tôt en 1974. Elle avait été retrouvée à quelques pas de l'entrée de la caverne. Jake tourna la page, mais ne trouva rien d'autre sur la jeune disparue.

L'article suivant portait sur l'instituteur qui était mort d'un coup à la tête. En lisant attentivement, il put comprendre pourquoi Mr Hibbitt n'avait pas été convaincu par la conclusion du coroner. La police n'avait pas réussi à trouver l'endroit où l'homme était supposément tombé pour se fracasser le crâne. Cette absence de preuve, sans aucun doute cruciale, avait laissé beaucoup trop de questions sans réponse.

Jake prit quelques notes puis éplucha les articles du dix-neuvième siècle. Deux d'entre eux, datant du début du siècle, parlaient de cas de démence. Bien qu'une trentaine d'années séparait ces articles, les similitudes étaient frappantes. Les deux journalistes évoquaient les bavardages incohérents des victimes, tous deux gardiens de troupeaux, tous deux délirant à propos d'hommes armés d'épées et de haches, venus voler leurs moutons. Une chose en particulier frappa Jake : dans le second cas, l'homme terrifié et agité avait insisté sur le fait que le voleur avait traversé le mur de la bergerie. On attribua bien sûr ce fait aux divagations d'un dément, et le berger fut envoyé à l'asile d'aliénés du Yorkshire Nord et Est en 1849.

Un meurtre non résolu avait également été commis en 1888. Le corps d'un visiteur, couvert de nombreuses blessures profondes, infligées par une arme à longue lame, selon le coroner, avait été retrouvé par une famille qui visitait le coin pour la journée et qui avait décidé de passer à la grotte. L'horrible trouvaille gâcha leur excursion à la campagne.

Jake consulta sa montre. Il était midi, et il avait recueilli suffisamment d'informations sur la caverne pour comprendre que sa mauvaise réputation n'était pas seulement due aux histoires de vieilles femmes. Il fallait vraiment qu'il commence de sérieuses recherches sur le roi qui s'était réfugié dans la caverne après avoir été blessé. L'heure précédant son rendez-vous avec Gwen McCracken passa à toute allure alors qu'il remplissait son carnet de notes sur la vie d'Aldfrith. L'article recommandé par l'obligeant retraité lui donna un bon aperçu des origines irlandaises et de l'éducation du roi qui allait illuminer la Northumbrie par son savoir et par les érudits qu'il attira en Northumbrie. Aux yeux de Jake, le seul élément qui manquait, de manière inquiétante, c'était ce qu'il avait le plus besoin de comprendre : comment Aldfrith était-il mort ? Les experts de la période anglo-saxonne ne semblaient pas d'accord sur ce point, et les documents de l'époque étaient trop vagues. Ce serait pour lui un excellent objectif. Si lui, Jake Conley, découvrait ce que nombre d'éminents spécialistes n'avaient pu trouver, ce serait un sacré succès. Une fois de plus, il semblait que la réponse résidait dans le mystérieux Antre d'Elfrid. Tout le ramenait là-bas, et il savait que tôt ou tard, il devrait surmonter ses craintes et retourner à la caverne.

Le centre commercial abritait un restaurant de *fish and chips*, et voyant qu'il était parfaitement propre, Jake suggéra qu'ils y mangent.

Gwen accepta volontiers, et au cours du repas, elle s'enquit de ses recherches. Il comptait bien sonder sa réaction. Elle n'était pas née sur place, mais avait vécu à Ebberston pendant quinze ans, c'était suffisamment long pour être en phase avec les préoccupations locales.

« Tout nous ramène à l'Antre d'Elfrid, lui dit-il. Les mystérieux incidents d'Ebberston sont tous associés à cet endroit. »

La fourchette de Gwen était restée en suspens entre son assiette et sa bouche, et elle avait l'air inquiète.

« C'est pour ça que vous ne devez pas vous en approcher, Jake. Croyez-moi, il se *passera* quelque chose d'horrible si vous persistez dans votre enquête. N'y retournez pas. Il y a quelque chose d'affreux dans cette caverne. Les gens du village ne veulent pas en entendre parler, et encore moins y aller.

— Je pense que vous avez raison, Gwen. » Il cherchait à l'apaiser. « Et je suis sûr que je peux écrire mon roman sans avoir à y remettre les pieds.

« Ce serait bien mieux comme ça, sans aucun doute. Mon Dieu, ce morceau de cabillaud est trop gros, je ne vais pas pouvoir tout finir. »

Sur le chemin du retour à Ebberston, Gwen ne mentionna pas la caverne. Jake trouva étrange qu'elle n'ait pas posé de questions sur Janice Pembleton puisqu'elle prétendait ne pas se souvenir des détails de l'affaire. Mais il n'y fit pas référence et expliqua le silence de sa logeuse comme une réticence à parler de la grotte.

Se reposant dans sa chambre, Jake se demandait ce qu'il allait faire ensuite. Il n'était pas pressé de retourner à l'Antre d'Elfrid, et en tout cas, l'idée d'y aller au crépuscule ne lui plaisait pas du tout. La lumière forte du matin serait préférable. Il lut les notes qu'il avait prises et se rendit compte que sa main tremblait en tenant le petit carnet noir. Il se demandait si Gwen avait raison sur ce *quelque chose d'horrible* et sur son insistance à vouloir le dissuader de poursuivre ses recherches. Il n'avait jamais eu l'occasion de combattre le mal au cours de ses trente années de vie. Que diable faisait-il ? Pourquoi ne pas juste laisser tomber et simplement écrire un roman historique comme tous les écrivains sensés de la planète ? Mais peut-être que c'était là l'objectif — il ne voulait vraiment pas faire comme les autres. Il était sur quelque chose de bizarre, et il ne pouvait pas laisser passer ça. Alors qu'il réfléchissait à la situation, il lui apparut qu'il avait négligé une piste intrigante. Pour la suivre, il devrait se rendre à Londres.

HUIT

N<small>E SACHANT PAS S'IL SERAIT ADMIS DANS L'AUGUSTE</small> S<small>OCIÉTÉ</small> des Antiquaires de Londres, Jake consulta leur site et découvrit que les chercheurs extérieurs étaient effectivement les bienvenus. Il y avait une condition : *Les collections du musée sont conservées dans des réserves fermées, il est donc essentiel de nous faire parvenir vos demandes à l'avance. Certaines collections de la bibliothèque ainsi que toutes les archives de la Société sont en accès limité ou exigent des délais pour être récupérées. Les chercheurs sont dès lors invités à nous avertir le plus tôt possible s'ils souhaitent consulter ces documents.*

Il jugea que c'était très raisonnable et positif et décida d'utiliser le Service de renseignements, non pas par e-mail mais en téléphonant au numéro indiqué. En quelques minutes, il avait fait part de ses demandes à l'homme serviable qui lui avait répondu et fut ravi d'apprendre que les documents de Sir Robert Wanley sur le Yorkshire Est seraient mis à sa disposition dans les quarante-huit heures. Par conséquent, il se rendrait à Londres par le train d'York à King's Cross le lendemain, passerait la nuit dans la capitale et visiterait Burlington House le jour suivant. La bibliothèque ouvrant à 10 h, il prit donc rendez-vous pour 10 h 30.

Jake réserva son billet et son logement en ligne, puis descendit informer Gwen de ses projets. Il avait besoin de garder sa chambre ici, car il n'avait pas du tout fini son exploration de l'Antre d'Elfrid. Restait à savoir si les écrits de Sir Robert Wanley pouvaient éclairer ces mystérieux incidents.

Il trouva Gwen assise devant une machine à coudre à faire des ourlets sur un grand morceau de tissu. Il lui expliqua que cette escapade à Londres serait peut-être une perte de temps et d'argent, mais qu'il devait essayer puisqu'il ne pouvait pas aller plus loin dans ses recherches sur Aldfrith. Il préféra lui laisser penser qu'il s'intéressait au roi, et non à la caverne. Elle fut heureuse d'apprendre qu'il reviendrait à Ebberston, mais surtout qu'il ne retournerait pas à l'Antre d'Elfrid.

« Quel soulagement ! Vous serez beaucoup plus en sécurité à Londres, mon petit. »

———

LONDRES, ROYAUME-UNI, 2019

À l'origine un hôtel particulier de style palladien appartenant au comte de Burlington, l'imposante façade du bâtiment intimida Jake lorsqu'il s'approcha de l'entrée voûtée. Juste sous la pointe de l'arche, un drapeau rouge ondoyant au gré de la brise portait le nom de Burlington House en majuscules jaunes. La tête sculptée d'une déesse — Jake ne savait pas qui elle représentait — dominait l'arche sous l'inscription Société des Antiquaires en lettres d'or. S'il avait eu des doutes sur le sérieux de la Société, ces idées auraient été dissipées par tout ceci. Se sentant sans importance et quelque peu bidon en tant que chercheur, Jake prit une profonde inspiration et passa sous l'arche, vérifia sa montre — 10 h 25, timing parfait — et se présenta à l'accueil pour être dirigé vers le premier étage qui abritait la bibliothèque.

Le bibliothécaire qui le reçut lui demanda, d'un ton circonspect, s'il avait lu les directives de la Société à l'intention des chercheurs extérieurs.

« Oui, comme vous pouvez le voir, je n'ai apporté que mon ordinateur portable, pas de sac, et je ne reproduirai pas de matériel, donc pas besoin d'autorisation. Je ne suis ici que pour consulter des documents et prendre des notes. »

Le bibliothécaire lui adressa un mince sourire. « Parfait. Si vous voulez bien me suivre jusqu'à la salle de lecture. »

Il conduisit Jake à une table occupée par une jeune femme, vraisemblablement étudiante, et posa de l'autre côté un ancien volume relié en cuir portant sur la tranche un numéro de série gaufré à la feuille d'or auquel s'ajoutaient un mois et une année.

« Si vous avez besoin d'aide, vous pourrez me trouver au bureau dans l'autre pièce. »

Jake le remercia et fit glisser le volume pour lire la date : décembre 1784. Il fit un signe de tête à l'étudiante blonde qui lui répondit par un sourire avant de se replonger dans son travail. Jake alluma son ordinateur et le repoussa pour laisser la place au grand volume. Avec précaution, il en ouvrit les pages jaunies par l'âge et son regard parcourut rapidement le contenu jusqu'à ce qu'il atteigne le nom de Wanley. Son cœur palpitait en lisant le titre de l'article : *Événements historiques et autres concernant le mystère de la caverne, dénommée Antre d'Elfrid, située dans le comté d'York et plus particulièrement dans les confins du village d'Ebberston. p.* 127.

L'habituelle douleur sourde au centre de son front se manifesta, confirmant qu'il était sur la bonne voie. Avec un soin exagéré, il tourna les pages raidies du volume, ignorant un désir furieux d'arriver au plus vite à celle qu'il recherchait.

La page 127, après quelques lignes pompeuses en italique l'informant des qualifications de l'écrivain, commençait par un long discours préliminaire. Dans d'autres circonstances, Jake aurait passé cette introduction pour aller directement à l'essentiel, mais quelques mots en vieil anglais attirèrent son attention et il lut :

Le célèbre poème anglo-saxon Les Ruines s'ouvre sur Wraetli is thaes wealhstane, *ce qu'on peut traduire par* : «à un spectre cette pierre ressemble». *De cela, nous pouvons déduire que dans la pierre d'Angleterre elle-même se trouve ce spectre : c'est une émanation de l'Angleterre. Les témoignages écrits qui nous parviennent en ce dix-huitième siècle suggèrent que les Anglo-Saxons ne voyaient pas de fantômes, même s'ils se savaient hantés.*

Ces mots laissèrent Jake bouche bée. On avait là un éminent anti-quaire du dix-huitième siècle qui souscrivait à l'existence des reve-nants, au risque de s'exposer à la dérision de ses contemporains. Il poursuivit sa lecture avec avidité.

Les scientifiques, les libres penseurs et le clergé disqualifient la réalité des forces surnaturelles comme superstition, mais je souhaite soutenir, avec le grand Docteur Johnson, qui écrivit au sujet des fantômes, que : «Tous les arguments sont contre, mais toutes les croyances sont pour.» *Partant, je demande l'indulgence de mon Lecteur, dont la patience est mise à rude épreuve, pour considérer un instant les conséquences du Protestantisme sur notre psyché nationale. Le Dieu des Protestants est un Dieu d'Ordre et de raison, interprété par des hommes instruits sous la forme d'une théologie systématique. Il en résulte une vision cohérente du monde, dénuée de toute superstition, soigneusement et proprement emballée pour notre usage. Mais, Cher Lecteur, qu'en est-il de notre folklore national qui a de profondes racines dans le paga-nisme ? Devons-nous également balayer une culture plus large et plus ancienne, la sensibilité au surnaturel, au nom de la raison scientifique — ou devons-nous croire les preuves de nos propres yeux ?*

Cette dernière assertion donna à Jake la chair de poule. Sir Robert avait-il *perçu* quelque chose de surnaturel dans l'Antre d'El-frid ? Il poursuivit avec empressement.

Notre nation a une longue tradition de témoignages, souvent confiés aux textes imprimés. Je citerai ici l'œuvre de Stephen Batman de 1581...

Batman ? Plutôt Bateman sans doute ! Jake étouffa un rire irrévérencieux et le transforma en une légère toux, ne voulant pas déranger l'étudiante en face de lui.

... *l'œuvre de Stephen Batman de 1581,* Le Destin avertissant les hommes du Jugement : *où sont contenus pour la plupart tous les étranges Prodiges qui se sont produits dans le Monde. Ou encore, Cher Lecteur, le volume de 1682 de Nathaniel Crouch,* Merveilleux prodiges du Jugement et de la Miséricorde, *découverts dans plus de trois cents histoires mémorables. Ce ne sont pas, je le soutiens, de simples fascicules accrochés aux étals devant lesquels bayent les ignorants et les crédules, ni des almanachs ou des recueils astrologiques du genre fallacieux, mais des collections sérieuses et savantes de témoignages divers et inexplicables. En harmonie avec ces auteurs, je m'abstiens de toute référence aux comètes, éclipses, naissances monstrueuses, orages de sang, foudres et coups de trompette. Non, mais je vais revenir à* Wraetli is thaes wealhstane *et unir mes efforts à ceux de Robert Burton, qui a écrit, il y a moins de cent ans* : « Les Démons souvent apparaissent aux hommes, et les effraient, parfois en marchant à midi, parfois la nuit, en contrefaisant les fantômes des morts. »

Jake se redressa sur sa chaise et se frotta le front avec sa manche. Son « troisième œil » était si douloureux qu'il avait l'impression qu'on lui perçait le crâne. C'était un signe certain, croyait-il, qu'il apprenait quelque chose de fondamental sur la caverne d'Ebberston et ses forces surnaturelles. Il arrivait au bout de l'introduction, et les écrits de Sir Robert Wanley, mort depuis longtemps, lui parlaient de diables apparus sous des traits humains à l'Antre d'Elfrid. Qu'avait vu exactement l'antiquaire qui l'avait vieilli et avait altéré son caractère, pour le transformer en reclus irascible ?

Jake tapa quelques notes sur l'introduction, mais il les garda concises, empressé qu'il était de poursuivre la lecture. Suivait alors un compte rendu mesuré du lieu et des événements de la bataille d'Ebberston et l'interprétation de Sir Robert sur les causes et les antagonistes. Jake en conserva également la trace pour référence ultérieure. Il découvrit aussi, pour la première fois, la nature des blessures d'Aldfrith. Sir Robert avait trouvé une source de l'époque affirmant que le roi avait été frappé par une flèche et qu'il avait ensuite reçu une blessure infligée par une épée à la cuisse. Protégé par ses soldats, il fut transporté dans une grotte à flanc de colline près du site de la bataille. Ils s'y abritèrent, suffisamment éloignés et dissimulés aux yeux de l'ennemi victorieux. Plus tard, toujours en 705, ses hommes le ramenèrent à son palais de Driffelda, où il succomba à ses blessures. Jake connaissait la plupart de ces faits, mais ce qui suivit le stupéfia.

Sir Robert commença à parler de l'emplacement de la caverne et de la façon dont une personne de sa connaissance, le très estimé Sir Charles Hotham-Thompson, avait construit un monument pour commémorer le lieu de la souffrance et de l'évasion d'Aldfrith. Mais il mentionna également non seulement la façon dont l'honorable aristocrate, pour sa part, avait partagé les expériences qu'il allait maintenant décrire, mais aussi le fait qu'il allait les corroborer et le soutenir. Jake en eut le souffle coupé, provoquant un regard interrogateur de l'étudiante de l'autre côté de la table. Il prétendit ne pas avoir remarqué. Il était fatigant de suivre le style de la graphie ancienne où la lettre s ressemblait à un f et où toute la page d'écriture était dense et inclinée vers la droite. Mais il n'était pas question de se reposer les yeux ; il était venu pour cela et osait à peine croire que la Société des Antiquaires avait préservé ce témoignage unique.

Je me rendis à Ebberston Hall où vivait le valeureux Sir Charles, illustre vétéran de nombreuses campagnes. Un colonel des forces armées de Sa Majesté n'est pas de la sorte des personnes à être indûment troublées ou déroutées par l'inexplicable. Pourtant, je le trouvai très altéré par ses expériences à l'endroit connu par les gens de la région sous le nom d'Antre d'Elfrid. Ainsi, c'était imprimé ; Sir Charles avait partagé son exposition au surnaturel avec un autre chevalier du royaume. Je dois admettre ma surprise — non, mon étonnement — lorsqu'il m'avertit pour la première fois de la présence de fantômes sur ses terres et qu'il énuméra les mystérieux incidents associés à la caverne. Mon scepticisme manifeste provoqua un tumulte considérable dans la poitrine de mon hôte, qui ne se calma qu'après l'avoir laissé me convaincre de me rendre avec lui sur le lieu des événements. Je ne sais si l'insistance du colonel pour que nous portions chacun une arme de chasse à l'épaule empêcha toute apparition de l'autre monde, mais le fait est que nous ne vîmes rien de la sorte. Cependant, l'impression de malfaisance totale qui se dégageait de la caverne me fit battre en retraite à l'instant même. « Exactement ! » s'exclama Jake et il dut s'excuser auprès de la jeune femme d'en face. « Je m'investis beaucoup trop dans mes recherches, je vous demande pardon. »

Elle lui sourit gentiment, et il se promit intérieurement de ne plus attirer l'attention sur sa personne. Avec irritation, il tenta de retrouver l'endroit où il était sur la page. *Lors de ma visite suivante à la caverne, peut-être inconsidérément, j'étais seul et je demande l'indulgence de mon Lecteur si je reviens aux « Démons » de Robert Burton, car il n'y a pas de doute sur le mal qui transpirait des fantômes que je rencontrai par hasard ce jour-là. Ils étaient en effet morts depuis bien longtemps, puisqu'ils avaient combattu à la bataille d'Ebberston, il y a mille cent soixante-neuf ans au moment où j'écris. Je peux seulement supposer que les spectres protégeaient l'esprit de leur roi gisant à l'intérieur de la caverne. Non pas que j'eusse pu en être certain, dans la mesure où je ne m'approchai pas plus, mais je m'enfuis de l'endroit maléfique lorsque les figures casquées levèrent leurs armes dans un geste d'hostilité sans équivoque. Je tombai dans la plus grande confusion mentale pendant plusieurs jours et je dus reposer ma cheville tordue lors de ma retraite inconvenante et précipitée. Pourtant, je remercie Notre Seigneur de ne m'être pas attardé dans l'Antre d'Elfrid ; sinon, je crains que ma plume n'eût plus jamais gratté le papier.*

Jake se redressa et souffla profondément. Il réalisa qu'avec ce dernier paragraphe, il avait arrêté de respirer — et maintenant sa tête tournait, et son cœur se fatiguait à remplir sa fonction. Il comprenait parfaitement ce qu'impliquait, pour un personnage aussi renommé du dix-huitième siècle, de mettre à nu ses émotions et de témoigner d'événements aussi incroyables.

Au cours de ma convalescence, j'eus l'occasion de comparer mes observations avec celles de Sir Charles et de deviser un stratagème pour empêcher de nouvelles apparitions. Sir Charles, un anglican de la vieille école, s'opposa à l'implication d'un exorciste qu'il qualifia « d'absurdité papiste ». Cependant, il était prêt à faire remblayer la caverne et à en boucher l'ouverture avec un rocher particulièrement volumineux placé de façon assez appropriée, comme devant le tombeau de Joseph d'Arimathie. Ce brave gentilhomme, conscient du mauvais service rendu à un site historique, décida en outre de commémorer le refuge du roi Aldfrith par la construction d'un monument en pierre autour et au-dessus de la grotte. La mort malheureuse de deux ouvriers découlant de cette opération pourra ou non être attribuée à des présences surnaturelles. Il n'appartient pas à l'auteur de trancher et cela dépasse la portée de cet article. Le Lecteur se fera sans nul doute sa propre opinion sur la base des témoignages présentés ici...

Jake parcourut le reste de la page, mais ne vit rien d'importance à ajouter à ses recherches, juste une justification prolongée de la véracité de ce qu'il savait déjà. Exalté par cette confirmation de sa théorie sur Ebberston, Jake referma le volume et tapa quelques notes. Il ferma ses yeux fatigués, frotta son front douloureux et réfléchit. Ce qui le troublait le plus, c'était la réouverture inexpliquée de l'Antre d'Elfrid. Comment cela avait-il été pratiqué ? Et des innocents risquaient-ils davantage de faire la périlleuse rencontre des anciens spectres ? Il réalisa qu'il devait le découvrir avant qu'une autre tragédie ne se produise.

NEUF

Burton Agnes et Ebberston, Yorkshire Nord

Essayant de se persuader qu'aucune tragédie imminente n'était à craindre, Jake passa le lendemain à se balader dans les vallons sud d'Ebberston. Au fond de lui-même, il savait qu'il ne faisait que reculer le moment de son retour à la caverne par crainte de ce qu'il pourrait y trouver. Il décida plutôt de visiter une église historique de la région et choisit Saint-Martin à Burton Agnes. C'était une randonnée ambitieuse depuis Ebberston, mais ça valait l'effort.

L'église du treizième siècle, bien indiquée, était cachée à flanc de colline, juste derrière Burton Agnes Hall. La première chose qui fascina Jake à Saint-Martin, ce fut l'arrivée par une arche spectaculaire formée par les branches basses des ifs, de sorte qu'il avait l'impression de parcourir un long tunnel vers le passé alors qu'il approchait la porte sud.

Il consigna en détail dans son carnet les éléments normands du bâtiment, mais surtout ceux d'un mémorial construit contre l'un des murs pour Sir Henry Griffith : le coffrage de la tombe était orné de macabres sculptures de crânes et d'os, ce qui répondait peut-être à son humeur morose. En tout cas, la longue randonnée pour revenir à

Ebberston lui éclaircit les idées, et lorsqu'il arriva pour un repas tardif aux *Vignes*, il avait décidé de marcher jusqu'à la grotte le lendemain matin.

Après son petit-déjeuner, sa détermination vacilla. Lorsqu'il eut atteint la nationale, sa conviction était revenue, mais au moment de prendre le sentier, une certaine appréhension le fit à nouveau hésiter. Les remarques de Sir Robert Wanley sur les démons prenant la forme de fantômes se rappelaient sans cesse à lui. Était-il raisonnable de s'inquiéter pour des questions aussi irrationnelles ? Quoi qu'il en soit, il dut admettre qu'il n'avait pas le courage de continuer. En prenant le virage vers le sentier muré, il ne pouvait imaginer ce qui serait pire : retrouver une caverne scellée, comme à la première fois, ou béante, telle qu'il l'avait vue la fois précédente. Si elle était scellée, cela signifiait que des forces étaient à l'œuvre d'une manière ou d'une autre pour déplacer un poids aussi massif, ou que son imagination lui avait joué un tour. Si elle était ouverte, cela signifierait... eh bien, il préférait ne pas y penser. C'est dans cet état d'esprit qu'il s'approcha de la grotte en longeant le talus bordé d'arbres jusqu'à ce qu'il puisse voir les pierres de la folie.

À ce moment-là, il s'arrêta net. Il ne pouvait ni avancer ni reculer. Il hésitait, il aurait préféré envoyer quelqu'un pour voir si la caverne était ouverte. Il resta ainsi plusieurs minutes. Puis, décidant de ne pas passer pour une mauviette, il se dirigea le plus silencieusement possible vers la grotte.

Arrivé à moins de trois mètres de l'ouverture, deux choses le frappèrent : d'abord, aucun rocher n'obstruait la caverne et il pouvait voir l'obscurité qui régnait à l'intérieur ; ensuite, un bruit émanait de cette obscurité qui pouvait dissimuler n'importe quoi. Quelle qu'en était l'origine, il arrivait bien jusqu'à lui. Il tendit l'oreille. Aucune erreur possible — il y avait bien un bruit : celui du métal contre la roche. À l'intérieur de la caverne, on aiguisait une lame sur une pierre. Jake fit deux pas en avant. Le silence se fit puis laissa la place à un grognement rauque et sourd. Pas celui d'un animal — celui d'un homme. Il pouvait ressentir la malfaisance le submerger comme une vague déferlante. Jake perdit son sang-froid et se retourna pour se réfugier dans les sous-bois qui bordaient la colline autour de la grotte.

Il ramena les branches et les feuillages plus près de lui avec un gémissement. La poitrine serrée, l'estomac noué, il n'osait pas — ne voulait pas — regarder. Peu importe si les pas traînants s'approchaient, il ne regarderait pas. Non. Prenant soin de ne pas trahir sa position par un bruissement de feuillages, il chercha son téléphone portable. Sans regarder, il prendrait une photo de la clairière. D'une main tremblante, il le sortit de sa poche, leva l'appareil et déclencha automatiquement l'obturateur avec son pouce. Le déclic métallique, habituellement si silencieux qu'il ne le remarquait pas, semblait dangereusement bruyant ce jour-là. Il pria pour que ce qui rôdait autour de lui ne soit pas alerté de sa présence. Tremblant toujours, il remit le téléphone dans la poche de son jean, serra le poing, déglutit avec difficulté et essaya d'ignorer le martèlement de son cœur.

Il jeta un œil par-dessus son épaule pour trouver un moyen de s'échapper. Il y avait une sorte de piste piétinée, peut-être faite par les animaux, et il aperçut ce qui ressemblait à un champignon sur le tapis de feuilles mortes. Il observa plus attentivement. Non, ce n'était pas un champignon, mais une oreille coupée — une oreille humaine. C'en était trop ! La panique s'empara de Jake. Tête baissée, il sortit de sa cachette pour faire irruption dans la clairière et, sans se retourner, il s'élança directement sur le sentier descendant la colline. Le bruit de ses chaussures sur le sol pierreux l'empêchait d'entendre si quelqu'un — ou *quelque chose* — le poursuivait. Ce n'est que lorsqu'il fut en sécurité près du mur de pierres sèches qu'il ralentit sa course et regarda en arrière. Le chemin était désert, il s'appuya donc contre le talus pour reprendre son souffle et examiner la photo qu'il avait prise.

L'image était floue. C'était compréhensible. Malgré cela, elle était quand même suffisamment nette pour montrer une chose remarquable : la clairière devant la grotte était vide ! Pourtant, il aurait juré avoir entendu des pas s'approcher. Des recherches récentes sur le paranormal avaient produit des photographies de fantômes, il en était sûr. Il en avait vu dans la presse à sensation. Mais ici, sur son télé-phone, l'objectif de haute qualité n'avait *rien* capté.

Jake laissa échapper un juron. Il n'était pas plus avancé sur l'Antre d'Elfrid. La faute à sa lâcheté. Il aurait dû s'armer de courage pour voir à travers le feuillage ce qui le poursuivait. C'était assez facile de dire ça maintenant, suffisamment près de la civilisation pour appeler à l'aide — là-haut, c'était une autre histoire. Et puis il y avait cette oreille. Pourquoi une seule ? Le reste du corps était-il quelque part dans l'épais sous-bois ? Devait-il signaler sa trouvaille à la police ? Peu de gens aimaient avoir affaire à elle, et il n'était pas différent des autres. L'oreille le perturbait. Mais pour l'instant, il voulait garder une chance de résoudre le mystère seul. Et pour ça, il lui fallait rester entier.

Avec cette priorité absolue, Jake renonça à l'idée de remonter à la caverne et se dirigea vers la nationale. Encore une fois, il hésita. Devrait-il vraiment y retourner ? Cela paraissait inévitable. Sinon, il ne saurait jamais ce qui se passe. Maintenant ? Non, il ne pouvait plus affronter ça pour le moment. Peut-être demain. Dommage qu'il ait été seul. Mais qui pouvait-il emmener d'autre ? Gwen ? Elle avait été très claire sur ce point. Non. Qui d'autre connaissait-il ? Seule-ment Mr Hibbitt, le bedeau, qui l'avait sommé de ne pas y aller.

Jake mit la main dans sa poche et sortit son téléphone pour regarder la photo une nouvelle fois. N'avait-il rien raté ? En faisant défiler l'image, il faillit lâcher l'appareil sous le choc. Rien raté ? Là, au milieu de la clairière, il y avait une forme sombre. Elle était floue, probablement parce qu'il tremblait quand il avait déclenché l'obtura-teur. Mais aussi peu claire qu'elle soit, elle avait la forme d'une figure humaine portant quelque chose sur la tête. Un casque ? C'était trop indistinct pour en être certain, mais Jake *savait* qu'elle ne se trouvait pas sur la photo lorsqu'il avait vérifié la première fois.

Il éteignit le téléphone et le remit dans sa poche. Cela confirmait deux faits essentiels. *Quelque chose l'avait poursuivi* et, quoi que ce fût, c'était diabolique. Comment était-ce possible que ça ne soit d'abord pas sur la photo et que ça apparaisse ensuite soudainement ?

Cette *chose* jouait-elle avec son esprit pour le faire basculer vers la folie ?

Il y avait un moyen de connaître son état de santé mentale. Il pouvait se rendre au *Bloody Beck* pour voir de quelle couleur était l'eau. Si le courant était à nouveau rouge, il jurait de rentrer à York et d'oublier Ebberston.

Debout sur le pont au-dessus du ruisseau, Jake ne ressentit aucune sensation étrange et fut soulagé de voir s'écouler une eau translucide et étincelante. Il en concluait qu'il devait poursuivre son enquête malgré les troublants événements. En signe de défi, il sortit son téléphone et regarda la photo. Elle avait encore changé ! Au premier plan, toujours flou et confus, se trouvait ce qui pouvait être la tête d'une personne. La forme noire avait avancé et remplissait la plus grande partie du cadre. Ressemblant plus à un crâne qu'à un visage, mais avec de la barbe, les traits mal définis semblaient exsuder la malveillance. Jake supprima la photo précipitamment et fourra le téléphone dans sa poche. Pourquoi l'avait-il encore regardée, juste au moment où il commençait à se sentir mieux puisque le ruisseau était normal ? Il y avait quelque chose qui clochait, soit avec Ebberston, soit avec lui-même. Lequel des deux ? Il se demanda alors si son accident de voiture n'avait pas causé des dommages irréparables à son cerveau. Les silhouettes ne peuvent pas avancer sur une photo. Le murmure du ruisseau le calma, et il passa quelques instants à observer distraitement les brindilles projetées contre des pierres dans l'eau peu profonde.

En y réfléchissant plus posément, il ne pouvait pas être fou. Ses recherches à Londres avaient prouvé que d'autres avaient découvert des incidents anormaux à l'Antre d'Elfrid. S'il était fou, alors Sir Charles et Sir Robert l'avaient été aussi. D'une certaine manière, il doutait que deux hommes aussi éminents de la haute société aient pu douter de leur santé mentale autant qu'il doutait de la sienne. Il était certain, cependant, qu'il partageait avec eux la même aversion pour l'endroit où Aldfrith s'était réfugié. La répulsion de Sir Charles pour la caverne avait été si forte qu'il avait préféré la sceller à jamais.

En songeant à ça, Jake fronça les sourcils. Il n'avait aucune idée de ce qui était arrivé au rocher, et comment il avait été déplacé sans engins lourds ou sans mobiliser la moitié des hommes d'Ebberston. Il décida de retourner dans son *bed & breakfast*. Encore fatigué par la marche de la veille et aussi par la frayeur qu'il avait connue aujourd'-hui, il pensait qu'il valait mieux se reposer et peut-être faire un peu plus de recherches sur Internet à propos du règne d'Aldfrith. Il se pouvait même qu'il puisse esquisser la structure d'un roman. Ces réflexions le ramenèrent à son point de départ. Qui serait son personnage principal, le roi ou le paysan libre ?

Il chassa ce dilemme de son esprit pendant un instant : il ne voulait pas traverser la route distraitement devant un véhicule. Il avait certainement appris sa leçon.

DIX

Bien reposé, Jake se leva tôt, prit son petit-déjeuner et sortit faire un tour. L'air clair et frais du matin l'ayant revigoré, il décida donc de suivre un sentier public plutôt que la route. Le seul qu'il connaissait sans avoir à consulter une carte était celui qu'il avait déjà parcouru. Il menait au *Bloody Field*, et Jake s'engagea dedans volontiers. Par la suite, il repensa à cette décision et se demanda s'il avait eu le choix ou, plus probablement, si ça avait été une compulsion imperceptible.

Dans tous les cas, Jake emprunta le chemin, l'esprit libéré des pensées désagréables, appréciant la douceur de la rosée et le chant des oiseaux. À un moment, au bord de l'allée, il repéra un petit os blanc. Il se pencha pour le ramasser afin de vérifier s'il provenait d'un doigt humain — il essayait de se souvenir de ses cours de biologie à l'école. Comment ça s'appelait — des phalanges, ou quelque chose comme ça ?

Jouant avec dans le creux de sa main, et concluant que c'était bien un os humain, il nota un mouvement du coin de l'œil, rien de plus qu'un scintillement dans l'air. Se tournant pour en identifier l'origine, il chancela sous l'effet d'un étourdissant vertige. Ce scintillement se transforma peu à peu en ombres distinctes. Jake voulait secouer la tête pour effacer cette vision, mais il ne parvint pas à remuer. Assailli par une emprise glaciale, il ne pouvait plus voir ou penser à autre chose qu'à ces formes spectrales. Dans un état de conscience normal, Jake aurait regardé avec incrédulité ; au lieu de cela, il assistait, impuissant, à la transformation de ces spectres en d'horribles guerriers couverts de sang. Sous ses yeux, la bataille d'Ebberston battait son plein.

Jake ne ressentit aucune crainte. C'était cinématographique. Il était à un endroit où rien ne se passait et il n'était donc pas en danger. Il ne pouvait ni raisonner, ni analyser, ni penser — juste regarder. Il voyait des hommes en cotte de mailles se battre avec des guerriers à moitié nus et barbouillés de bleu. Dans des circonstances différentes, Jake aurait été horrifié par la violence et l'effusion de sang. Après tout, il était pacifiste et abhorrait la guerre. Involontairement, son regard fut attiré de l'autre côté du champ, où une bannière à rayures pourpres et jaunes flottait dans la brise. Il savait que c'était celle de Northumbrie, mais c'était une identification inconsciente. Un groupe de soldats se battait en rangs serrés autour d'un homme. Se pouvait-il que ce soit le roi Aldfrith ? Il se serait posé la question s'il avait eu le contrôle de ses pensées. Il ne le supposa qu'a posteriori.

L'assaut autour de la bannière était intense. Les guerriers peints en bleu se trouvaient parmi les défenseurs, tailladant et poignardant, tombant et mourant. Le moment arriva, au plus fort de la poussée des assaillants, portant cottes de mailles et casques, où une flèche frappa le roi dans la partie supérieure de la poitrine. Jake vit tout cela clairement, ainsi que la confusion consécutive à l'incident. Alors, comme si la première bobine de film d'une salle de projection arrivait à sa fin, les figures s'effacèrent, et Jake revint à la réalité du vingt et unième siècle.

Par soulagement et par superstition, il lança le petit os qu'il tenait encore aussi loin que possible. Est-ce que c'était les restes d'un guerrier du huitième siècle tombé au combat qui avaient canalisé les apparitions ?

Sérieusement secoué, mais observateur privilégié, Jake se tint immobile pendant un instant pour digérer ce qu'il venait de voir. C'était comme si une force mystérieuse avait voulu qu'il soit témoin du moment où la flèche frappait le roi. Mais pourquoi ? Que lui arrivait-il ? Tout cela était-il prédéterminé d'une manière ou d'une autre ? Les guerriers peints en bleu étaient des Pictes. Mais les livres d'histoire ne disaient pas qu'ils étaient alliés à Aldfrith. Il allait devoir faire des recherches là-dessus. N'arrivant pas à une conclusion rationnelle et ne se sentant pas du tout bien, il regagna son *bed & breakfast*. Une tasse de thé fort était infiniment préférable au retour de la vision. S'il tardait trop, l'air risquait de scintiller à nouveau et de lui faire revivre les horreurs de cette guerre du début du Moyen Âge. Et *ça*, ça n'était pas possible ! Son pas décidé se transforma en jogging et, à son grand soulagement, il atteignit le panneau indicateur marquant le commencement du sentier. Il se disait qu'il avait eu de la chance de ne pas s'être fait cribler de lances et de flèches, mais peut-être qu'il avait été invisible pour ces combattants anciens.

À peine avait-il tourné la clé dans la serrure de la porte d'entrée que Gwen McCracken apparut.

« Bonté divine, vous n'avez pas l'air bien du tout, mon petit ! Vous n'avez pas de fièvre, quand même ?

— Quelque chose de terrible est arrivé. » Il avait besoin de se confier à quelqu'un. « Vous ne feriez pas une bonne tasse de thé par hasard, Gwen ? »

Sa solution à toute situation de stress étant celle-là même, Gwen alla mettre la bouilloire en marche.

« Asseyez-vous, et puis vous me raconterez tout ça, Jake. J'arrive dans une minute ! »

Comme promis, elle revint avec un plateau chargé de thé et de biscuits.

« Vous avez l'air pâle. Y a-t-il eu un accident sur la route ?

— Non, mais j'ai vu plus de sang que dans mille accidents ! »

Elle le dévisageait avec incrédulité.

« Qu'est-ce que vous racontez là, mon cher ?

— C'est vraiment ça, Gwen. Ce dont j'ai été témoin, je ne pense pas que cela ait quelque chose à voir avec ce monde. Pas celui d'aujourd'hui, en tout cas. »

Elle était perdue et cela se lisait sur son visage. Il allait devoir s'expliquer le plus lucidement possible.

« J'étais en train de traverser le *Bloody Field* quand... » Il poursuivit en développant la séquence des événements, et son regard était tellement marqué par l'horreur de ce qu'il avait observé que Gwen ne douta pas un instant que la chose s'était produite. Quand il eut fini, moralement épuisé, elle lui dit : « Je peux dire ce qui s'est passé, Jake. »

Il en resta bouche bée. Comment la simple et affectueuse propriétaire d'un *bed & breakfast* pouvait-elle expliquer un tel phénomène ? Elle n'était pas exactement Einstein, intellectuellement parlant.

« Ma famille est originaire des Highlands d'Écosse, et notre peuple appelle ça *an da-shealladh*. »

Bien sûr, McCracken ! C'est du gaélique peut-être ?

« C'est du gaélique », ajouta-t-elle en confirmant sa pensée. « Ça signifie *les deux vues* ou *la vision du voyant*. On trouva ça dans ma famille. Ça vous permet de voir l'apparition des vivants et des morts. Je ne peux pas dire que j'ai déjà expérimenté ça, mais c'est arrivé à ma mère. C'était pendant la guerre. Elle a vu notre oncle Jackie, qui est venu lui sourire une heure avant sa mort. Il était là, elle l'a vu aussi clairement que je vous vois, Jake. Debout, dans son uniforme de la marine. Il était sur un navire qui a sauté sur une mine allemande, aucun survivant. Donc c'est ça, vous voyez — *an da-shealladh*.

— Je peux comprendre ça, mais toute une bataille, avec des centaines d'hommes ?

— Si vous y réfléchissez, c'est encore plus probable. Tous ces morts les uns à côté des autres. Il faut une personne capable de canaliser ses pouvoirs *par-para...* extrasensoriels ! » Elle avait eu du mal à trouver le mot juste.

« Je dois avouer que j'ai vécu des choses étranges depuis mon accident.

— Ah, vous avez eu un accident ? »

Jake lui raconta son coma et les séquelles, et il lui expliqua pourquoi il était venu chercher la paix et le calme avec l'intention de se balader et de visiter quelques églises historiques.

« Oh, mon pauvre ! Vous ne devez pas vraiment trouver la tranquillité avec ces affaires à Ebberston, n'est-ce pas ?

— Ce n'est pas le village paisible que j'avais imaginé. » Il engloutit un autre biscuit aux noix et au gingembre, son préféré. « Je dois résoudre ce mystère, Gwen. Ce n'est pas pour ça que je suis venu ici, mais c'est un livre en soi.

— Je prendrais garde, si j'étais vous. Vous risquez de ne pas vous faire du bien en poursuivant ce projet.

— Gwen, moins de gens sauront ce que je fais, mieux ce sera. Vous ne direz rien à personne, n'est-ce pas ?

— Pas un mot, je vous donne ma parole. »

Il perçut la détermination obstinée de sa logeuse et se dit qu'à ce moment-là, elle était à l'image qu'il avait de ces solides femmes des Highlands d'Écosse.

« À présent, je veux que vous me promettiez quelque chose, jeune homme. » Son regard gris acier se planta dans le sien.

« Quoi ?

— Vous ne retournerez pas à l'Antre d'Elfrid. »

Il secoua la tête. « Je ne peux pas faire ça, Gwen. Sinon, comment est-ce que je vais percer ce mystère ?

— Vous pouvez bien inventer, non ? Je suis sûre que vous pouvez écrire une histoire tout aussi bonne sans risquer votre vie.

— Croyez-vous vraiment que cela pourrait arriver ? » Il croqua encore un biscuit. « Pardon, je suis en train de tout manger.

— Ils sont là pour ça. Et oui, je pense que c'est un risque. Vous ne seriez pas le premier à disparaître ou à mourir, non ?

— C'est vrai, mais si je résous le mystère, peut-être que personne d'autre ne devra mourir. Pensez à ça, Gwen. »

C'est ce qu'elle fit pendant un instant, puis elle dit : « Pourquoi n'allons-nous pas à la police plutôt ? Ils pourraient réessayer.

— Nous n'avons rien de concret à leur donner. » Jake garda soigneusement le silence sur l'oreille et le rocher disparu. « Et puis vous venez de promettre de ne rien dire à personne. »

Elle le regarda d'un air compatissant. « J'espère qu'il ne vous arrivera rien, c'est tout.

— Voulez-vous que je trouve une autre chambre, Gwen ?

— Pour quoi faire ?

— Eh bien, je me dis que si quelque chose m'arrive, les gens ne l'associeront pas à votre *bed & breakfast*.

— Allons, vous devenez ridicule !

— Tant mieux, je préfère être ici avec vous, Gwen. Vous êtes si gentille.

— Je fais de mon mieux, mon petit. Et d'ailleurs, il ne vous arrivera rien. Sinon j'aurais eu un avertissement par l'*an da-shealladh*. »

Jake considéra cela, lui sourit et dit le contraire de ce qu'il pensait.

« Je suis sûr que vous avez raison. *Tout ira bien.* »

ONZE

EBBERSTON, YORKSHIRE NORD

Il devait retourner à l'Antre d'Elfrid, quel que soit le courage, la bêtise ou l'entêtement dont il faudrait faire preuve. Jake se persuada que c'était une croisade personnelle. D'une manière ou d'une autre, il rendrait l'endroit sûr pour toujours. Le problème résidait dans ces seuls mots : *d'une manière ou d'une autre.* Son unique plan était d'y aller et de fourrer son nez dans la caverne pour découvrir ce qui s'y cachait. Cela ne nécessitait aucun équipement spécial ; il ne songea même pas à se protéger, et il remplissait donc largement le critère de stupidité.

Le besoin d'une quelconque protection ne lui vint à l'esprit que lorsqu'il s'approcha de l'entrée de la caverne, toujours béante, pour regarder dans l'obscurité. Conscient que son cœur battait comme un train express dont les roues martèlent les interstices entre les rails d'acier, il fit encore quelques pas vers l'ouverture. Cette fois, aucun son ne venait de l'intérieur, ce qui lui permit de garder son sang-froid. Même s'il détectait une présence malfaisante, il continua malgré tout d'avancer, de façon absurde. Il dut baisser la tête pour entrer dans l'espace froid et humide. Pestant intérieurement contre le crissement des cailloux sous ses chaussures, il se risqua plus loin dans l'obscurité. Ça aurait été mieux s'il n'avait pas fait de bruit. Il mit la main dans sa poche, sortit son portable, réalisant que l'allumer n'était peut-être pas l'idée la plus judicieuse puisque l'écran d'accueil éclairait son visage, mais il avait besoin de la lampe torche. Ayant trouvé l'icône, il tapa dessus, et le trou noir fut soudain illuminé par un faisceau aveuglant. Il le dirigea vers la paroi de gauche — rien. Puis il fit pivoter la lumière vers le fond de la caverne — rien. À droite. Était-ce possible ? Toujours rien. Mais il pouvait sentir la présence maléfique. Était-elle invisible pour lui ?

« Je sais que tu es ici, quoi que tu sois ! »

Sa voix lui sembla très aiguë et affolée. C'est alors qu'il l'entendit. Un indiscutable bruit de pas provenant de l'intérieur de la caverne. Il fit pivoter le faisceau et éclaira le fond devant lui. Et c'était là ! La torche repéra les deux yeux. Des yeux de cauchemar ! Furieusement fixés sur lui, ils brillaient d'un rouge surnaturel et démoniaque, et étaient plantés sur une tête en forme de crâne, couverte de longues moustaches et coiffée d'un casque en acier. Puis vint le sourire. Quelques dents cassées et d'autres manquantes ajoutaient à son aspect menaçant. Glacé d'effroi, Jake avait deux options : fuir ou bluffer. Il choisit la dernière.

« Suis-moi dehors. Je t'attends en plein jour. »

Il aurait voulu dire ça d'une voix virile, mais elle avait plutôt dérapé vers les aigus. Difficile de se faire passer pour un macho quand on n'est pas armé et qu'on se concentre sur sa vessie. Il fit glisser le faisceau lumineux sur le reste de l'apparition. Il portait une cotte de mailles et une culotte de cuir. Équipé pour le combat donc, alors que lui — quel idiot ! — il n'avait rien pour se battre ou se protéger. Mais au moins, se consola-t-il, il avait vu ce qui occupait l'Antre d'Elfrid — même si ça l'effrayait au plus haut point.

Il se retourna et ré-émergea à la lumière du jour, profondément conscient de l'absence totale d'autre présence humaine. Faisant de nouveau face à la caverne, il fixa l'ouverture jusqu'à ce qu'enfin, l'éclat terne d'un casque signale l'apparition de l'entité qui se redressa de toute son imposante hauteur. Jake tressaillit. Ici, carrément seul, il affrontait son adversaire, un guerrier saxon trapu et musclé, en cotte de mailles, balançant une hache dans sa main droite. Son sourire diabolique et ses yeux brillants lançaient le défi que Jake avait tant souhaité éviter ; lui, Jake Conley, futur écrivain, complètement cinglé — un chat domestique contre un tigre ! Désirait-il tellement mourir, qu'il avait eu besoin de revenir à la grotte ?

À ce moment-là, il aurait pu faire demi-tour et s'enfuir, mais quelque chose de bizarre se produisit. L'affreuse silhouette qui se trouvait devant lui scintilla et s'effaça. Jake suivit du regard une ombre qui s'avançait lentement vers lui jusqu'à ce qu'elle aussi s'estompe. Il cligna des yeux, mais ne voyait plus rien. Il perçut cependant une présence près de lui. Puis il la sentit ! Une main glacée s'était posée sur sa poitrine. Si froide qu'elle pénétrait à travers son pull et son tee-shirt. C'était comme si l'entité cherchait les battements de son cœur. Il n'aurait aucun mal à les détecter puisque son cœur cognait avec la force d'un marteau-pilon. Une odeur nauséabonde accompagnait la pression sur sa poitrine : la pestilence de la tombe. Il ne pouvait plus supporter ça, mais avant de partir, il devait faire preuve de bravoure.

C'était plus que ce dont il se croyait capable. Il avait vu l'oreille sectionnée et la hache bien aiguisée qui pendait de la main du squelette. Rien n'empêchait le spectre saxon de le mettre en pièces ici et maintenant. Néanmoins, Jake fit un pas en arrière pour s'éloigner de la main glacée et s'écria : « Entends-moi bien, quoi que tu sois ! Je n'aurai de repos que lorsque je t'aurai renvoyé en enfer, là où se trouve ta place ! »

Mais le seul effet produit fut un cri infernal venant de l'intérieur de la caverne. Le mal incarné dans ce rugissement était insupportable. Jake fit demi-tour, et avec un sang-froid qui frisait la folie — il y repensa plus tard — il sortit de la clairière et descendit le sentier d'un pas régulier. Il était certain que le spectre était sur ses talons parce que, même s'il ne le voyait pas, chaque fois qu'il se retournait pour regarder le chemin, il pouvait sentir sa présence.

Il n'avait aucune raison de penser que l'être malfaisant le suivrait jusqu'à la nationale et s'arrêterait là. Mais c'est ce qu'il supposa, et il eut tort. La présence invisible continua de le traquer jusqu'à l'entrée de son *bed & breakfast*. De façon plutôt dramatique et idiote, Jake mit la clé dans la serrure, ouvrit la porte, se jeta à l'intérieur en claquant la porte, le tout en moins d'une seconde. Comme si une porte fermée pouvait empêcher un spectre d'entrer.

Tremblant, il s'appuya contre le mur du vestibule. Gwen apparut, fronçant les sourcils, pour savoir à quoi rimait tout ce remue-ménage. Avant qu'elle ne puisse dire un mot, Jake pointa son doigt.

« Un fantôme. Le spectre d'un guerrier saxon ! Il m'a suivi depuis la caverne.

— Ne soyez pas bête ! Les fantômes ne sortent pas en plein jour.

— Celui-là si, et il a une hache de guerre ! »

Gwen examina son hôte. De nombreuses pensées lui traversèrent l'esprit, mais surtout celle que Jake avait finalement déraillé. Elle espérait juste que ce fou était inoffensif. Elle décida de le ménager.

« Ne vous inquiétez pas, mon petit. Je vais jeter un œil dehors pour voir s'il est parti. » Elle fit tourner le verrou, mais elle trouva son poignet bloqué par Jake qui la supplia : « Ne faites pas ça ! » Il avait le regard d'un fou. « Laissez-le tranquille ! Il s'en ira quand il sera prêt.

— D'accord. »

Elle se rabattit sur sa tactique habituelle : une tasse de thé. Une fois qu'il s'était calmé et qu'elle eut écouté son récit, Gwen, qui avait la tête sur les épaules, le persuada de l'accompagner dans le jardin devant la maison. Là, l'absence d'odeur pestilentielle, plus que toute autre chose, le convainquit que l'esprit était retourné à son poste dans la grotte.

Il spéculait sur les raisons pour lesquelles il y avait un fantôme — ou plus d'un, car il avait entendu les rires démoniaques venant de la caverne pendant qu'il affrontait le spectre. Les fantômes étaient généralement l'esprit tourmenté de ceux qui avaient connu une fin tragique. En 705, ces Saxons avaient essayé de protéger leur roi blessé. Se pouvait-il que certains d'entre eux soient morts lors de cette tentative ? Une chose était certaine, dit-il à Gwen : les spectres étaient décidés à défendre la caverne contre les visiteurs à tout jamais, et pour cela, ils n'hésitaient pas à tuer. Après tout, c'était leur métier.

« Vous êtes un sacré imbécile, Jake Conley, et vous avez de la chance d'être en vie pour me raconter ça. Je vous ai dit de rester loin de cet endroit. Il est maudit, et savoir pourquoi n'y changera rien.

— Vous avez raison, Gwen, mais je dois débarrasser Ebberston de ces créatures infernales. »

Il disait cela avec une bravade qui ne venait certainement pas de son âme timorée.

« Et comment comptez-vous faire ça tout seul ?

— C'est ce que j'essaie de trouver. »

Dans l'après-midi, il se détendit en naviguant sur Internet depuis son ordinateur portable et, entre plusieurs pauses sur les médias sociaux, il parcourut des sites de chasseurs de fantômes, mais leur contenu n'avait aucun intérêt et encore moins d'utilité. Il passa la soirée devant la télévision dans le salon des pensionnaires, et comme il commençait à s'assoupir dans son fauteuil confortable, il décida d'aller se coucher.

Il s'endormit pratiquement dès qu'il eut posé sa tête sur l'oreiller, mais il se réveilla peu de temps après, sans trop savoir ce qui l'avait dérangé. Presque immédiatement, il remarqua l'odeur fétide perçue plus tôt et étouffa un cri. Elle était forte et proche de son lit. Jake fut pris par la terreur. Quelque chose n'allait pas. Ce n'est pas ainsi que l'univers avait été ordonné. Il avait verrouillé la porte, mais il y avait quelqu'un, *quelque chose*, dans sa chambre. La peur du noir l'emporta sur la peur de ce qu'il pourrait voir, alors il tendit la main et alluma la lampe de chevet.

« Où es-tu ? »

Ses yeux s'habituèrent à la lumière, et il remarqua l'ombre, scintillante et tremblante. Puis elle attaqua. Plus que de voir la forme sombre de la hache, il l'entendit siffler dans les airs et roula désespérément sur le côté. La lame aiguisée trancha l'oreiller sur lequel se trouvait sa tête une fraction de seconde plus tôt, projetant un nuage de duvet blanc dans l'air. Son cœur cognant contre sa poitrine, Jake sauta du lit et se précipita vers la porte, esquivant un autre arc noir meurtrier qui passa devant son nez. Il lâcha un cri, se jeta hors de la pièce et plongea dans les escaliers pour atteindre l'entrée.

Alertée par le bruit, Gwen sortit sur le palier au moment où Jake s'enfuyait de la maison en pyjama.

« Qu'est-ce... » Elle n'eut pas le temps de finir sa question, une main la poussa entre les omoplates dans les escaliers. Elle s'écroula jusqu'en bas, se cognant la tête et perdant conscience avant de s'écraser comme un tas de chiffons froissés contre la porte.

Jake la découvrit lorsqu'il retrouva le courage de revenir à l'intérieur ou, plus probablement, quand il ne put plus supporter le froid de la nuit dans son pyjama peu épais. Soulagé par l'absence de la puanteur cadavérique, il appela les secours, s'habilla et accompagna sa logeuse à la réception des urgences. Elle reprit connaissance dans l'ambulance et trouva Jake qui lui tenait la main avec un air inquiet.

« C'est ma faute si cette *chose* nous est tombée dessus ! J'aurais dû suivre vos conseils, Gwen. »

Elle se mordit les lèvres, plissa les yeux et se plaignit d'une douleur au bras. À l'hôpital, on l'emmena faire des radios, et Jake attendait devant une porte avec une lumière rouge allumée au-dessus et un avertissement concernant la radioactivité.

Quand une femme en blouse blanche sortit enfin, il l'intercepta avec des questions impatientes. Il fut cependant écarté par un brusque « elle vivra ».

C'était loin d'être satisfaisant, et comme il la poursuivait, Jake reçut l'ordre de se rendre dans la salle d'attente. Il était là depuis plus d'une heure, incapable d'obtenir des informations de qui que ce soit, lorsqu'une policière d'origine moyen-orientale vint prendre sa déposition.

Comment pouvait-elle comprendre que son hésitation à parler n'était pas suspecte, mais qu'il essayait simplement de trouver les mots justes pour qu'elle le prenne au sérieux ? La question était de savoir jusqu'où il devait remonter. Une fois terminé son récit, les grands yeux bruns de la policière lui firent comprendre qu'elle n'en avait pas cru un seul mot. Cela devint clair lorsqu'elle se mit à lui demander son adresse et le nom de son médecin, et qu'elle voulut savoir où il travaillait et d'autres informations personnelles. Finalement, elle posa carrément la question : « Mr Conley, avez-*vous* poussé Mrs McCracken dans les escaliers ?

— Comment ça serait possible ? J'étais déjà dehors en pyjama quand elle est tombée.

— Eh bien, elle dit que quelqu'un l'a poussée, et vous étiez la seule autre personne dans la maison.

— À l'exception du fantôme. »

La policière eut un petit rire incrédule et ferma son carnet : « Nous vous rappellerons.

— Attendez. Vous allez faire un tour à l'Antre d'Elfrid ?

— Ce sont mes supérieurs qui décideront, monsieur. »

Là-dessus, elle s'éloigna, mais il l'entendit marmonner « des fantômes ! » en secouant la tête. Il leur montrerait à tous. Ebberston en était infesté.

Quand, enfin, il fut autorisé à voir Gwen, il la trouva assise dans son lit avec un plâtre au bras droit. Il avait eu le temps de réfléchir et lui demanda immédiatement : « La police vous a-t-elle interrogée, Gwen ? »

Elle hocha la tête.

« Ils m'ont plus ou moins accusé de vous avoir poussée dans les escaliers.

— *Vous* ? Je leur ai dit que ça n'était pas possible puisque je vous ai vu courir dehors quand j'ai senti qu'on me poussait. Mais qui c'était si vous étiez en bas ?

— Le fantôme, évidemment !

— Mon Dieu, j'espère que vous ne leur avez pas dit ça ? Ils vont vous prendre pour un cinglé !

— Je leur ai dit. C'est la vérité, Gwen. Je veux qu'ils enquêtent sur l'Antre d'Elfrid. Nous devons mettre un terme à tout ça une bonne fois pour toutes avant que quelqu'un d'autre ne meure.

— Oui, eh bien, j'aurais pu me casser le cou avec une chute comme ça. On ferait mieux de rester en dehors de tout ça, non ? » Ses yeux gris le dévisageaient avec colère, mais avait-il remarqué qu'elle le croyait et qu'elle n'était pas aussi furieuse qu'elle le prétendait ?

Il passa une nuit difficile à somnoler dans le fauteuil près de son lit, perturbé par les allées et venues de l'infirmière de garde. Ils refusaient de renvoyer Gwen tant qu'ils n'avaient pas examiné sa tête pour voir s'il y avait des séquelles du coup qu'elle avait reçu. En milieu d'après-midi, il appela un taxi qui les ramena chez elle.

« Heureusement que je n'ai pas d'autres pensionnaires avant la semaine prochaine, dit-elle sur le chemin du retour. Je vais devoir apprendre à me débrouiller avec un seul bras.

— Je crois que je vous dois un dîner aux *Vignes*, Gwen. Ça serait la moindre des choses. »

Une fois la table réservée, il s'affaira dans la maison, prépara du thé pour sa logeuse, puis il se rendit dans les magasins avec la liste des courses dont elle avait besoin. Il n'avait pas idée que la police locale était en contact avec York, recueillant des informations sur son état mental. Il aurait sans doute été soulagé de voir l'agent Patel classer l'affaire comme un accident domestique, mais il n'aurait probablement pas été aussi ravi de lire le rapport sur ses troubles psychologiques suite à son accident et aux semaines de coma. La jeune policière qualifia ses allusions aux fantômes et à l'Antre d'Elfrid de délires post-traumatiques.

DOUZE

Le dîner aux *Vignes* ne se déroula pas comme prévu. Tout avait bien commencé lorsque Jake et Gwen firent trinquer leurs verres de vin rouge. En homme galant, Jake coupa le steak de Gwen en petites bouchées pour qu'elle puisse manger d'une seule main. Il se montrait également intéressé par son éducation en Écosse, et son sens de l'humour ironique le faisait glousser chaque fois. Le contraste, quand il se tut et devint pâle, et qu'il joua avec sa nourriture, la perturba.

« Qu'est-ce qui ne va pas, mon garçon ? »

Comme il avait le regard tourné vers la fenêtre par-dessus l'épaule de Gwen, elle se retourna pour comprendre ce qui le préoccupait. Ça ne pouvait pas être les deux femmes qui bavardaient autour d'un verre.

« Qu'est-ce qu'il y a, Jake ?

— Vous ne pouvez pas le voir, n'est-ce pas, Gwen ?

— Qui ça, mon cher ?

— Le guerrier saxon. Assis à gauche de la fenêtre. Il me regarde avec un air horrible ; son visage ressemble plus à un crâne qu'autre chose. C'est insupportable ! s'exclama-t-il en repoussant sa chaise. Je

76

ne peux pas rester ici ! » Il se précipita vers la porte et se retrouva sur la nationale.

Gwen se tortilla sur sa chaise et se retourna. Il n'y avait personne à gauche de la fenêtre comme elle s'y attendait, et à droite, les deux femmes la dévisageaient curieusement. Elles se demandaient probablement ce qu'elle avait bien pu dire pour faire fuir son compagnon. Elle leur lança un regard méprisant et reprit sa position initiale, mais à ce moment-là, elle sentit que quelque chose perturbait l'air derrière elle et perçut une odeur décidément écœurante qui lui coupa l'appétit.

Jake a raison, il est ici ! Oh, mon Dieu ! Qu'est-ce qu'on va faire ?

Il y avait aussi le détail du paiement de leur repas. Elle avait été invitée et n'avait donc avec elle que quelques pièces de monnaie. Elle allait devoir utiliser sa carte de crédit. Gwen commença à chercher frénétiquement dans son sac à main pour retrouver son code PIN. Elle ne s'en souvenait jamais puisqu'elle ne s'en servait que rarement.

Quand je serai à la maison, j'aurai deux mots à vous dire, Jake Conley. Quelle plaie, ce garçon !

Et le garçon en question courait sur le sentier du *Bloody Field*. Il n'y avait aucune explication logique au fait qu'il ait choisi ce chemin plutôt que la route qui menait à son *bed & breakfast*. Aucune autre qu'une panique aveugle. Ce fantôme saxon, c'en était plus que ce que ses nerfs fragiles pouvaient supporter, et il ne voulait pas qu'il le suive jusque chez lui. Le crépuscule tombait, et même s'il voyait encore assez bien où il mettait les pieds, la pénombre déformait tout ce qui l'entourait, y compris les éléments familiers comme les buissons et les arbres. Cela le déstabilisa davantage, et lorsqu'il jeta un regard en arrière, il repéra le Saxon qui le poursuivait, sa hache à la main. Une fois arrivé sur le *Bloody Field*, sa situation s'aggrava. Des hommes en armures anciennes fouillaient les cadavres qui jonchaient le sol à perte de vue. Il était témoin des suites d'une bataille qui s'était déroulée il y avait plus de 1 300 ans ! Presque hystérique, Jake filait à toute allure. Sauvé ! Le Saxon était penché sur un corps. S'agissait-il d'un camarade ou d'un parent ? Quelle que soit la raison, Jake bénit l'âme du défunt, contourna le fantôme et accéléra le pas pour revenir sur la route. Son poursuivant était toujours absorbé par le cadavre, et tous les combattants sur le terrain vaquaient à leurs occupations, ignorant Jake. Il pouvait les voir à travers le voile du temps, mais eux ne le pouvaient pas.

Ce n'est qu'une fois de retour sur la nationale qu'il réfléchit à la suite des événements. Naturellement, la meilleure chose à faire était de retrouver Gwen au pub. Ce n'était qu'à quelques centaines de mètres, et il devait payer le repas. Il la trouva en train de présenter une carte de crédit au barman.

« Non, dit-il d'une voix forte, attirant tous les regards de la salle sur lui. C'est pour moi !

— Pour vous ? siffla Gwen, dans un quasi-murmure. Jake Conley, c'est la pire invitation à dîner que j'ai jamais reçue.

— Je me rattraperai, je vous le jure. »

Il régla la note et ils prirent chacun un whisky — un Cardhu. Ils avaient tous les deux besoin d'un verre, se dit-il, et après tout, elle *était* écossaise. Ils se rassirent à leur table, et elle lui adressa un sourire triste.

« Alors, vous allez me raconter ? »

Il s'exécuta.

« Le champ était complètement recouvert, dites-vous ? »

Elle gonfla ses joues et le regarda fixement.

« Jake, je n'ai aucune raison de douter de ce que vous dites. D'ailleurs... » Et elle lui parla de la puanteur qu'elle avait respirée quand le fantôme l'avait effleurée tout à l'heure. « Je n'ai pas remarqué son apparition, mais mon Dieu, il empestait la mort ! Écoutez, personne ne voit ce que vous voyez. Un champ de bataille plein de spectres anciens ! Si ça se savait, Ebberston grouillerait de journalistes et de gens de la télévision. Je pense que vous devriez vous arrêter là, Jake. Ce fantôme vous poursuit, et vous êtes sûrement en danger. J'ai un bras cassé et j'ai passé le pire repas de ma vie. Vous ne croyez pas que c'est déjà bien assez pour tout le monde ? »

Il était incapable de la regarder en face. Elle avait raison, bien sûr.

Il ne voulait pas renoncer à ce qui était devenu une mission, une obsession, mais il avait peur. Sur le champ, il avait été totalement désarmé. À quoi cela rimait-il ? Il pouvait être en sécurité dans sa maison à York, et il était sûr que s'il quittait les lieux, Gwen serait aussi en sécurité dans la sienne. Il lui devait bien ça.

« Vous avez raison. Je viens de prendre ma décision, je pars demain matin. »

———

York (trois jours plus tard)

Jake passa quelques jours paisibles, principalement chez lui, à essayer d'esquisser les grandes lignes d'un roman qui se formait dans sa tête. Cela supposait un peu de recherches, et il ne tarda pas à se heurter aux contradictions et au manque de sources sur le huitième siècle. Nombre d'historiens soutenaient qu'Aldfrith était mort de causes naturelles, mais il avait vu de ses propres yeux le roi frappé à la poitrine, sous l'épaule, par une flèche. Il avait donc tendance à croire les récits contraires qui le faisaient succomber à ses blessures à Driffelda.

Une autre question qui le tracassait, c'était la présence des Pictes aux côtés d'Aldfrith pendant les combats. Il n'avait trouvé aucune référence à cela nulle part. Au contraire, en ce temps-là, la guerre incessante entre le royaume de Northumbrie et les Pictes était bien documentée. En 698, sous le règne d'Aldfrith, les Pictes tuèrent Berhtred, le *dux regis*, chef des forces de Northumbrie, sept ans seulement avant la bataille d'Ebberston.

Jake consacra un temps considérable à régler cette question à sa propre satisfaction. Aldfrith était un enfant bâtard d'Oswy, né d'une princesse irlandaise nommée Fina. Selon la loi irlandaise, il fut nourri et élevé en Irlande. En conséquence, il devint chrétien, et un chrétien très érudit qui plus est. Lors de son accession au trône de Northumbrie, ses droits furent contestés par des familles très puissantes, celle de Berhtred n'étant pas la moindre. Le passé du monarque expliquait peut-être pourquoi il ne partageait pas les desseins impérialistes de ses prédécesseurs. Il expliquait aussi probablement pourquoi les Pictes s'étaient ralliés à lui pour lutter contre les envahisseurs potentiels qui devaient d'abord s'emparer de son trône. Jake conclut qu'il avait assisté à une bataille de factions rivales contre le roi couronné.

Après plusieurs jours à la maison, il décida de sortir en ville et se dirigea en direction de la cathédrale. Tout près de l'immense monument, son regard se porta sur la façade de l'église catholique Saint-Wilfrid. L'arche de la porte principale de ce splendide bâtiment néo-gothique était ornée de statues victoriennes élaborées. Il avait dû passer devant d'innombrables fois sans s'attarder comme aujourd'hui. Les sculptures lui sautèrent aux yeux, peut-être du fait de la lumière faible et chaude qui les baignait. Il sortit son téléphone pour les prendre en photo et s'attarda particulièrement sur l'archange bannissant Adam et Ève. La figure ailée pointait l'index tendu de sa main droite tandis que, de la gauche, elle brandissait un glaive.

C'est alors qu'une idée lui vint : il serait bon d'avoir saint Michel et son épée pour combattre le fantôme d'Ebberston à sa place. Jake n'était pas catholique, mais il estimait que s'il lui fallait un prêtre pour lutter contre le mal, les catholiques étaient sa meilleure option. Ils croyaient aux archanges, aux saints et à tout le reste. Il hésita devant le portail. En tant qu'anglican, comment pouvait-il prétendre à l'aide d'un exorciste ? La graine avait été plantée.

Chez lui, installé dans son fauteuil à siroter un café, il ouvrit la galerie photo sur son téléphone pour regarder celles qu'il avait prises sur le tympan de Saint-Wilfrid. Il s'attarda sur les images pendant un certain temps, et la graine commença à germer dans son cerveau. Il décida qu'il devait rechercher un exorciste pour l'Antre d'Elfrid. Avec son pouce, il fit défiler les autres clichés et faillit laisser tomber sa tasse sous le coup. Il aurait juré qu'il avait effacé cette photo. Mais elle était bien là, le crâne du guerrier saxon de Northumbrie exhibant son sourire hideux. Comment était-ce possible ? Il la supprima une nouvelle fois, éteignit son portable, le ralluma et vérifia qu'elle avait bien disparu.

Il finit son café d'un seul trait et se demanda si c'était une coïncidence que l'horrible photo ait réapparu alors qu'il pensait à un exorciste pour le fantôme. Ou bien avait-il été négligent et distrait à Ebberston ? Oui, plus probablement, il ne l'avait pas vraiment effacée.

Convaincu que c'était le cas, il se leva et se dirigea vers la salle de bain. La terreur de son visage se refléta dans le miroir sur lequel était inscrit, vraisemblablement avec un stick de déodorant, un mot en vieil anglais. Sa connaissance de cette langue était limitée, mais il traduisit l'anglo-saxon pour « *MEURS* » sans trop de difficulté.

Le fantôme s'était accroché à lui et l'avait suivi jusqu'à York. Il l'avait provoqué en pensant à saint Michel et à un exorciste ; il en avait plus que jamais besoin. Il s'était senti en sécurité si loin d'Ebberston, mais en fait il serait toujours en danger où qu'il aille. Il alluma son ordinateur et se mit à chercher des exorcistes. C'est ainsi qu'il découvrit l'Ordre sacré de Saint-Michel Archange, implanté dans plus de trente pays. Cet organisme était spécialisé dans l'exorcisme des entités malignes. Il parcourut tout le site et essaya d'en trouver un à York. La recherche s'avéra infructueuse, à moins, se dit-il, qu'il n'ait pas tapé les bons mots dans le navigateur. Il repensa au site de l'Ordre. Ils étaient très clairs à ce sujet : si une personne avait le sentiment d'être hantée, elle devait demander conseil au curé de sa paroisse.

Il retourna dans la salle de bain. Non, il n'avait rien imaginé. Le miroir portait encore la menace écrite. Il sortit un flacon de nettoyant pour vitres et s'employa à en effacer toute trace. Le reflet de son visage anxieux le regardait alors qu'il inspectait son travail. Il n'y avait aucune ambiguïté dans le message terrifiant. Il allait devoir faire preuve de prudence. Son esprit revint à la chambre du *bed & breakfast* et à la façon dont la hache avait tranché l'oreiller où sa tête avait été posée un instant plus tôt. Le danger n'était que trop réel. S'il abandonnait ses prétentions, il se demandait si le fantôme le laisserait tranquille. Admettons qu'il oublie l'Antre d'Elfrid, les exorcistes et l'Église ? Il était vrai que le spectre lui avait fichu la paix pendant trois jours alors qu'il n'avait rien fait ou pensé au sujet d'Ebberston. Il avait seulement fait des recherches sur le roi qu'il protégeait dans la caverne.

Oui, ça devait être la voie à suivre.

Il inspira et cria d'une voix forte et profonde :

« Écoute ! J'arrête, je te laisse tranquille. Entends-moi bien, je ne remettrai jamais les pieds à Ebberston. »

Il se tenait là, se sentant ridicule de parler à un mur, dans une sorte d'amalgame entre l'ancienne langue et la moderne. Puis elle arriva : la puanteur de la chair en décomposition !

Jake poussa un cri et se précipita vers la porte. Une fois dans la rue, alors qu'il jetait un regard méfiant par-dessus son épaule, il faillit rentrer dans un petit groupe de touristes du fait de la panique. Il leur présenta de rapides excuses et se dirigea directement vers la cathédrale. Là, il entra dans la boutique de souvenirs et trouva ce qu'il cherchait — un crucifix — le plus grand qu'ils avaient. Peut-être avait-il été fabriqué pour une salle paroissiale ou un espace assez vaste. Il l'acheta sans tenir compte du prix. Il était assez large pour couvrir sa poitrine, voire plus, quand il le tenait devant lui.

TREIZE

YORK

Le crucifix l'avait peut-être protégé cette nuit-là, à moins que ce ne soit le marché qu'il avait tenté de passer avec le fantôme. Jake ne pouvait pas en être sûr, mais la présence spectrale n'était pas revenue le troubler. Toutefois, il savait que pour conclure un pacte avec le diable, il fallait bien plus qu'une simple offre de battre en retraite. Il n'était pas particulièrement religieux, mais il avait lu Faust et d'autres histoires, et s'il avait une âme — il était certain d'en avoir une — il ne l'échangerait pour rien au monde.

La conviction profonde que le fantôme démoniaque ne se contenterait de rien de moins que sa mort poussa Jake à retourner à Saint-Wilfrid pour rencontrer le curé. Jake fut déçu de ne pas le trouver en milieu de matinée. On était samedi et un paroissien lui apprit que, comme d'habitude, la messe était célébrée au sanctuaire de Margaret Clitherow, la martyre écrasée à mort pour avoir refusé de confesser la pratique de sa foi, une trahison en 1586.

Il attendit à l'intérieur de Saint-Wilfrid et se planta devant la statue de Notre-Dame d'York, lisant son histoire avec intérêt. N'ayant jamais eu de raison jusque-là, c'était la première fois qu'il mettait les pieds dans une église catholique, et maintenant, face à cette statue, l'étrange douleur revint au centre de son front. Cela le rassura sur le fait qu'il s'engageait dans la bonne voie. Pour passer le temps, il lut la notice explicative avec plus de détails. Provenant d'une chapelle flamande, la sculpture avait été sauvée par les religieuses lorsque les révolutionnaires français avaient ordonné la fermeture du couvent. Ensuite, après diverses péripéties, elle arriva en Angleterre pour finir à York, où le sanctuaire fut construit. Le regard de Jake était accroché à Notre-Dame, Mère de la Miséricorde, portant la couronne et le sceptre, et il comprit pourquoi on pouvait trouver la paix dans la dévotion. La coexistence du bien et du mal dans ce monde ne lui était jamais apparue aussi clairement qu'en ce moment de sérénité.

Avant son passage à Ebberston, il aurait ri de ce qu'il considérait comme de simples superstitions. Pour lui, la religion ne représentait alors que l'obsession de tristes gens ayant une vie bien vide. Il se rendait compte à présent de l'arrogance et de l'absence de fondement de son attitude. Il avait vraiment cru que Dieu et le diable n'étaient que des contes de fées pour amener les foules à bien se tenir. La malignité du fantôme saxon l'avait touché au plus profond de son âme. Même s'il n'était pas catholique, il se signa devant la statue et fit une prière silencieuse de sa propre composition. Cette visite lui avait apporté un peu de répit, un certain réconfort. Elle lui avait également fourni un alibi, mais ça, il ne pouvait pas encore le savoir.

Jake fut reçu par le clerc presque deux heures après être entré dans Saint-Wilfrid.

« Je ne suis pas catholique, confessa-t-il aussitôt. Mais je viens demander aide et conseils. »

L'ecclésiastique d'âge moyen, membre de la communauté oratorienne, avait une longue expérience du service pastoral. Il adressa un sourire bienveillant à ce jeune homme tourmenté dont il sentait l'agitation spirituelle.

« Vous n'aurez pas besoin du confessionnal, alors. Et puisque c'est une belle journée, cela vous dérange-t-il si nous allons prendre le thé dans le jardin du presbytère ? »

Déconcerté, mais agréablement surpris, Jake lui rendit son sourire.

« Ou-oui, ce sera parfait. »

Il emboîta le pas au prêtre qui prit une porte et longea l'allée de dalles soigneusement alignées qui menait au presbytère, au bout du grand jardin et de sa pelouse immaculée. Ils s'assirent à une table, et une aimable dame aux cheveux gris s'empressa d'apporter du thé et des biscuits pour le Père Anthony et son invité. Encore des biscuits aux noix et au gingembre — c'était son jour de chance.

Le prêtre, quant à lui, avait réussi à lui soutirer, de façon quasi imperceptible, des informations sur ses antécédents, ses études et ses espoirs. Jake ne ressentait pas le besoin d'être sur ses gardes et parlait volontiers. Le fait que l'ecclésiastique le questionne sur ses aspirations lui donna l'occasion toute trouvée d'aborder ce qui le préoccupait.

« C'est ce qui m'a mis dans le pétrin, mon Père. Je crains que mon désir de devenir écrivain n'ait déclenché des forces horribles, c'est pourquoi je suis ici aujourd'hui.

— Qu'est-ce qui vous tracasse, mon fils ? »

Le Père Anthony regardait par-dessus le bord de sa tasse le visage soudainement sombre du jeune homme.

Jake plongea directement dans son récit, mais il savait qu'il devait expliquer sa nouvelle sensibilité après son accident.

À sa grande surprise, le prêtre comprit cela et Jake commença à s'inquiéter que l'ecclésiastique puisse croire que ce qu'il entendait venait entièrement de son esprit malade. Mais après un instant de réflexion, le curé lui répondit : « Jake, le Père nous a créés, et Lui seul sait de quoi notre esprit est capable. Il semble, d'après ce que vous me dites, que ce malheureux accident vous ait apporté la bénédiction, ou la malédiction si vous voulez, de l'éveil spirituel. Continuez, je vous prie.

« Vous voulez bien croire que ce que je vais vous raconter n'est pas un délire et que je ne suis pas dérangé ?

— Je ne porte aucun jugement, Jake, je ne fais qu'écouter. »

Il l'encouragea par un sourire et s'enfonça sur son siège, les yeux mi-clos, profitant de la douce brise qui soufflait contre ses joues.

Jake reprit son récit, n'omettant aucun détail. Une seule fois, le prêtre l'interrompit pour l'interroger plus précisément sur l'aspect du fantôme. Lorsque Jake termina de parler, il ouvrit de grands yeux, et son invité vit l'inquiétude dans leur pénétrante couleur bleu pâle.

« Il est apparu ici à York, dites-vous ?

— Oui, j'ai dû acheter un crucifix à la cathédrale hier pour... euh... j'ai pensé que ça pourrait le tenir à distance. Mais je ne sais vraiment pas ce que je fais, et j'ai peur.

— Je comprends que votre angoisse, mon fils. Mais vous avez bien fait de venir ici. Seul Dieu peut combattre la présence du Mal.

— Croyez-vous que ce soit un démon, mon Père ?

— C'est fort possible, une âme affligée possédée par un démon.

— Ai-je besoin d'un exorciste ? »

Le prêtre le regarda d'un air sceptique.

« Ce n'est pas à exclure en dernier recours, mais nous devons procéder par étapes. Je devrais d'abord bénir votre maison... et votre crucifix, Jake. J'irais bien immédiatement, dit-il en jetant un œil sa montre, mais je dois d'abord dire la messe de 12 h 10. Seigneur ! Je dois me dépêcher ! Pourriez-vous frapper à la porte et demander à Mrs Fenwick de noter votre adresse ? Je passerai vers deux heures et demie, avec mon matériel ! » Il dit cela avec un petit rire, salua Jake et parcourut le chemin vers l'église en toute hâte.

Jake resta assis quelques minutes, se recueillant en silence dans cet environnement si paisible, avant de se lever de sa chaise et de se conformer à la demande du prêtre. Plus tard, il repensera à la sérénité dont il avait joui dans l'ignorance béate d'événements survenus ailleurs.

———

LE SIXIÈME SENS N'EST PAS TOUJOURS UNE BÉNÉDICTION. Parfois, cela présage l'horreur, comme lorsque Jake mit la clé de son appartement dans la serrure. Une énergie négative l'enveloppa et provoqua des picotements sur sa peau, mais il ne prêta pas plus attention à l'avertissement et entra chez lui. Là, il découvrit une scène effroyable : un cadavre ensanglanté était étendu au milieu de son salon derrière les débris de sa table basse. C'était le corps d'une femme qu'il ne reconnut que lorsqu'il s'approcha pour voir le teint mat de son visage lacéré. Livie ! Il étouffa un cri. Sa pauvre Olivia, si intelligente et si solide. Victime de multiples coupures, et il n'y avait aucun doute dans son esprit sur l'arme qui les avait infligées.

Elle n'avait pas rendu sa clé de l'appartement.

Il se sentit immédiatement coupable de ne pas avoir pris la peine de la lui demander. Elle serait encore en vie, en toute probabilité. Il contourna le tapis sur la pointe des pieds pour inspecter les autres pièces. Il savait qu'il ne devait pas contaminer la scène du crime, et qu'il lui faudrait appeler la police et Benjamin, le père de Livie. Travaillant comme scénariste, celui-ci avait perdu sa femme huit ans plus tôt et il avait continué de veiller sur Livie. Comment Jake trouverait-il les mots pour lui annoncer la nouvelle ? Les autres pièces étant en ordre, alors il composa le numéro d'urgence et demanda la police.

En quelques minutes, il entendit des sirènes, suivies de coups pressants à la porte. Les enquêteurs procédèrent avec leur efficacité habituelle : photographies, examen du corps, et ainsi de suite. Il dut expliquer, au cours de sa déposition, comment il avait trouvé la victime et comment il la connaissait. Dès le début, il eut l'impression qu'il était le principal suspect. Il n'y avait pas eu d'effraction, elle était son *ex*-fiancée, et il figurait dans les dossiers de la police, certes à cause d'un accident de la route, mais il avait été *dans le coma* pendant de nombreux jours. Et les policiers ne pouvaient pas savoir à quel point cela pouvait déstabiliser l'esprit d'un homme.

Il jeta un regard craintif au corps de Livie lorsque le pathologiste la retourna, et il aperçut l'aubergine tatouée sur son épaule gauche. La pauvre Livie avait été obsédée par les légumes biologiques, non pas qu'une alimentation saine et le jogging lui aient accordé une longue vie. Un sanglot lui échappa, et il s'effondra dans un fauteuil.

Une policière vint le réconforter, et il marmonna qu'il devait appeler le père de Livie.

« Nous allons nous en occuper. C'est mieux comme ça. » Elle nota le numéro et prit des dispositions pour rencontrer Benjamin sans expliquer pourquoi, juste *une affaire urgente*.

Ils fermèrent le sac mortuaire et deux ambulanciers en uniforme blanc le transportèrent hors de son appartement. À ce moment-là, son sang-froid faiblit et Jake fondit en larmes. Il ne reverrait plus jamais Livie. Il y eut un temps où il l'avait vraiment aimée. Une litanie de regrets lui traversa l'esprit pendant qu'il sanglotait. Il pouvait sentir une main lui frotter le dos pour le réconforter et, à travers un voile de larmes, il leva les yeux vers le visage inquiet de la même policière.

« Je vais vous faire une tasse de thé. »

Il hocha la tête sans un mot, reconnaissant, et après en avoir bu quelques gorgées, il retrouva son calme. Un inspecteur se présenta alors et lui dit : « Nous avons une ou deux questions. Simple routine, si vous voulez bien. »

Ses manières étaient mesurées et polies, sans l'accuser, mais Jake n'était pas dupe. Il savait qu'il devait être le principal suspect.

« Où étiez-vous ce matin entre dix heures et midi ? »

Jake essaya de retrouver, en vain, le nom de famille du Père Anthony, mais quel meilleur alibi qu'un prêtre catholique ?

« Il devrait être ici dans une demi-heure. Nous avons rendez-vous à 14 h 30.

— Si ça ne vous dérange pas, nous allons attendre, alors. » L'inspecteur Mark Shaw sourit à l'acquiescement de Jake avant de poursuivre.

« Vous avez dit plus tôt que vous et Miss Greenwood aviez rompu, c'est ça ?

— Il y a quelques mois, oui. Je n'étais plus moi-même après un accident de la route.

— Combien de temps avez-vous été ensemble ?

— Un peu plus de deux ans. Je ne l'ai pas revue dernièrement et je n'ai pas eu de nouvelles depuis notre rupture. Jusqu'à ce que je la trouve ici... comme ça... aujourd'hui.

— L'avez-vous fait entrer dans votre appartement ?

— Non, je vous dis. Je ne l'ai vue qu'à mon retour de Saint-Wilfrid, et elle était morte.

— Comment a-t-elle pu entrer alors ?

— Elle ne m'a jamais rendu sa clé.

— Et vous ne la lui avez jamais demandée ? »

Pour la première fois, le ton devenait vraiment abrupt. Jake haussa un sourcil.

« Eh bien, cela aurait été plutôt définitif, non ?

— Vous ne vous étiez donc pas réconcilié avec elle depuis qu'elle vous avait quitté ? »

Jake voyait où cela menait et devait faire attention.

« Pour être honnête, je n'ai pas tellement pris le temps de faire le point sur mes sentiments. Comme je l'ai dit, je faisais des recherches pour un roman. Ça m'a éloigné d'York pendant une dizaine de jours. Si vous voulez, je peux vous donner le nom de la personne qui m'a hébergé.

— On verra ça le moment venu. Dans un premier temps, j'aimerais avoir votre permission d'examiner les lieux.

— Est-ce vraiment nécessaire ? »

La réponse fut catégorique.

« Il s'agit d'une enquête pour meurtre, et il n'y aura aucun problème à obtenir un mandat, mais je dois vous dire que si vous *deveniez* suspect, un refus maintenant n'aiderait pas votre affaire.

— Donc je suis suspect ? »

L'inspecteur le dévisagea froidement.

« Dans ce genre de travail, nous traitons toutes les personnes impliquées comme des suspects. C'est la routine. Alors, pour cette perquisition ?

— Vous avez raison, bien sûr. Allez-y.

— Vous faites le bon choix, monsieur. C'est obligatoire, comme nous n'avons malheureusement pas l'arme du crime.

— La hache, murmura Jake.

— Que dites-vous ? » L'oreille entraînée et la sagacité du policier s'en étaient emparé immédiatement. « Comment savez-vous ça ? »

Confus, Jake regardait l'inspecteur. Comment avait-il pu trahir ce secret si facilement ?

« Vous ne me croirez pas, mais je sais qui a tué Olivia.

— Essayez pour voir ! »

Pour la deuxième fois ce jour-là, Jake relata les événements qui s'étaient produits à Ebberston et fournit suffisamment de détails pour que la police d'York puisse les vérifier. Il était sûr qu'ils le feraient parce que l'inspecteur l'arrêtait régulièrement pour répéter et noter ce qu'il disait dans son carnet. Ce n'est qu'après avoir terminé que l'enquêteur fit des commentaires, mais pas avant d'avoir échangé un regard consterné avec la policière.

« Si j'ai bien compris, Mr Conley, vous me demandez de croire qu'on a affaire à un *fantôme meurtrier* qui se déchaîne, et que *vous seul* pouvez voir...

— Oui, mais je ne suis pas le seul à pouvoir sentir son odeur.

— Vous vous rendez compte que cela défie toute explication rationnelle et scientifique. Je ne veux même pas imaginer la réaction du commissaire si j'écrivais ça dans un rapport. »

Il émit un bref rire sardonique, et Jake ne fut sauvé d'une réponse indignée et irréfléchie que par des coups à la porte. Il regarda sa montre : 14 h 30.

Le Père Anthony, absolument ponctuel, vit avec horreur la mare de sang sur le sol.

« C'est une scène de crime, mon Père, déclara l'inspecteur. J'ai bien peur que nous n'ayons pas eu le temps de nettoyer.

— Oh, Seigneur, j'espère que ce n'est pas un meurtre, mais à en juger...

— Inutile de vous affoler, mon Père, un homicide a effectivement eu lieu ici. D'ailleurs, pourriez-vous me dire où vous étiez entre dix heures et midi ce matin ?

— Sûrement, vous ne pensez pas que...

— S'il vous plaît, mon Père, entre dix heures et midi. »

Le prêtre regarda Jake et puis l'inspecteur.

« Quelques minutes après dix heures, j'ai rencontré ce monsieur à Saint-Wilfrid. De là, nous nous sommes rendus au jardin du presbytère où nous avons pris le thé, et ce jusqu'à midi, heure à laquelle j'ai dû partir en vitesse pour célébrer la messe.

— Vous êtes donc resté avec Mr Conley tout ce temps ?

— En effet, oui.

— Puis-je demander pourquoi Mr Conley est venu vous voir, mon Père ? »

Le prêtre lança un regard à Jake. Celui-ci lui fit un léger signe de tête qui n'échappa pas à l'inspecteur.

« Rien ne s'y oppose. Je ne suis pas lié par le secret de la confession. » Et ici la désapprobation s'entendit dans ses paroles : « en effet, je crois que Mr Conley n'est pas un chrétien pratiquant. Il est venu chercher mes conseils concernant l'apparition d'un fantôme qui le tourmente. Il m'a demandé de lui trouver un exorciste, et en fait », dit-il en montrant le sac à ses pieds, « j'ai accepté de bénir cette maison... malheureusement, je vois... »

L'inspecteur Shaw, qui eut l'air d'un homme hanté pendant un moment, échangea un regard inquiet avec la policière et dit : « Oui, oui. Merci, mon Père. Eh bien, Mr Conley. C'est tout pour l'instant. Nous allons mener l'enquête, mais je dois vous demander de rester à York jusqu'à nouvel ordre. J'aurai besoin de votre numéro de portable. »

QUATORZE

Même le Père Anthony, pourtant une âme charitable, aurait décrit le regard que lui avait lancé l'inspecteur Shaw comme aigri.

« Ma foi, nous nous retrouvons bien vite, mon Père, et encore dans des circonstances malheureuses.

— J'espère que le jeune homme n'est pas trop gravement blessé. Je suis venu dès que j'ai pu. »

Le policier scruta le curé d'un regard perçant. Il utilisait ce stratagème chaque fois qu'il voulait déstabiliser son interlocuteur pour surprendre une remarque irréfléchie. L'ecclésiastique l'avait irrité à l'appartement du coupable. Il était évident que Conley avait tué sa petite amie et qu'il avait, d'une manière ou d'une autre, forcé le prêtre à lui donner un alibi. Mais personne n'allait tromper l'inspecteur Mark Shaw. Néanmoins, il choisit de rassurer le prêtre :

« Il portait des vêtements en cuir et un casque de protection, alors ne vous inquiétez pas trop pour lui. En revanche, la moto est bonne pour des réparations. La culasse semble avoir besoin d'être remplacée, mais il a une assurance.

— Excusez-moi, inspecteur, je voudrais voir un médecin pour me tranquilliser sur l'état de santé du pauvre homme.

— Je vous en prie, mon Père. Je vous attends ici. Je vais devoir prendre votre déposition. »

Partagé dans ses sentiments, il suivait du regard le curé qui s'éloignait rapidement. Élevé dans une famille d'agnostiques, il ne fréquentait jamais, ou quasiment jamais, les églises en dehors de ses fonctions professionnelles. Il avait volontiers adopté le scepticisme de ses parents, mais dans son travail, il était confronté à toutes sortes de méfaits, et si l'existence de Dieu et du diable lui paraissait être du charabia, il reconnaissait la capacité à faire le mal chez presque tout le monde. Le Père Anthony représentait le côté des anges, tout comme lui-même — en tout cas, c'est ce qu'il se plaisait à penser. Mais dans son expérience, la bonté du cœur s'accompagnait souvent de candeur, de sorte que des forces plus sombres, comme le coupable, Jake Conley, étaient promptes à exploiter une telle faiblesse. Cette nouvelle affaire lui donnerait la possibilité de remettre les choses au clair avec le prêtre et de trouver la faille dans l'armure de Conley.

À tort, l'inspecteur Shaw prit un café au distributeur et but quelque chose de comparable à du cirage liquide. Il avait besoin de caféine, mais pas au prix de ses intestins. Il jeta le gobelet en plastique, ainsi que son contenu, dans la poubelle voisine. Dans sa bouche, le goût aigre n'était pas entièrement dû au soi-disant café. L'image d'Olivia Greenwood était trop fraîche dans son esprit, et quelqu'un allait payer pour le meurtre brutal de cette pauvre femme.

Shaw interrompit sa rêverie. Dans le couloir, le prêtre revenait vite vers lui.

« Un café, mon Père ? proposa-t-il avec un sourire sadique. Non ? Bon, allons nous asseoir là-bas et vous pourrez me donner votre version des faits.

— Le motard va bien, Dieu soit loué ! Rien de plus qu'une entorse du poignet et des courbatures à la jambe.

— Je suis heureux de l'apprendre. Maintenant, prenez votre temps et racontez-moi ce qui s'est passé.

93

— Il devait être aux alentours de trois heures, et je retournais au presbytère à pied.

— Trois heures douze, pour être exact, mais continuez.

— Eh bien, c'est venu de nulle part, mais j'ai senti qu'on m'arrachait ma sacoche de la main et je l'ai vue s'envoler à travers la rue, juste devant le motard. Quelle déveine ! Ça aurait tout aussi bien pu être un camion ou une camionnette, mais non, il fallait que ce soit ce pauvre garçon ! Bien sûr, ça l'a fait tomber, et vous connaissez la suite.

— Donc, vous dites, mon Père, que votre sacoche vous a été enlevée des mains ? Vous ne l'avez pas jetée vous-même ?

— Juste ciel, non ! Pourquoi aurais-je fait une chose pareille ? Entre autres choses, elle contenait de l'eau bénite et des accessoires religieux. Un prêtre ne peut traiter ces objets avec aussi peu de respect.

— Je comprends. Et vous avez aperçu votre agresseur ? »

L'ecclésiastique eut l'air de ravaler une remarque, fronça les sourcils et répondit : « J'étais choqué et inquiet pour la victime. En fait, avec un autre homme, je me suis précipité vers le motard et je l'ai aidé à se relever. L'autre personne a ramené la moto sur le trottoir à cause de la circulation.

— Alors, vous n'avez vu personne ? »

Le Père Anthony examina l'inspecteur et prit une décision.

« Je vais être franc, inspecteur, même si je sais que vous n'allez pas aimer ça. »

Il fit une pause pour peser les mots suivants — un interlude que l'inspecteur utilisa pour l'encourager.

« J'espère bien votre franchise, mon Père. Je vais avoir besoin de toute votre coopération et de votre patience cet après-midi.

— Et vous les aurez, dans toute la mesure de mes moyens. Eh bien, comme je vous le disais, je revenais de chez Mr Conley après avoir béni sa maison — c'est tout aussi bien, vu les circonstances. La même entité démoniaque qui a massacré Miss Greenwood a dû me suivre et a jeté mon attirail sur la route.

— Êtes-vous en train de dire que Jake Conley vous a suivi et que c'est lui qui a commis l'acte ? »

Le prêtre adressait au policier le regard réprobateur qu'il réservait habituellement aux enfants de chœur mécréants.

« Mr Conley ? Grands dieux, non ! Pourquoi ferait-il cela ? Non, je parle du fantôme qui le hante.

— Je vous en prie, pas encore ces absurdités irrationnelles ! »

Le ton de l'enquêteur révéla sa profonde exaspération.

« Inspecteur, on ne peut pas rationaliser l'irrationnel. Nous faisons face à une présence diabolique. Ce revenant est un esprit torturé et, pour des raisons que j'ignore pour le moment, il est resté dans notre monde, et si je devais faire une supposition, il a encore quelques affaires à régler. Cet esprit a été, selon toute vraisemblance, possédé par une entité malfaisante et sème le chaos pour nous tourmenter. »

L'inspecteur émit un rire caverneux.

« Vous vous entendez, mon Père ? C'est absurde. Un fantôme vous traque après un meurtre qu'il a commis et il fait tomber un motard de sa moto parce qu'il n'apprécie pas que vous bénissiez la maison de Conley. C'est ce que vous êtes en train de me dire ?

— Vous êtes inspecteur, n'est-ce pas pour ça qu'on vous paie ? Vous examinez les preuves disponibles, vous essayez de décider ce qui a un sens, et puis vous vous forgez une opinion et des théories. Mais quand il s'agit du surnaturel, nous ne savons tout simplement pas, inspecteur. Laissez-moi vous apporter la bonne nouvelle, chacun d'entre nous va un jour connaître la vérité. »

L'inspecteur Shaw eut un rire incrédule.

« Quoi, vous voulez dire au-delà de la tombe ? Mon Père, je dois composer avec l'*ici et maintenant*, et j'ai un meurtrier à appréhender. »

L'ecclésiastique secoua la tête.

« Vous pensez que Mr Conley ne dit pas la vérité ? Cet homme est manifestement terrifié ; sinon, pourquoi serait-il venu me voir dans un tel état ?

— Pour se constituer un alibi ?

— Vos techniques médico-légales sont sûrement assez avancées pour établir l'heure exacte de la mort, non ? »

Mark Shaw lança un regard furieux à l'ecclésiastique. Le prêtre n'était pas idiot, et il avait touché le fond du problème. Dans l'état actuel des choses, l'avocat de Jake Conley pourrait le faire acquitter en un rien de temps. Mais des fantômes et des démons ! La police ne pourrait persuader aucun jury sain d'esprit qu'un fantôme était le tueur. Il était également impossible d'attraper une telle entité et de la traduire en justice. Non, s'il ne s'agissait pas d'un crime horrible, il aurait éclaté de rire, mais ce prêtre était tout à fait sincère. De cela, il était certain.

« Dites-moi, mon Père, de quoi avez-vous discuté avec Mr Conley, après que ma collègue et moi avons quitté son appartement ? »

Le Père Anthony fronça les sourcils en essayant de se souvenir.

« D'abord, j'ai expliqué comment j'allais bénir la maison et ensuite j'ai aspergé l'appartement d'eau bénite, avec un soin particulier pour l'endroit où était le corps. Après, nous avons parlé de l'entité maligne et nous avons essayé de comprendre pourquoi ce revenant ne pouvait pas trouver la paix. Mr Conley en sait beaucoup sur ce fantôme d'Ebberston.

— Donc, il n'a pas parlé de ce que vous deviez dire à la police sur l'enquête en cours ?

— Non, pas un mot.

— Réfléchissez bien, mon Père. Votre réponse est très importante. Mr Conley est notre seul suspect pour le moment.

— Je peux vous l'assurer, inspecteur, il n'a rien fait de tel. »

Les yeux du policier se rétrécirent.

« Combien de temps vous faut-il pour bénir une maison, mon Père ?

— Pas très longtemps. C'est juste une question de minutes.

— Exactement, et de votre propre aveu, vous n'avez pas quitté les lieux avant trois heures.

— Et je m'en tiens à cela. Mr Conley avait besoin de réconfort et d'explications. Vous ne vous rendez pas compte à quel point le pauvre homme est traumatisé ? Je le répète, nous avons discuté de la nature de cette apparition, et je lui ai appris à se protéger spirituellement.

— Je vois. Avec quoi par exemple ?

— Avec une prière : *Par la puissance de Dieu Tout-Puissant, au nom de Jésus notre Sauveur, je commande et j'ordonne à toutes les forces qui me poursuivent de me laisser à tout jamais. Qu'elles soient renvoyées dans le lac du feu éternel, afin qu'elles ne puissent plus jamais m'atteindre ni atteindre aucune autre créature dans le monde. Amen.* Mr Conley a l'esprit vif, et il l'a apprise par cœur tout de suite — même si c'est un peu rudimentaire ou, plutôt, tronqué.

— Je suis certain qu'il a l'intelligence vive, comme vous dites, mon Père, mais saviez-vous qu'il a eu un grave accident de la route, après quoi il a dû être suivi par un psychiatre ?

— Oui, il m'en a parlé et il a été très ouvert sur le sujet. Il attribue son éveil psychique à l'accident. Qui peut dire s'il a tort ?

— Qui peut dire que cet esprit vif n'est pas capable d'imaginer toute cette histoire ? »

Le prêtre se leva et se pencha sur le policier, lui adressant un regard très sévère.

« Comment expliquez-vous la force invisible qui a lancé ma sacoche ? La rue était très fréquentée, il doit y avoir d'innombrables témoins qui m'ont vu ne pas la lancer et qui n'ont pas vu Mr Conley sur les lieux non plus. Au lieu de poursuivre Mr Conley, inspecteur, permettez-moi de suggérer, sans aucune ironie, que nous travaillions tous ensemble pour arrêter cet être malveillant avant qu'il ne frappe à nouveau. »

Il fixa le policier du regard et remarqua à quel point il était devenu distrait. Celui-ci plissa le nez.

« Vous sentez ça ?

— Quoi ?

— Vraiment, c'est ignoble ! »

L'inspecteur Shaw examina tout ce qui se trouvait autour de lui, se dirigea vers le distributeur automatique, renifla et fit la grimace. Il se retourna pour voir le prêtre, blême, faire le signe de croix et murmurer une prière. Il saisit les mots « *lac du feu* » — la prière qu'il avait enseignée à Jake Conley. Le suspect n'avait-il pas insisté sur le fait que d'autres personnes pouvaient sentir l'odeur du spectre ? Cette odeur infecte lui était familière en tant que policier : c'était celle de la décomposition des corps. C'était impossible ! Un fantôme ne pouvait pas être ici, dans un hôpital, au vingt et unième siècle !

QUINZE

L'inspecteur Shaw s'efforça de ne laisser paraître aucune trace de satisfaction dans sa voix lorsqu'il récita les formules réglementaires :

« Vous êtes en état d'arrestation pour meurtre. Vous avez le droit de garder le silence, mais tout élément que vous ne mentionnerez pas lors de votre interrogatoire pourra nuire à votre défense devant un tribunal. Et tout ce que vous direz pourra être retenu contre vous. »

Jake n'offrit aucune résistance lorsqu'un agent de police costaud lui mit les bras derrière le dos et lui menotta les poignets. La situation lui paraissait incroyable. Comment allait-il convaincre cet inspecteur obtus de son innocence ? Non pas qu'il blâmait vraiment le policier. Après tout, peu de policiers au monde pouvaient prétendre avoir fait face à des forces surnaturelles inexplicables comme criminels. Il avait besoin d'un bon avocat, un avocat qui le croirait.

Dans la salle d'interrogatoire du poste de police, Shaw était assis en face de lui, ainsi qu'un autre officier que Jake n'avait encore jamais vu. Comme on pouvait s'y attendre, Mark Shaw était hostile à son égard, mais le second enquêteur arrivait plus détendu et plus compréhensif. La procédure habituelle commençait par l'annonce de la date et de l'heure par l'inspecteur à un appareil d'enregistrement. Puis vint la bombe.

« Mr Conley, connaissez-vous... » Shaw dut consulter son carnet pour trouver le nom : « Abigail Wells ?

— Abi ? Naturellement, c'est... enfin, *c'était* la meilleure amie de Livie.

— Donc, vous serez d'accord sur le fait qu'elles pouvaient partager des confidences et des secrets intimes ?

— Je suppose que oui. Elles s'entendaient très bien. »

Shaw toucha son menton et fixa le suspect du regard — son stratagème habituel.

« Comment réagiriez-vous si je vous disais que la veille du meurtre, Miss Greenwood a confié à son amie qu'elle allait vous surprendre dans votre appartement avec l'intention de reprendre tout à zéro avec vous ? »

Jake eut du mal à déglutir. Il ne s'attendait pas à cela, et en réalité, il aurait été sans doute ravi de recommencer avec Livie.

L'inspecteur avait l'air triomphant.

« Mais ce n'était pas une surprise, n'est-ce pas, Mr Conley ? Ça a plutôt dû être un sacré coup.

— Je ne vois pas où vous voulez en venir, inspecteur. Le seul *sacré coup* que j'ai eu, en revenant chez moi, c'est d'avoir trouvé Livie morte.

— Voyez-vous, je crois que vous êtes rentré chez vous, que vous avez eu une dispute avec votre fiancée et que vous l'avez attaquée avec une arme tranchante. Le médecin légiste rapporte sept blessures profondes à la tête et au corps. »

Jake blêmit et se tourna vers son avocate, une jeune femme que la police lui avait procurée.

« Vous n'êtes pas obligé de parler pour le moment, murmura-t-elle, puis elle ajouta d'une voix plus ferme : Mon client ne fera aucun commentaire.

— En fait, j'ai plutôt une question, déclara Jake. J'aimais ma petite amie. Pourquoi l'aurais-je tuée ? Et pouvez-vous me montrer l'arme du crime ? »

L'inspecteur lui lança un regard furieux.

« Chaque chose en son temps. Peut-être auriez-vous quelque chose à dire sur l'allégation de Miss Wells selon laquelle son amie aurait avoué qu'elle *avait peur* de votre réaction en la surprenant dans votre appartement.

— Ah, c'est donc de cela qu'il s'agit ! Abi me déteste, depuis toujours, depuis que j'ai décliné son invitation à un bal de terminale. Elle saute sur toutes les occasions pour dire du mal à mon sujet. Livie avait peut-être craint ma réaction *verbale* puisque, comme je l'admets librement, je l'ai *verbalement* agressée après mon accident. C'est la raison pour laquelle nous nous sommes séparés. Mais je n'ai jamais levé la main sur elle, jamais. » Il éleva la voix en signe d'indignation, et elle lui sembla partir trop dans les aigus. « Vous pouvez sûrement trouver des témoignages de ma conduite, non ? Je suis pacifiste, vous savez ? »

L'avocate aux cheveux blonds jeta un regard par-dessus ses lunettes à monture plastique bleue.

« J'ai l'impression que votre dossier est bien mince, inspecteur. À moins que vous n'ayez quelque chose de plus que la parole d'un témoin contre celle de mon client, je vais demander la libération sous caution immédiatement. »

Shaw pinça les lèvres, fixa la table, s'éclaircit la gorge et dit : « Je pense que nous en avons fini pour aujourd'hui. L'entretien se termine à onze heures vingt-sept. »

Il éteignit l'enregistreur et dévisagea Jake.

« Vous n'allez pas vous en tirer avec toutes ces absurdités, vous savez. »

Il rassembla son dossier et son carnet, se dirigea vers la porte à laquelle il frappa pour qu'on vienne lui ouvrir de l'extérieur. L'avocate de Jake s'adressa au policier encore présent : « Je voudrais cinq minutes, seule avec mon client, s'il vous plaît. »

Il accepta d'un signe de tête et montra du doigt un panneau de verre, une sorte de fenêtre, mais opaque.

« C'est une glace sans tain, dit-il à Jake. Nous surveillons chacun de vos mouvements. »

Sur ce, il frappa à la porte et fut aussi libéré de la pièce.

L'avocate, qui ne devait pas avoir trente ans, sourit à Jake. Il remarqua les bagues sur ses dents et trouva dommage que cela amoindrisse son charme. Mais c'étaient ses compétences professionnelles qui l'intéressaient surtout. Il espérait qu'elle était aussi intelligente que séduisante.

Elle parla à voix basse.

« Je vais vous faire sortir sous caution rapidement, Mr Conley. D'après ce que nous avons entendu jusqu'à présent, ils n'ont pas grand-chose contre vous. Je suppose que vous n'avez pas de casier judiciaire ?

— Aucun.

— Bien, cela veut dire que je peux faire pression pour une caution relativement faible. Vous comprenez, le juge la fixe pour s'assurer que vous comparaîtrez devant le tribunal quand ce sera nécessaire. Non, le seul problème est celui-ci. » Elle gonfla ses joues. « Vu la gravité de l'accusation, la police peut vous retenir jusqu'à quatre-vingt-seize heures, mais je me battrai pour trente-six — maximum. Une dernière chose — vous ne me cachez rien, n'est-ce pas ? Vous savez, un avocat travaille mieux avec tous les faits. Personne ne peut m'obliger à trahir vos confidences. »

Jake la regarda d'un air méfiant.

« Rien. Je n'ai rien à cacher. Le mieux, Miss... *euh*...

— Mack. Kate Mack.

— Le mieux, Miss Mack, ce serait que vous parliez avec le Père Anthony à Saint-Wilfrid. Vous aurez alors une bonne idée de ce qui se passe.

— Pourquoi, vous êtes catholique, Mr Conley ?

— Non, vraiment pas, mais rendez-lui visite. »

Elle lui lança un regard curieux et lui tendit une main qu'il serra.

« Très bien, dit-elle en souriant, je le verrai. Et pour ce que ça vaut, je vous crois innocent. »

Ces dernières paroles lui permirent d'éviter de déprimer lorsqu'il fut enfermé seul dans une cellule. La police lui avait retiré sa ceinture et ses lacets. Pensaient-ils vraiment qu'il allait se suicider ? Ils pouvaient s'imaginer ce qu'ils voulaient — leur opinion sur lui était apparemment aussi mauvaise que la sienne sur eux.

N'ayant rien de mieux à faire que de réfléchir pour passer le temps, Jake songea à sa situation. Il ne pouvait y avoir d'autre arrestation, personne pour lever les soupçons qui pesaient sur lui et pour le disculper, puisqu'il n'y avait *personne*. À moins que le fantôme ne s'attaque à l'inspecteur Shaw en essayant de le tuer, celui-ci ne croirait pas un mot de son histoire. Shaw était aussi catégorique sur sa culpabilité que Jake était certain de son innocence. Il fallait que quelque chose ébranle les certitudes de l'enquêteur.

Ce quelque chose se trouvait peut-être le lendemain matin dans le journal local, THE PRESS, qui lui fut remis par Kate, venue l'informer que sa libération sous caution avait été accordée et qu'il serait libéré — elle regarda sa montre, calcula et dit : « dans environ soixante-douze heures, dans le pire des cas. En attendant, jetez un œil à la page 5. Nous nous parlerons tout à l'heure, Jake. »

Il constata avec plaisir qu'elle utilisait son prénom, et se demandait si... dans d'autres circonstances... mais ce n'étaient que des pensées sans intérêt. Il ouvrit la page 5 du tabloïd, et resta bouche bée devant l'article intitulé : *UNE MÉDIUM RENCONTRE UN FANTÔME EN CENTRE-VILLE.*

Jake s'assit sur le banc froid et dur pour lire.

Muriel Dow, médium bien connue à York sous le nom de Mystic Mu, prétend avoir vu le spectre d'un ancien guerrier près de la cathédrale. « Il était horrible, dit la clairvoyante, il déambulait là avec une hache suspendue à son côté et son visage affichait une certaine haine. Je suis surprise qu'il se soit montré en plein jour. Ces esprits tourmentés sortent généralement la nuit. » Interrogée sur l'apparence du fantôme, Mystic Mu a décrit un combattant en cotte de mailles et évoqué une ressemblance avec ceux que l'on croise dans les reconstitutions anglo-saxonnes. « Je pense avoir vu le spectre d'un guerrier anglo-saxon mort depuis longtemps. Le pire dans cette rencontre, c'était l'aura maléfique qui entourait cet esprit. J'ai pu déceler une malfaisance certaine chez lui, et le fer de sa hache... eh bien, il était couvert de sang séché. » La mystique n'a pu expliquer ce qu'un fantôme pouvait bien faire devant les portes du presbytère de Saint-Wilfrid.

Jake fit claquer sa langue. Il avait bien une idée sur la question, mais il continua de lire :

L'église Saint-Wilfrid n'est pas très ancienne, elle a été construite au dix-neuvième siècle. Le fantôme connaissait-il le sanctuaire en bois érigé sur le site de la cathédrale voisine en 627 pour le baptême d'Edwin, roi de Northumbrie ? « *York est une ville très historique* », a rappelé Mu à notre correspondant, « *il n'est pas surprenant que des esprits tourmentés, la plupart invisibles pour nous, fréquentent les lieux qu'ils connaissaient autrefois. Plus le fantôme est tourmenté, plus il est susceptible de manifester sa présence. Je suppose que j'ai eu beaucoup de chance de l'apercevoir.*

« Et de vivre pour raconter cette histoire », murmura Jake.

À cette pensée, Jake frissonna. Le fantôme traquait-il le Père Anthony ? Il espérait de tout cœur que le bon prêtre n'était pas en danger. *Si seulement il venait me rendre visite, je pourrais l'avertir.*

Quand la porte de la cellule s'ouvrit finalement, c'était pour laisser entrer l'inspecteur peu aimable.

« Votre avocate vous a fait libérer sous caution, Conley. Vous pouvez récupérer vos effets personnels et signer les papiers au bureau situé dans le hall. Mais rappelez-vous que vous n'êtes pas sorti d'affaire pour autant. Je monte le dossier contre vous. »

Jake lança le journal au policier.

« Vous devriez lire ça. »

Venait-il de détecter une incertitude fugace dans son regard dur ?

« Je l'ai lu. Des foutaises ! La journaliste, c'est une de vos amies, non ? »

Il était inutile de discuter. Jake savait que, pour l'inspecteur, il avait assassiné sa fiancée, et un article de journal aussi léger ne lui ferait pas changer son avis opiniâtre.

———

La priorité pour Jake, à sa libération, c'était de parler au Père Anthony. D'abord pour le mettre en garde contre le fantôme. Et ensuite, de façon plus urgente, pour apprendre à ouvrir les yeux du monde sur la vérité, car il pensait que l'ecclésiastique saurait comment faire.

Le Père Anthony était généreux de son temps et fit entrer le visiteur dans son étude. Il contenait un bureau recouvert de livres, de documents coincés sous des presse-papiers à motifs religieux, et une imposante bibliothèque remplie de volumes anciens. La pièce laissa une impression très sombre sur Jake, comme l'avaient sans doute voulu les Victoriens.

« J'ai été affligé d'apprendre que la police vous avait mis en garde à vue. » Le visage du Père Anthony montrait assurément de la consternation.

« Le fait est, mon Père — et c'est la principale raison de ma visite — que je ne peux battre en brèche le refus de l'inspecteur de considérer l'existence du fantôme. Comment puis-je prouver mon innocence s'il n'accepte pas ça ?

— Mon fils, c'est une bataille que l'Église mène depuis des siècles. C'est clairement indiqué dans Jean 5:19 : *Nous savons que nous venons de Dieu, et que le monde entier est au pouvoir du malin.* Dans l'Apocalypse, nous trouvons le cœur du problème, Jake. » Il fit une pause pour s'assurer que ses paroles étaient reçues dans le bon esprit.

Encouragé par l'air concentré de Jake et sans aucun signe d'argumentation ou de scepticisme de sa part, il continua à citer : « *Il fut précipité, le grand dragon, l'antique serpent, celui qu'on nomme Diable et Satan, le séducteur du monde entier.* » Le prêtre joignit ses mains et les secoua doucement d'avant en arrière dans un geste d'autorité rassurant. « Vous voyez, Jake ? Ça se trouve dans ces derniers mots. Nous sommes condamnés à nous heurter à un mur d'incrédu-lité, de scepticisme, quand nous essayons de parler d'entités invi-sibles. Mais écoutez, saint Paul a écrit aux Corinthiens : *Et si notre Évangile demeure voilé, il est voilé pour ceux qui se perdent, pour qui le dieu de ce monde a aveuglé l'intelligence des incrédules, afin qu'ils ne perçoivent pas la lumière de l'Évangile de la gloire du Christ.* »

Le froncement de sourcils du Père Anthony se dénoua et, une expression sereine sur le visage, il regarda le jeune homme avec un sourire encourageant. « Le fait est, mon ami, qu'il n'y a qu'une seule façon d'avancer pour vous. Encore selon la parole de saint Paul : *Le tout premier pas pour s'armer en vue du combat contre le diable est de se ceindre de la vérité. Et quand nous engageons la bataille avec les armes de Dieu qui ne sont pas de la chair, mais divines et puissantes pour détruire des forteresses, nous attaquons ces mensonges et les anéantissons, écrasant les spéculations et toutes choses élevées contre la connaissance de Dieu...*

— C'est bien beau, mon Père, mais je passe mon temps à dire la vérité, et ça ne mène nulle part. Personne ne veut croire aux démons et aux fantômes au vingt et unième siècle ! Comment vais-je persuader un juge ou un jury que non seulement ils existent, mais qu'ils sont aussi ici parmi nous, prêts à commettre des crimes terribles ?

— Je ne sais pas quoi vous dire, Jake. Je suis prêtre, et je vous crois, mais je ne suis qu'un pauvre ecclésiastique, alors à moins de faire appel à des forces plus puissantes, quel espoir y a-t-il ? Nous devons avoir la foi. Écoutez, c'est ma dernière citation pour aujourd'-hui ! Elle vient d'un curé du dix-huitième siècle : *Toute tentative de déguiser ou d'adoucir un élément de cette vérité afin de l'adapter au goût dominant autour de nous, soit pour éviter le mécontentement, soit pour courtiser la faveur de nos semblables mortels, serait un affront à la majesté de Dieu et un acte de trahison envers les hommes.* »

Jake considéra cela pendant un moment. Son regard se posa sur les yeux mi-clos du prêtre qu'il trouva fatigués et inquiets, mais bien-veillants.

« Ce que vous dites, c'est que je dois m'en tenir à la vérité et, d'une certaine façon, la mettre à nu pour que tout le monde puisse la voir et la comprendre.

— Il faudra du courage et de la persévérance, mon fils. Mais surtout, vous devrez demander à Dieu de vous aider. Vous affrontez des forces sombres et terribles.

— C'est pourquoi vous devriez également être prudent, mon Père. Avez-vous lu le journal aujourd'hui... ? »

Il expliqua l'article de la page cinq aussi brièvement que possible.

« Je ne doute pas que cette femme, Mystic... quel que soit le nom qu'elle a choisi, a la faculté de percevoir les esprits, et ce ne peut être une coïncidence si elle a décrit votre fantôme et l'a trouvé à ma porte. Nous devons procéder avec prudence. »

Le prêtre fouilla dans un tiroir du bureau et en sortit un crucifix suspendu à un lacet.

« Prenez ceci, Jake, portez-le toujours autour de votre cou, et *gardez la foi* en la puissance du Seigneur. Maintenant, vous devez commencer votre mission pour exposer le fantôme ou le démon malin qu'il est. »

Le Père Anthony se leva et se dirigea vers la porte.

« Vous savez où me trouver si vous souhaitez de l'aide », dit-il en l'ouvrant et en saluant Jake de la main.

« Une dernière chose, mon Père. Si nous avions besoin d'un exorciste, vous en connaissez un ?

— Non, mais je vais voir ce que je peux faire. Tenez-moi informé, et surtout, priez et soyez prudent. »

Marchant dans le jardin du presbytère avec une détermination renouvelée, Jake glissa la croix accrochée au lacet de cuir par-dessus sa tête et la laissa tomber sous son tee-shirt. La sentir contre sa poitrine était réconfortant, mais par réflexe, il la pressa contre lui sous son sweat-shirt lorsqu'il franchit la porte du presbytère pour sortir dans la rue. Il le fit pour se défendre contre le fantôme qui rôdait et dont il devinait la présence invisible.

SEIZE

Soulagé de ne ressentir qu'une énergie positive dans son appartement nouvellement béni, Jake se demandait comment s'y prendre pour prouver son innocence. Il rejeta tous les plans qui s'étaient présentés à lui comme inadéquats jusqu'à ce qu'il se décide à téléphoner au journal local. Il demanda la journaliste qui avait écrit sur le fantôme.

« Je souhaite parler à Claire Heron, s'il vous plaît.

— C'est moi-même.

— Ah, bonjour. J'appelle au sujet de votre article sur le fantôme près de la cathédrale. Je pense que je peux apporter une contribution considérable à cette histoire. »

Lorsque Miss Heron montra de l'intérêt, Jake décrivit ses mésaventures, depuis l'accident de la route jusqu'à sa libération de garde à vue plus tôt dans la journée. Quand il eut fini, il y eut un long silence, lui faisant croire qu'il avait perdu la ligne.

« Allô ?

— Oui, pardon. Je réfléchissais à ce que vous me dites. Donc, vous êtes soupçonné du meurtre de votre fiancée, vous accusez un fantôme de ce crime, et vous voudriez que je rende ça public. C'est très inhabituel, Mr Conley. Je doute fort de pouvoir faire passer ça à ma rédaction.

— Écoutez, Miss Heron, je suis sûr que vous pouvez comprendre mon problème. Personne ne semble me prendre au sérieux. Mais je jure devant Dieu que je n'ai pas tué Livie ; je l'aimais.

— Mr Conley, voilà ce que je vais faire : certains éléments de ce que vous m'avez raconté peuvent être publiés. Mais je vais devoir vérifier avec ma rédaction au sujet du meurtre. Comprenez que c'est un peu délicat. Il faut tenir compte de la police, sans parler de la réaction du public sur le fait qu'un fantôme sanguinaire se promènerait en centre-ville. Laissez-moi vous rappeler à ce sujet ; j'ai votre numéro. »

Quand la journaliste eut raccroché, Jake pesta. Il comprit qu'elle n'écrirait pas ce qu'il souhaitait qu'elle publie, et il revenait à la case départ quant à prouver son innocence. Il décida de passer un coup de fil à Abigail pour en savoir plus sur les dernières heures de Livie et pour la convaincre qu'il était irréprochable, mais elle rejetait toujours ses appels et il n'arrivait à rien. Il la traita de tous les noms auxquels il pouvait penser, mais, après mûre réflexion, il ne lui en voulut pas. S'il avait été à sa place, il aurait fait la même chose. Le reste de la journée fut occupé à paresser, à jouer aux échecs contre son ordinateur et à perdre, à lire un roman sur un pilote de chasse de la Seconde Guerre mondiale, et enfin à regarder un documentaire sur les origines de l'univers.

Le lendemain matin, il sortit tôt pour acheter de la nourriture pour les jours suivants, et en passant devant un vendeur de journaux, il prit un exemplaire du Post. Après avoir rangé ses courses dans le réfrigérateur et les placards, il s'installa dans un fauteuil avec un verre de prosecco et ouvrit la page cinq du tabloïd. Son nom lui sauta aux yeux. Claire Heron avait écrit un article intitulé : *LE FANTÔME DE LA CATHÉDRALE — SON HISTOIRE.*

Impatient, il se mit à lire :

Suite à la découverte par Mystic Mu du fantôme d'un guerrier saxon près de la cathédrale, un autre résident d'York, Mr Jake Conley, vivant à Skeldergate, a apporté son propre témoignage. Il y a quelques mois, ce malheureux homme a été victime d'un accident de la route qui l'a laissé dans le coma, à la suite duquel il affirme avoir subi un éveil psychique. Alors qu'il faisait des recherches pour son roman sur un roi de Northumbrie du huitième siècle, Mr Conley s'est rendu sur le terrain, ce qui l'a amené à Ebberston, vers Scarborough. Non loin du village, il a visité une caverne connue sous le nom d'Antre d'Elfrid, où il dit avoir vu le guerrier et entendu d'autres esprits tourmentés dans la grotte. La légende locale raconte que le roi Aldfrith, protégé par ses hommes et gisant blessé après une bataille, y a trouvé refuge contre ses ennemis. « Je parierai mon dernier penny qu'ils le protègent encore aujourd'hui », dit Mr Conley, qui jure que le soldat repéré près de la cathédrale l'a suivi à York depuis Ebberston. « Le fantôme m'a attaqué deux fois, et j'ai dû faire bénir mon appartement par un prêtre pour l'éloigner », ajoute-t-il. Le romancier insiste sur le fait que le spectre du guerrier saxon n'est pas un danger pour le grand public, mais il ajoute : « Il me donne des nuits blanches, ça, je peux vous le dire. »

L'article fournissait ensuite des détails historiques sur le roi Aldfrith, et Jake perdit tout intérêt.

Il vida son verre de prosecco et s'en servit un autre. Il n'y avait rien dans ce papier qui aidait sa cause puisqu'il n'y avait aucune référence au meurtre d'Olivia. À ce stade, Jake se montra indifférent à l'article de Miss Heron, mais s'il avait su quels effets aurait celui-ci, il n'aurait pas été aussi pétri d'orgueil.

SHEFFIELD, YORKSHIRE SUD

Ce même matin, Stuart Dow, autoproclamé docteur, lisait un exemplaire du Sheffield Star. Sur une page intérieure, il trouva une synthèse des deux articles publiés sur la cathédrale dans *The Press* d'York. Stuart Dow était fasciné. En tant que membre fondateur des chasseurs de fantômes du Yorkshire *Spook-a-Spook*, fier administrateur de son propre groupe sur Facebook, et organisateur de diverses conférences dans les comtés de la région, il se devait de suivre cette affaire. Il prit son téléphone portable et composa le numéro de Russell Leigh.

« Hé Russ ! Tu as vu ça en page huit du Star ? Ça veut dire quoi, t'allais m'appeler ? J'espère bien, bon sang ! Bon, tu préviens Veronica ? Je vais chercher le fourgon et charger le matériel. On dirait qu'on est sur un coup juteux, mec. Je serai chez toi pour midi. Fais en sorte que Ronnie soit là, vieux. Ça m'évitera de courir partout ce matin. OK, à plus. »

Il ouvrit le cadenas d'un placard et en sortit un pack à protons dont la tige était prête à lancer un flux contrôlé de protons pour neutraliser le rayonnement électromagnétique chargé négativement du fantôme afin qu'il puisse être maintenu dans le flux actif. Il était accompagné d'une UCE — une unité de confinement Ecto — et de trois paires de lunettes Ecto. Il émit un juron lorsqu'il s'écorcha le pouce sur le rebord de l'armoire et alla chercher plus loin dans le placard pour attraper le Giga-Mètre et, à côté, le compteur EPC — le compteur d'énergie psychocinétique. Il examina son équipement avec fierté. Ils avaient commencé avec des torches et des jumelles de vision nocturne, rien de plus. Mais maintenant, grâce aux contributions et aux cotisations des membres, ils avaient une collection digne des unités les plus professionnelles.

D'accord, il y avait des sceptiques qui ne croyaient pas aux fantômes, mais lui, le *docteur* Stuart Dow, pouvait prouver leur existence et avait déjà débarrassé plusieurs propriétés de leur présence indésirable, se gagnant ainsi quelques billets et boostant sa réputation grandissante de sérieux chasseur de fantômes. Celui de Wentworth Woodhouse était toujours la plus belle pièce à son tableau de chasse. Le pauvre esprit tourmenté d'une servante du dix-huitième siècle, morte devant la maison sous les roues d'une calèche, avait harcelé des occupants peu méfiants pendant plus de deux cents ans, mais le docteur Stuart Dow s'était chargé d'elle une fois pour toutes, ne vous y trompez pas.

Il rassembla tout ce qu'il pouvait porter jusqu'à la voiture, mit le matériel dans le coffre et fit un deuxième voyage pour le reste. Il attrapa enfin sa veste et leur matériel de camping, puis il se rendit chez Russell.

L'imprudence née d'une confiance effrontée en leurs propres capacités — ou peut-être la sous-estimation élémentaire du danger auquel ils allaient faire face — conduisit Dow et ses assistants à établir le campement directement dans la clairière de l'Antre d'El-frid. Dans les situations périlleuses, ce sont souvent les plus timorés qui paient le plus lourd tribut. En l'occurrence, Russell Leigh mani-festa son inquiétude, lorgnant le trou noir dans la roche avec appré-hension.

« Pas sûr que ce soit une bonne idée, Stu. On sait pas ce qu'il y a là-dedans. On devrait monter les tentes ailleurs.

— Sois pas idiot, fiston. Qu'est-ce qui t'arrive ? Je me balade pas avec des tonnes de matériel d'un bout à l'autre juste parce que t'as la frousse.

— Il a pas tort, Russ, reconnut Veronica. Bon sang, on a fait plein d'endroits pires que ça, et rien n'est arrivé. »

Si Ronnie était d'accord avec ça, pensa Russell, il ne pouvait que se ranger à leur avis. Ils plantèrent donc les tentes, allumèrent un feu et préparèrent du thé, une tâche qu'il appréciait particulièrement. Autour du feu, ils discutèrent des mérites relatifs d'une reconnais-sance de jour ou de nuit de la caverne. Au grand soulagement de Russell, et lui-même surpris de sa propre réaction, ils décidèrent de faire la reconnaissance le lendemain matin. Qu'est-ce qui lui flan-quait autant la trouille à l'Antre d'Elfrid ? Il ne trouvait aucune raison logique puisqu'il avait participé à pas mal d'expéditions contre les fantômes dans des endroits où régnait une ambiance bien plus flip-pante et qu'il n'avait jamais eu la frousse comme ça.

D'habitude, Russell dormait à poings fermés, même par terre. Mais ce soir-là, il était agité et restait en alerte. Au bout d'une heure, il tendit l'oreille, un bruit de pas ? Un renard ou un chien errant ? Il y avait quelque chose dehors. Près de leur tente ! Il essaya de contrôler sa respiration et de stabiliser son rythme cardiaque. Pourquoi était-il si tendu ? Puis il l'entendit : une inspiration sifflante. Pas un animal, donc. Il jeta un œil de l'autre côté de la tente. Stu dormait à poings fermés. Ronnie était-elle sortie de sa tente ? Elle était en sécurité ? Russell Leigh prit la décision fatale de vérifier qu'elle allait bien.

Il se débattit pour se défaire de son sac de couchage le plus doucement possible afin de ne pas réveiller son compagnon, ouvrit la fermeture éclair de la tente, pointa sa tête dans l'air frais de la nuit — et la perdit. Un coup de hache brutal décapita Russell Leigh, ancien chauffeur de taxi, aspirant chasseur de fantômes, à l'âge de vingt-neuf ans.

Au matin, les cris persistants de Veronica tirèrent Stuart Dow de son sommeil profond et réparateur. Ses yeux troublés dirent à son cerveau embrumé que Russ n'aurait pas dû, en principe, être à moitié couché à l'intérieur de la tente. Puis les hurlements de Ronnie lui indiquèrent que quelque chose de sérieux était arrivé. À quel point, ça, il n'aurait jamais pu l'imaginer ! Jamais de sa vie il n'avait vu l'horreur d'une décapitation. Le fait que la victime était un ami proche et qu'il était sans doute responsable de sa mort, puisqu'il n'avait pas tenu compte des réticences de Russell, rendait la situation encore plus grave.

Avec l'aide de Veronica, il étendit un tapis de sol sur le corps, faisant de son mieux pour ne pas contaminer la scène du crime.

« J'appelle la police », dit-il en tapant le 999 sur son portable, soulagé de voir que le signal était bon dans cet endroit isolé. Après avoir fourni les informations nécessaires, il chercha à réconforter Veronica qui était anéantie. Toute idée de chasser les fantômes à l'Antre d'Elfrid fut enterrée. Tout ce qu'ils pouvaient faire maintenant, c'était attendre l'arrivée des policiers.

———

SKELDERGATE, YORK (*DEUX JOURS PLUS TARD*)

Le mobile de Jake vibra sur sa table basse. Il l'avait mis en mode silencieux pendant la nuit. Il l'attrapa pour voir un numéro sans nom.

« Mr Conley, bonjour. Claire Heron à l'appareil. J'appelle pour avoir votre opinion sur le meurtre d'Ebberston. »

Jake s'assit, sa curiosité piquée. Il n'avait pas regardé les nouvelles ou surfé sur le web pendant un jour ou deux, préférant se terrer dans la solitude pour songer à ses problèmes personnels.

« Quel meurtre ?

— Vous avez sûrement entendu ? C'est dans tous les quotidiens, et la télé ne parle que de ça. Il y a eu un meurtre horrible dans la caverne dont vous m'avez parlé... » Elle fit une brève pause pour vérifier le nom : « l'Antre d'Elfrid. Un membre d'une équipe de chasseurs de fantômes de Sheffield a été décapité il y a deux nuits. Vous ne voyez pas, Mr Conley ? C'est bon pour votre affaire, ça ! »

Jake *voyait* en effet, et après une série de questions et de réponses enflammées fournies à Miss Heron pour un nouvel article, il raccrocha, s'enfonça dans son canapé, ferma les yeux et réfléchit à son prochain coup.

————

POSTE DE POLICE DE FULFORD ROAD, YORK

L'inspecteur Mark Shaw regardait fixement son commissaire, qui lui faisait l'honneur de lui rendre visite dans son bureau.

« Pardon, Monsieur le Commissaire, si je récapitule, vous souhaitez lier le meurtre d'Ebberston à l'affaire Greenwood ? Bien sûr, il y a plus d'un élément qui les relie. Je m'y mets tout de suite, Monsieur le Commissaire. »

Fidèle à sa parole, Shaw sonna à la porte de chez Jake vingt minutes plus tard et, mécontent, frappa dessus avec son poing. Autant alarmer le suspect, pensa-t-il.

Lorsque Jake ouvrit, il s'introduisit dans l'appartement sans cérémonie.

« Je suppose que vous savez pourquoi je suis ici.

— Aucune idée, une visite de courtoisie ? » Jake eut un bref ricanement. Il avait développé une profonde aversion pour ce policier mal élevé.

« Mr Conley, aussi plaisante que soit votre compagnie, je suis venu en mission officielle, car nous enquêtons désormais sur un double meurtre. Je dois vous demander où vous étiez entre six heures du soir mardi et la même heure hier. »

Jake réfléchit un instant, puis répondit : « C'est facile, inspecteur, j'étais ici dans l'appartement.

— Et vous n'avez pas du tout quitté l'immeuble ?

— Non.

— Quelqu'un pourrait confirmer ça ?

— Je ne pense pas, non. Je suis resté seul tout le temps. Ah, sauf...

— Oui ?

— Hier après-midi, une journaliste m'a téléphoné à propos de ce qui s'est passé à Ebberston. Mais j'imagine que ça n'est pas suffisant, j'aurais pu prendre l'appel n'importe où, non ?

— Ne sous-estimez pas les technologies de la police. Je suis sûr que l'appel peut être localisé si nécessaire.

— Oh, je vois, murmura Jake, toujours aussi mal à l'aise en présence de l'arrogant inspecteur.

— De même, nous découvrirons si vous étiez, disons, à Ebberston, il y a deux nuits.

— Je n'y étais pas ! cria Jack, le visage rouge. Vous ne pouvez pas me mettre un double meurtre sur le dos. Je n'ai rien fait !

— Je dois dire que ce meurtre à Ebberston tombe à point nommé. On dirait que quelqu'un essaie de faire en sorte que la police croit aux fantômes, Mr Conley. Ce quelqu'un, ce ne serait pas vous, par hasard ?

— Je ne vois pas ce que vous insinuez, inspecteur. Tout ce que je sais, c'est que j'étais ici, à me mêler de mes affaires au moment du meurtre d'Ebberston. Je ne l'ai même découvert que lorsque Claire du journal *The Press* m'a téléphoné hier.

— Justement, en ce qui concerne vos affaires, puis-je jeter un coup d'œil à votre ordinateur ?

— Vous avez besoin d'un mandat pour ça, inspecteur... mais comme je n'ai rien à cacher... » Jake se leva de son fauteuil, se dirigea vers son bureau, alluma son ordinateur portable, tapa son mot de passe et tira la chaise pour le policier.

Shaw parcourut l'historique de navigation, s'attendant à trouver le site des chasseurs de fantômes de Sheffield. Sa recherche n'aboutit à rien, alors il fit défiler le dossier de la corbeille des e-mails. Rien de compromettant. Mais bon, connaissant la mentalité des criminels, il ne serait pas dupe.

« Puis-je emporter cet ordinateur à notre laboratoire pour un jour ou deux, Mr Conley ?

— Pour quoi faire ? demanda Jake avec agressivité.

— Pour vous éliminer de la liste des suspects.

— Alors dans ce cas, je suppose que oui. »

Il pouvait toujours consulter Internet sur son smartphone s'il voulait surfer. Il était connecté à son routeur.

Après avoir raccompagné le policier, Jake s'assit pour réfléchir à ce qui s'était passé. Une chose que l'inspecteur Shaw avait dite l'avait marqué. Le meurtre d'Ebberston tombait à point nommé pour lui. Cela pourrait prouver qu'il n'avait pas menti sur la mort de Livie. Que le meurtrier soit le fantôme ou une personne vivante, Ebberston les reliait. Il devait retourner là-bas. C'était là-bas qu'il blanchirait son nom.

DIX-SEPT

Jake n'allait pas descendre chez Gwen McCracken, mais il irait tout de même saluer son amie. Il ne voulait pas lui causer plus de problèmes, alors il déambula dans le village à la recherche d'un logement. Un ou deux endroits affichaient des chambres disponibles, mais ce n'est que lorsqu'il en trouva un appelé les *Ormes* qu'il décida de se renseigner. Jake avait toujours aimé les arbres, et celui-ci était son préféré. Aussi, quand il vit l'écorce rugueuse de son tronc dans le jardin de la propriété, il passa le portail. Il se souvint qu'en dehors de l'Arbre de vie, cet arbre était l'une des deux espèces figurant dans le jardin d'Éden et mentionnées dans la Genèse. Il préféra ne pas s'attarder sur les raisons pour lesquelles sa tête était remplie d'informations aussi inutiles.

Une petite femme mince à l'air occupé, se présentant comme Mrs Lucas, les cheveux attachés en un chignon gris, l'invita à entrer. La veuve lui ordonna de se déchausser, car elle ne permettait à personne de porter des chaussures d'extérieur dans sa maison. Obéissant, il en défit les lacets et les plaça côte à côte au bout d'une courte rangée de chaussures féminines.

117

« Je vais devoir acheter une paire de pantoufles », marmonna-t-il.

Elle regarda ses pieds. « Quelle taille faites-vous ?

— Du quarante-deux, dit-il sans réfléchir et en lui donnant la taille européenne.

— Ça fait donc du huit », traduisit-elle, et elle se précipita aussitôt à l'étage d'où elle revint avec des pantoufles d'homme en tissu écossais.

« Mon Bert faisait du huit », expliqua-t-elle.

Jake les enfila et la suivit à l'étage jusqu'à une chambre à l'arrière de la maison, qu'il arpenta en prononçant quelques mots d'appréciation sur le confort de la pièce à l'intention de son hôtesse. Il regarda avec reconnaissance le crucifix sur le mur. Cela pourrait éloigner les présences démoniaques. Laissé seul, il s'installa pour réfléchir à ce qu'il allait faire à Ebberston. Il n'avait aucun plan précis, si ce n'est de rassembler des preuves de son innocence pour les rapporter à l'inspecteur Shaw à York. Mais comment s'y prendre ? C'était là le problème. Malheureusement, il n'eut que peu de temps pour élaborer une stratégie, puisqu'après quelques instants, on frappa à sa porte.

« Entrez. »

Sa logeuse fit une apparition, l'air désolé : « Pardon de vous déranger, Mr Conley, mais un visiteur vous attend dans le salon des pensionnaires.

— Un visiteur ? C'est curieux, dit-il en se levant, je n'attendais personne. »

Dans le salon aux rideaux épais et à la grande baie vitrée, un personnage familier, mais peu souriant, le salua.

« Donc, vous êtes vraiment revenu. » Le ton du bedeau était hostile et son expression contrastait avec ses traits habituellement bénins. « Nous n'avons que des ennuis depuis que vous avez commencé à fouiner autour de l'Antre d'Elfrid. Vous n'êtes pas le bienvenu à Ebberston, Mr Conley, et je viens vous demander de partir.

— Comment saviez-vous où me trouver ?

— Ebberston est un petit village, et nous sommes une communauté très soudée. En fait, Mrs Lucas est aussi membre du conseil paroissial. Les nouvelles se répandent vite. C'est un endroit paisible ; ou du moins, ça l'était jusqu'à ce que vous commenciez à vous en mêler et à agiter des forces qui ne vous concernent pas.

— Écoutez, Mr Hibbitt. D'abord, parlez-moi sur un autre ton. Ensuite, je peux vous garantir qu'elles me *concernent*. Je suis revenu pour blanchir mon nom. La police d'York m'accuse à tort d'avoir assassiné ma fiancée. C'est le fantôme d'Ebberston qui a fait ça — assurément, vu ce que vous êtes venu faire, vous ne pouvez que me croire. »

Le bedeau regarda Jake avec pitié.

« Bien sûr que je vous crois. Et je vous ai prévenu dès le départ de ne pas vous approcher de la caverne, n'est-ce pas ? » Sa voix se fit plus mordante. « Mais vous avez préféré ignorer mes conseils. Voyez ce que vous avez déchaîné ! Comme je l'ai dit, nous sommes une communauté pacifique et nous voulons que cela reste ainsi. » Il soupira fortement et, de son index, repoussa ses lunettes sur l'arête de son nez. « Nous n'apprécions pas les micros plantés devant nos visages et les nuées de journalistes qui perturbent notre quotidien. Ebberston ne devrait pas être connue pour des meurtres effroyables. Ce pauvre homme de Sheffield ! Ils pensaient pouvoir chasser des morts-vivants de l'Antre d'Elfrid — mais ils y sont depuis plus de mille ans ! Mr Conley, je vais être franc avec vous : nous voulons que vous quittiez Ebberston. Rendez-nous service à tous, faites vos bagages et retournez d'où vous venez. »

Jake regardait le bedeau avec incrédulité.

Qu'était-il arrivé à « aime ton prochain » ?

« Écoutez-moi bien, Mr Hibbitt. Je n'irai nulle part. Je suis trop impliqué dans cette affaire. Je pourrais être condamné à la prison à vie pour quelque chose que je n'ai pas fait. De toute manière, nous sommes dans un pays libre, et vous ne pouvez pas me chasser du village. »

Le bedeau le dévisageait par-dessus ses lunettes, ses yeux plissés et durs.

« Ah, non ? Nous verrons bien ! Beaucoup de gens ici ne veulent pas de vous dans les parages. Vous êtes prévenu. » Il tira une casquette plate de sa poche arrière et l'enfonça sur sa tête. « Bonne journée à vous ! »

Jake le regarda sortir de la pièce et, après avoir entendu la porte d'entrée claquer, se dirigea vers la fenêtre pour voir son nouvel ennemi s'éloigner le long du chemin traversant le jardin. Il était stupéfait de ce qui venait de se passer. Les tensions devaient être fortes après le meurtre de la grotte. C'était tout aussi bien d'être prévenu. Cela voulait dire qu'il devrait faire preuve de prudence dans son enquête. Mais il n'avait pas l'intention de quitter le village et encore moins de cesser de *s'en mêler*.

La première chose qu'il ferait pendant le reste de l'après-midi serait de rendre visite à Gwen ; elle pourrait peut-être lui donner une idée plus précise de l'ambiance à Ebberston. Après cela, il irait manger aux *Vignes*. Ça au moins, c'était une perspective plutôt agréable.

« Je suis profondément désolée. » Gwen McCracken sourit tristement à son ancien pensionnaire. Ils étaient assis l'un en face de l'autre à la table de la cuisine, dégustant une tasse de thé et, dans le cas de Jake, grignotant des biscuits au chocolat. « J'ai appris la mort de votre fiancée dans le *Post*. Pauvre femme ! Vous tenez le coup, mon petit ?

— Je crois encore que ce n'est qu'un mauvais rêve. C'est comme si... je veux dire... je sais que je ne reverrai plus jamais Livie... mais chaque fois que mon téléphone sonne, je pense que c'est elle. Je sais que cela n'a pas de sens...

— C'est le chagrin. L'esprit peut parfois nous jouer de drôles de tours. »

En observant son visage prévenant et inquiet, Jake ressentit un élan d'affection pour cette Écossaise.

« En fait, Gwen, je suis revenu à Ebberston pour éclaircir cette affaire. Vous savez, la police d'York est convaincue que *j'ai* tué Olivia, mais je l'aimais. Je dois prouver mon innocence. Cela dit, je ne vois pas vraiment comment je vais démontrer que c'est le fantôme d'Ebberston qui a commis ce meurtre. »

Il constatait qu'il l'avait choquée, et qu'elle le regardait bizarrement. Il poursuivit.

« Peut-être que je devrais parler à la police locale — en quelque sorte m'impliquer dans l'affaire ici.

— Oh, je ne sais pas trop quoi vous conseiller. Mais ne songez même pas à remonter à l'Antre d'Elfrid. Ils disent que tout le périmètre est bouclé, personne n'est autorisé là-haut. Cela ne ferait qu'empirer les choses pour vous. »

Ils discutèrent pendant un certain temps. Jake n'apprit rien d'utile sur la dernière affaire, mais Gwen confirma le fort ressentiment des habitants vis-à-vis de l'activité de la presse et des médias. Elle lui expliqua également qu'il n'y avait pas de poste de police à Ebberston, mais que le village dépendait de la police du Yorkshire Nord ; l'enquête sur Ebberston était menée depuis le poste de Pickering.

« Je vais donc devoir me rendre à Pickering pour rendre visite à la police. »

Mais Jake avait tort ; c'était eux qui viendraient à lui.

Il quitta Gwen avec un signe de la main enjoué et alla dîner aux *Vignes*. Ce n'est qu'après quelques rues qu'il remarqua qu'un homme portant un sweat à capuche kaki le pistait. Il se retourna pour vérifier à deux reprises et, chaque fois, celui-ci parlait au téléphone. C'est avec soulagement qu'il se rendit compte que son ombre l'avait suivi jusqu'aux *Vignes*, car quoi de plus naturel que de se rendre dans un pub à cette heure ? Jake se dirigea vers l'espace avec des tables, tandis que l'homme en sweat à capuche s'installa sur le côté opposé du bar en forme de L. De là, chacun avait une vue dégagée sur l'autre.

Le jeune homme n'avait rien de particulièrement troublant. Il n'avait ni les cheveux ras, ni les tatouages d'un petit voyou classique, pas de piercing et pas de grosses bagues aux doigts. Jake se dit qu'il est trop tendu après tout ce qui s'était passé ces dernières semaines. Il le regarda avaler une gorgée de bière et l'oublia aussitôt lorsque le serveur vint prendre sa commande.

La cuisine était à son niveau habituel, et Jake arrosa des tempuras de raie à la mayonnaise au curry avec une bière fraîche. Repu, il se rendit au bar pour payer sa note. L'homme en sweat à capuche l'examina par-dessus son verre levé, mais détourna les yeux dès que leurs regards se croisèrent.

Jake trouva étrange que Mr Sweat-à-Capuche boive les deux tiers de sa pinte en quelques gorgées avides, et plus troublant encore qu'il le suive hors du pub. Jake accéléra le pas pour distancer son poursuivant, si c'était bien le cas, mais lorsqu'il jeta un coup d'œil, il n'était toujours qu'à cinq mètres derrière lui et passait un autre appel.

À chaque fois que Jake traversait une rue, l'homme la traversait aussi. Il songea à s'arrêter et à lui faire front, mais en y réfléchissant, il se dit que cela pouvait encore être une coïncidence. Cette pensée illusoire se dissipa à l'approche des *Ormes*. Sur le trottoir devant le portail rôdait un groupe de cinq jeunes à capuche et une figure un peu plus ronde avec une casquette plate et une écharpe enroulée autour du visage malgré la chaleur. Le cœur de Jake se serra, mais s'il se retournait pour s'enfuir, où irait-il ? Il décida de braver la situation et, comme si de rien n'était, se dirigea tout droit vers le portail qui s'ouvrait sur le jardin de son *bed & breakfast*.

Lorsqu'il arriva près du groupe, l'un d'eux s'en détacha et s'approcha de Jake, s'arrêtant juste devant lui, de sorte que Jake fut obligé de se déplacer vers la gauche pour passer, mais l'homme fit écho à son mouvement en se décalant vers sa droite et en le gênant toujours. Une série de mouvements répétés dans une danse absurde fit perdre à Jake son sang-froid face à ce regard provocateur et moqueur. Ça le démangeait de lui mettre son poing dans la figure, mais il craignait de se rater, alors il se contenta de pousser le torse de son agresseur. La provocation fut suffisante pour susciter un cri de rage indignée et amener les autres à se jeter sur lui comme une meute de beagles sur un renard.

Ils firent tomber Jake à terre et une volée de coups de pied solidement bottés menaçait de lui briser les côtes. Heureusement, ils ne le frappèrent pas au visage, et après plus d'une dizaine de coups, une voix familière dit : « OK, c'est bon, les gars, le fouineur a compris sa leçon. » La voix se rapprocha, et à travers les vagues de douleur, Jake discerna la forme de la casquette plate et du visage recouvert d'une écharpe en soie de couleur sombre. « On vous avait prévenu, Conley. Ça n'est pas une plaisanterie. Barrez-vous d'Ebberston, et ne revenez plus ! Vous vous en tirez à bon compte cette fois... » Plusieurs des voyous rigolèrent. « Il serait sage d'éviter une deuxième visite. »

Là-dessus, ils s'éloignèrent, sauf un qui décida de laisser un dernier souvenir aux côtes de Jake.

Lorsqu'ils furent vraiment partis, Jake se remit debout et tituba vers le chemin du jardin, chaque respiration étant un supplice, jusqu'à ce qu'il atteigne la porte de la maison. Il entra et, ne pouvant aller plus loin, s'assit sur les escaliers recouverts de moquette.

« Ah, vous êtes là, je me disais bien que j'avais bien entendu quelqu'un. Oh, mon Dieu ! Que vous est-il donc arrivé ? »

Jake gémit et palpa ses côtes fragiles.

« Tabassé... Par six... »

Il était confus, mais Mrs Lucas, une femme au cœur tendre et maternel, n'avait pas l'intention d'ignorer le problème. Efficace, elle le fit monter dans sa chambre et insista pour qu'il découvre son torse afin d'examiner ses côtes meurtries.

« Je ne crois pas que vous ayez quelque chose de cassé, dit-elle, mais je ne suis pas spécialiste. Vous devriez passer une radio pour en être sûr. Ça vous fait mal ?

— Aïe !

— Mmm, juste un instant... J'arrive dans une seconde. »

Elle revint en tenant une bouteille et un morceau de coton.

« L'eau d'hamamélis, je ne jure que par ça. Ça évitera les bleus et ça vous soulagera un peu. »

Elle se mit à tamponner le liquide sur son flanc, et il fut reconnaissant de l'effet apaisant. Elle l'aida à enfiler son tee-shirt. L'ayant interrogé sur ce qui s'était passé, elle lui dit combien elle était choquée que ça soit arrivé dans *sa* rue et elle voulut savoir combien d'agresseurs étaient impliqués. Toutes ces informations furent transmises aux policiers de Pickering, et dans l'heure qui suivit, leur voiture s'arrêta devant sa porte. Mrs Lucas fit entrer un agent dans sa maison.

Le sergent examina Jake avec un œil entraîné — pas trop de dégâts, donc. Mais un incident fâcheux, qui n'encouragerait certainement pas le tourisme. Ce à quoi le policier expérimenté ne s'attendait pas, c'est qu'une simple agression par des voyous prendrait une telle ampleur. Incrédule, il écouta Jake lui raconter tous les événements depuis sa première visite à Ebberston, le meurtre de Livie et l'attaque de ce soir-là. Pour des raisons qu'il ne comprenait pas bien, il ne fit pas mention du bedeau, qu'il avait reconnu comme le meneur de l'assaut.

Le sergent se gratta la tête, déconcerté.

« Eh bien, c'est une sacrée surprise, je dois dire. Nous ignorions que la police d'York était impliquée. Jusqu'à présent, personne n'a fait le lien entre les affaires. Quelle histoire ! Mais vous essayez sérieusement de me dire que le tueur est un fantôme ? On a mis ça sur le compte d'un psychopathe. Ça va faire hérisser quelques poils. »

Jake était soulagé. À première vue, le policier âgé était le premier à le prendre au sérieux, même s'il soupçonnait profondément le sergent de faire de l'humour. Dans tous les cas, l'affable policier insista pour l'emmener à l'hôpital du coin afin de faire examiner ses côtes. Les protestations de Jake sur le fait que ce n'était pas nécessaire se heurtèrent à un mur.

En route vers l'hôpital, il l'informa : « Je vais devoir ouvrir une enquête ici. Nous ne pouvons pas laisser des touristes se faire attaquer par des voyous dans notre secteur. Du coup, à la lumière de ce que vous m'avez dit, j'aimerais que vous passiez au poste de Pickering ; je peux venir vous chercher demain matin. »

DIX-HUIT

PICKERING ET LITTLE DRIFFIELD, YORKSHIRE

Au poste de police de Pickering, un agréable bâtiment moderne, Jake fut déçu de ne pas voir la présence rassurante du sergent lors de son entretien. Au lieu de cela, confié à un jeune policier aux manières brusques, il fut immédiatement sur la défensive. L'inspecteur, un personnage aux cheveux foncés et à la peau brune, avec un gros grain de beauté sur la joue droite, avait été en contact avec la police d'York, de son propre aveu. Rien que d'imaginer ce que l'inspecteur Shaw avait pu lui mettre dans la tête, Jake se crispa. Son appréhension n'échappa pas au policier, et l'air de suspicion et d'incrédulité qu'elle généra accrut le cercle vicieux du malaise.

Évitant à peine une accusation pure et simple, l'inspecteur Smethhurst l'interrogea sur ses déplacements, ses alibis et ses motivations. La plupart de ces éléments, malheureusement pour Jake, étaient soit absents, soit peu convaincants. Le regard brun insondable de l'inspecteur examina le suspect avant de se contenter d'une évaluation honnête de la situation.

« Je vais être franc avec vous, Mr Conley, aucun policier qui se respecte dans le pays ne ferait reposer une enquête pour meurtre sur les absurdités que vous essayez de faire passer. À ma connaissance, dans l'histoire de la police depuis sa création, il n'y a pas eu un seul meurtre attribué à des forces surnaturelles. Dans les soi-disant cas de magie noire, on trouve toujours la main d'un criminel en chair et en os. »

Il avait dit ça avec l'intention de provoquer une réaction. Quand elle arriva, il fut déçu. Au lieu d'une diatribe délirante, il reçut un soupir désabusé et de la résignation.

« Je sais. Ce sera encore pire de vouloir convaincre un juge et un jury. C'est pourquoi je suis revenu à Ebberston. Vous devez comprendre, si je suis innocent — et je le suis, — je dois faire sortir le fantôme au grand jour et l'étaler dans les médias. Sinon, comment vais-je me disculper ? »

Smethhurst émit un grognement, prêtant une attention excessive au stylo qu'il tenait à la main.

« En laissant la police faire son travail, murmura-t-il.

— Avec tout le respect que je vous dois, dit Jake, comment pouvez-vous faire votre travail correctement si vous fermez votre esprit à la vérité ?

— Si vous voulez mon opinion, Mr Conley, je pense qu'Ebberston est le dernier endroit sur terre où vous devriez vous trouver. Je crois que vous aurez à faire face à des dangers plus importants que votre fantôme éthéré. De l'avis général, vous avez de la chance d'avoir survécu à la visite d'hier indemne. Vous n'aurez peut-être pas autant de chance la prochaine fois. Nos effectifs sont bien trop sollicités pour garantir votre protection. Considérez ça : si ça devait encore arriver, vous pourriez y perdre des dents ou même un œil, ou pire, vous pourriez vous retrouver dans un état végétatif pour le reste de votre vie. »

L'inspecteur recula sur sa chaise et observa l'effet de ses paroles avec une froide satisfaction. Jake n'était pas vraiment allé jusque-là dans ses réflexions, mais le policier n'avait pas tort. Il n'y avait aucune raison de s'exposer à plus de représailles physiques. Il lui fallait quitter Ebberston immédiatement. Mais comment pouvait-il faire ça tant qu'il n'avait pas trouvé un moyen de prouver son innocence ?

Comme s'il avait lu dans ses pensées, l'inspecteur Smethhurst le rassura.

« Vous ne me semblez pas être un criminel, Mr Conley. Je peux vous garantir qu'en tant qu'officier en charge de cette affaire, je ferai tout mon possible pour amener le meurtrier devant la justice. Nous observons aussi de près les allées et venues à l'Antre d'Elfrid, qu'elles soient surnaturelles ou humaines. Nous avons mis en place une surveillance constante. La seule chose que je vous demande, c'est de me tenir informé de vos déplacements, car je pourrais avoir besoin de vous reparler.

— Très bien, inspecteur. Je vais suivre votre conseil et quitter Ebberston. J'irai à Little Driffield. Je dois y faire quelques recherches pour mon roman.

— Bien. Voici ma carte. S'il vous plaît, prévenez-moi lorsque vous aurez trouvé un logement. »

Jake passa un coup de fil à Mrs Lucas pour la prier de garder ses affaires jusqu'à ce qu'il puisse venir les récupérer. Il n'y avait pas de chambre disponible là où il avait précédemment séjourné à Driffield, ce qui s'avérait être un mal pour un bien. Dans le village de Little Driffield, il dénicha une maison d'hôtes convenable appelée Mill Cottage, tenue par un veuf et sa fille qui était maintenant à l'université de Leeds, une archéologue en troisième cycle. Ce monsieur, un historien de la région, grand, mince et voûté, au nez busqué, était ravi que son nouveau pensionnaire fasse des recherches dans le coin pour un roman historique. Il mit aussitôt sa collection de livres et d'articles à la disposition de Jake et lui parla longuement du lien entre Little Driffield et le roi Aldfrith le Sage. Son admiration pour ce souverain érudit incita Jake à en découvrir plus.

Ses recherches le conduisirent à l'église, ce qui l'amena sur une piste qui comportait une étrange anomalie. L'inscription, placée sur le côté sud du chœur, disait :

DANS CE CHŒUR EST INHUMÉ LE CORPS
D'ALFRED, ROI DU NORTHUMBERLAND
QUI RENDIT L'ÂME
LE 18 JANVIER DE L'AN 705
DANS LA VINGTIÈME ANNÉE DE SON RÈGNE
Statutum est omnibus semel mori.
(Il est établi que tous meurent une fois.)

Mais ses discussions avec Andrew, son logeur, avaient fait apparaître une série de contradictions sur le roi, sans même parler des nombreuses variantes de son nom, ou sur la manière dont il mourut. Certains auteurs prétendaient qu'il était mort après une longue maladie dans le palais, d'autres soutenaient que le souverain y avait succombé à ses blessures. Le chroniqueur médiéval, Guillaume de Malmesbury, affirma même qu'il mourut d'une douloureuse maladie regardée comme un signe de la divine Providence adressé au monarque pour avoir retiré à saint Wilfrid sa dignité et ses biens. Jake considéra cela comme de la propagande religieuse et l'ignora. N'avait-il pas vu de ses propres yeux la bataille et le roi fantôme blessé à Ebberston ? Mais ce qui l'intriguait surtout, c'étaient les événements extraordinaires du dix-huitième siècle qu'Andrew avait évoqués dans un article écrit par lui-même pour un magazine d'histoire locale. Il se mit à lire :

En 1784, la Société des Antiquaires de Londres envoya une délégation à Little Driffield, pour rechercher le corps du roi. Pourtant, ils lui substituèrent Alfred le Grand, négligeant le fait qu'il était mort 200 ans après le monarque de Northumbrie ! Les travaux de la délégation débutèrent le 20 septembre et furent conclus par un succès complet. Après avoir fouillé quelque temps dans le chœur, ils exhumèrent un cercueil de pierre et, en l'ouvrant, découvrirent le squelette entier du souverain avec une bonne partie de son armure d'acier.

Jake lut cela avec une excitation croissante, mais il fut vite découragé par un effondrement vertigineux. Le groupe d'antiquaires qui chercha la dépouille d'Alfred était composé de gentilshommes de

Driffield, à la tête duquel se trouvait un digne baronnet — Jake se promit d'identifier qui il était. Pourtant, écrivit Andrew, l'enquête se termina sur une déception totale : aucun cercueil de pierre, aucune armure d'acier — en fait, aucune relique de ce monarque ne fut découverte. La délégation autoproclamée, probablement pour éviter le ridicule auquel ils auraient été exposés, créa ce mensonge. Jake émit un juron à voix basse. Il semblait qu'à chaque fois qu'il s'approchait d'Aldfrith, l'ancien roi lui glissait entre les doigts. Il tourna la page.

En 1807, l'église de Little Driffield fut démolie pour être reconstruite. Le vicaire fit faire de nouvelles fouilles, en vain, pour retrouver les restes d'Alfred. Lorsque les fondations furent mises à nu, on découvrit que la nef et le chœur avaient tous deux été rétrécis, et que si Alfred avait vraiment été enterré près du mur nord, sur lequel les mots de l'inscription étaient autrefois peints, sa dépouille devait maintenant se trouver dans le cimetière.

Jake se redressa. C'était une piste qui méritait bien d'être suivie. Il l'examinerait avec son hôte.

« Andrew, vous mentionnez la possibilité que la tombe d'Aldfrith se trouve aujourd'hui dans le cimetière de l'église, près du mur nord. N'y a-t-il pas eu de recherches sérieuses ?

— Nous avons des inspections archéologiques régulières à Driffield chaque fois qu'un nouveau bâtiment est construit. Ils surveillent les sites, mais pour ce qui est de fouilles spécifiques, cela fait un moment qu'il n'y en a pas eu. Je devrais avoir les documents de ma femme, vous ai-je dit qu'elle était une éminente archéologue ? » Une tristesse infinie assombrit son visage. « Heather essaie de suivre les pas de sa mère, et je ne doute pas qu'elle y réussisse. Voyons voir, ah, oui... » Il parcourut les étagères et sortit une boîte à archives avec une étiquette jaune à moitié détachée sur le dos. « Cela vous permettra de faire le point sur l'activité archéologique dans le village, et il y en a eu beaucoup. En ce qui concerne le cimetière, c'est une affaire délicate parce qu'elle implique le diocèse et l'autorisation de l'Église.

— Nous pourrions peut-être lancer une étude non invasive.

Passer un magnétomètre à protons sur le sol pourrait répondre à la question sans perturber le site.

— Bonne idée. Je ne vois pas qui pourrait s'y opposer. Laissez-moi faire. Je vais en parler au vicaire. »

La location du magnétomètre étant trop coûteuse pour la bourse de Jake, il saisit avec empressement la suggestion d'Andrew de contacter le département d'archéologie de l'université d'York, mais il se heurta à un certain scepticisme. Le professeur avec lequel il s'entretint au téléphone l'envoya poliment paître, affirmant que la tombe, si elle avait été près des fondations de la reconstruction du dix-neuvième siècle, aurait sûrement été découverte. Prétextant une série d'autres engagements urgents, l'archéologue raccrocha.

Jake ravala sa frustration, se demandant si cette piste de recherche avait quelque incidence sur sa situation judiciaire. Au moment où cette pensée le frappa, son regard se posa sur une liste de fouilles à Driffield, et comme cela s'était précédemment produit, une ligne de caractères sembla lui sauter aux yeux. Pour une raison quelconque, un phénomène psychique qu'il ne comprenait pas le poussait à étudier un manoir médiéval entouré de douves. Confiant dans ses nouveaux pouvoirs mystiques, Jake n'écarta pas cet indice sous prétexte qu'il concernait une autre période, ce qui avait été sa première réaction. Au lieu de cela, il parcourut l'article avec un intérêt croissant. Cela portait sur des fouilles effectuées sur la motte castrale de Moot Hill, qui était encore en bon état malgré les explorations du dix-neuvième siècle et de 1975.

Jake décida de s'y promener, surtout après avoir lu la suite de l'histoire qui renforça son intérêt :

Les excavations entreprises en 1975 à Moot Hill ont démontré que la butte qui subsiste était la motte d'un château normand situé immédiatement à l'est de l'emplacement supposé du palais royal de Northumbrie du huitième siècle, mentionné, en rapport avec Driffield, dans la Chronique anglo-saxonne de l'an 705. Celle-ci indique que le roi Aldfrith, qui régna sur la Northumbrie après la mort de son frère, Ecgfrith, en 685, possédait un palais à Driffield. Les fouilles de 1975 ont également révélé des preuves d'une occupation romaine remontant au quatrième siècle de notre ère sous la motte. Les vestiges qui nous sont parvenus comprennent la butte de la motte qui mesure jusqu'à quatre mètres et demi de hauteur et quarante mètres de diamètre, partiellement entourée par les restes d'un fossé de quinze mètres de large sur un mètre et demi de profondeur.

Cela laissa Jake songeur. Il savait qu'il y avait eu un palais royal northumbrien à Driffelda et que les hommes d'Aldfrith y avaient transporté le roi blessé depuis Ebberston. Il y était probablement mort, mais avait-il vraiment été enterré ensuite dans l'église saxonne ? La douleur étrange et sourde au milieu de son front revint avec insistance. Cela signifiait-il qu'il suivait la bonne piste ? Il se redressa, s'étira et reprit l'article :

L'existence de vestiges enfouis d'un vaste bâtiment a d'abord été découverte lors de travaux antérieurs effectués au dix-neuvième siècle. Ces vestiges comprenaient des fragments de mur et de grandes marches en pierre. Le Driffield Observer *de juin 1893 rapporte qu'un « rectangle allongé pour le château » a été trouvé, et que des traces de limage faites par la main de l'homme ainsi qu'un mur de fondation en craie, entouré par un fossé de trois mètres de profondeur sur son côté ouest, ont été révélés par l'excavation d'un fossé de drainage. J.R. Mortimer, antiquaire du dix-neuvième siècle, a identifié par erreur le monticule à un tumulus rond de l'âge du bronze. Ce monticule était à l'origine beaucoup plus grand, à la fois en diamètre et en hauteur, avant qu'une partie ne disparaisse lors de l'exploitation de la carrière de gravier en 1856-58. Au cours de ces opérations, Mortimer a noté des fragments d'épées médiévales, y compris ce qui a été décrit comme une épée anglo-saxonne —* Jake en eut le souffle coupé et posa sa main sur son front : il avait l'impression qu'une force invisible lui rongeait le crâne entre les yeux — *et des lances, une pièce de monnaie celte en bronze et une autre, anglaise, en argent. Mortimer pensait également qu'il s'agissait, à une certaine période, d'un tumulus d'assemblée anglo-saxon, bien qu'il n'existe aucune preuve directe de ce fait, si ce n'est son nom.*

Il était clairement sur la bonne piste si l'on en croyait ses indicateurs spirituels. La découverte d'artefacts anglo-saxons à Moot Hill l'enthousiasma. Jake commençait à formuler une théorie qui aurait une incidence considérable sur son cas, bien que ce jour-là, étourdi et souffrant de maux de tête devant les documents éparpillés en désordre sur le bureau d'Andrew, elle était encore trop vague pour lui donner beaucoup d'espoir. Sa préoccupation immédiate, cependant, était de prendre un taxi jusqu'aux *Ormes* pour récupérer ses affaires. À peu près au même moment, l'agent Siobhan Reardon tomba dans les escaliers de sa maison d'Ebberston. Elle se fractura deux cervicales et le radius du bras droit.

DIX-NEUF

PICKERING, YORKSHIRE NORD

Une simple cloison séparait les deux hommes. Pour des raisons différentes, aucun d'eux ne souhaitait être là où il se trouvait à ce moment-là, et chacun prenait ses informations sur l'autre, avant leur première rencontre. Le docteur David Richardson parcourut un rapport sommaire sur son futur patient, l'agent Daniel Collins, qui lui avait été fourni par l'inspecteur en chef Harveer Singh, et il ne fallut que quelques mots pour éveiller son intérêt professionnel. Il se mit à lire :

L'agent Daniel Collins a 33 ans. Il aime prier, diffuser de la propagande de droite et faire de la photographie avec des drones. Il est intelligent et fiable, mais peut aussi être nerveux et un peu désordonné.

C'est un chrétien qui se définit comme hétérosexuel. Il a commencé des études universitaires, mais ne les a jamais terminées. Au lieu de cela, il est entré dans la police. Physiquement, Daniel est en bonne forme. Il est de taille moyenne et ne présente pas d'excès de poids.

Il a grandi dans un quartier de la classe moyenne et a été élevé dans un foyer familial heureux avec deux parents aimants. Il est actuellement célibataire. Sa dernière relation amoureuse a été avec une réceptionniste appelée Letty Starr Burns, qui avait 19 ans de plus que lui. Ils ont rompu parce que Letty accusait Daniel d'être trop matérialiste.

Daniel a deux enfants avec deux partenaires différentes, ses ex-petites amies Cara et Dottie : Isabel, 10 ans, et Sylvia, 16 ans, respectivement.

La meilleure amie de Daniel est notre enquêtrice scientifique, Nancy Lambert. Ils sont inséparables. Il fréquente également les agents Gerald Benson et Kelby Glenn. Ensemble, ils se plaisent à faire des puzzles pendant leur temps libre.

Le docteur Richardson haussa les épaules. Ce rapport lui en disait presque autant sur l'inspecteur en chef Singh et ses préjugés que sur le policier en question.

Au moment où le psychologue finissait de lire cet aperçu, de son côté, Daniel Collins étudiait avec attention les certificats encadrés et accrochés au mur de la salle d'attente. Tant qu'à être là, cela pouvait au moins le renseigner un peu sur le type de personne qui allait l'examiner. Il apprit que le médecin était un Psychologue agréé par la *British Psychological Society*, et un autre parchemin dans un lourd cadre doré l'informa qu'il rencontrerait très bientôt un Membre associé de la *British Psychological Society*. Bien que cela ne signifiait pas grand-chose pour lui, il poursuivit la lecture des qualifications du médecin : Membre du département de psychologie clinique de la *British Psychological Society* et psychologue agréé auprès du *Health and CARE Professions Council*.

Ça n'impressionnait guère Daniel — la seule raison pour laquelle il était là, c'est que l'inspecteur en chef lui en avait donné l'ordre. Le policier n'était pas certain de savoir s'il avait besoin de voir un psychologue ou s'il avait besoin de prendre de longues vacances, ou les deux.

L'appel vint, et il entra pour trouver le docteur Richardson assis dans un confortable fauteuil pivotant, un bloc-notes posé sur la cuisse.

« Agent Collins, ravi de vous rencontrer. Je constate que votre inspecteur en chef vous a adressé à moi ; bien qu'il m'ait fourni quelques détails sur vous, il ne mentionne pas pourquoi vous pourriez avoir besoin de mes services. Peut-être auriez-vous la gentillesse de m'éclairer ?

— Je vais faire de mon mieux, docteur, mais tout ça est assez étrange. Permettez-moi d'abord de vous dire que je ne serais probablement pas venu ici de mon propre chef.

— Mmm. »

Le psychologue s'attendait à une certaine forme de résistance. Il avait travaillé avec des policiers dans tout le Royaume-Uni, et la plupart souffraient d'une fatigue de compassion. Les décès sur la route, les attaques au couteau, les fusillades dans les écoles et d'autres horreurs indicibles ont fait des ravages même chez les policiers les plus solides, les plus autonomes et les plus machos. Collins ressemblait exactement à ce genre d'individu coriace qui réprimait toute expression émotionnelle. Mais il ne poserait pas de problème.

« La raison pour laquelle je suis ici, c'est qu'il m'arrive quelque chose qui n'arrive quasiment jamais dans notre métier. J'ai sérieusement peur d'être sur le point de craquer. »

Le docteur Richardson se redressa sur sa chaise et prêta attention. C'était prometteur d'un point de vue clinique.

« Continuez.

— Eh bien, vous êtes au courant de la décapitation à l'Antre d'Elfrid, je suppose ? »

Il regarda le médecin pour confirmation. Le psychologue l'examina avec une expression inquiète et hocha la tête avant de se précipiter sur une hypothèse erronée — c'était de la fatigue de compassion, après tout. La vue d'un corps décapité et d'une tête coupée peut déstabiliser l'individu le plus robuste.

Le policier poursuivit : « Nous avons été affectés à des tours de garde pour surveiller le site, pour éloigner les morts-vivants, la presse et les promeneurs. Du gâteau, vraiment, mais c'est là que des choses bizarres ont commencé à se produire.

— Quel genre de choses ?

— J'ai commencé à entendre des voix. Des voix qui venaient de la caverne. Mais quand je suis allé inspecter, bien sûr, il n'y avait personne. C'était vide. Probablement le vent. Le lendemain, j'ai commencé à voir des choses — comme des ombres en mouvement près de la grotte. Écoutez, je ne crois pas aux fantômes et tout ça, mais il y avait quelque chose qui n'allait *vraiment pas* avec ces ombres. Au début, j'ai pensé que c'était la lumière et mon imagination qui me jouaient des tours en comblant les vides entre la pénombre et les rochers. J'ai aussi senti un froid glacial me saisir, et j'avoue que j'ai commencé à avoir peur. Vous voyez, les gens n'apparaissent pas pour juste disparaître tout de suite — là-bas, eh bien, je ne peux pas vraiment l'expliquer, c'étaient comme... des figures nébuleuses qui scintillaient et s'assombrissaient. J'ai eu le sentiment qu'ils appartenaient à ce monde, mais, en même temps, qu'ils l'avaient quitté depuis longtemps. Je n'ai jamais abandonné mon poste avant, mais là, je ne pouvais plus y rester ! J'étais carrément terrifié.

— Donc, vous êtes convaincu d'avoir vu des fantômes, c'est ça ?

— Je n'allais pas expliquer ça à mes collègues et à mes supérieurs, non.

— Mais vous l'avez fait quand même, n'est-ce pas ? Sinon, vous ne seriez pas là.

— Pas exactement. C'était mon pote Gerry — Gerald Benson, il est aussi policier. On se connaît très bien, et il m'a fait cracher le morceau. Il en avait assez de me voir traîner avec une tête de trois pieds de long. Du coup, il m'a tiré les vers du nez. Gerry me connaît suffisamment bien pour prendre ça au sérieux et il sait que je serais le dernier à inventer cette histoire de cinglé. C'est pour ça qu'il est allé parler au chef, et c'est pour ça que je suis ici. Il y a des fantômes dans la grotte, et je les ai vus ! »

Le désespoir s'affichait sur son visage.

« Je vous le dis, je ne remonterai plus là-haut ! J'aimerais mieux perdre mon job. »

Le psychologue prit quelques notes, mais regarda ensuite le policier et parla d'une voix calme.

« Et pourtant, y remonter serait probablement ce dont vous avez besoin pour surmonter votre anxiété. Et si vous aviez raison depuis le début ? Ne serait-ce pas un tour joué par la lumière ? Et il y a autre chose, Dan — je peux vous appeler Dan ?

— Ouais.

— Je disais, il y a autre chose. Statistiquement, plus de 88 % des policiers admettent être stressés, et vous ne pouvez même pas imaginer combien d'entre eux souffrent d'une mauvaise santé mentale. Il est tout à fait possible que l'esprit puisse provoquer les hallucinations les plus inhabituelles lorsqu'il est surmené. Non », dit-il en levant la main, « laissez-moi finir. Je ne suis pas en train de dire que vous êtes fou ou que vous êtes à bout de nerfs. Je dis juste que le type de stress accumulé qu'implique le maintien de l'ordre pourrait conduire même un homme fort comme vous à avoir un *léger accroc*, appelons-le ainsi.

— J'aimerais bien croire ça, docteur, mais comment est-ce que ça explique la sensation glaciale qui m'a saisi en même temps ?

— Le pouvoir d'autosuggestion. Vous avez probablement lu quelque part que les gens ressentent le froid en présence de fantômes. Mais laissez-moi vous garantir une chose, en tant qu'homme de science : les fantômes n'existent pas. »

Daniel Collins se sentait embarrassé, et ça se voyait. Le médecin lui disait ce qu'il voulait croire au fond de lui depuis le début. Seulement, il avait pourtant *senti* le froid, et il avait vu ce qu'il avait vu. Il n'avait pas tout inventé par la force de son esprit, et en fait, il n'était même pas stressé avant de monter à la satanée caverne. Daniel Collins décida que la meilleure ligne de conduite était de rentrer dans le jeu du psychologue.

« Vous avez absolument raison, docteur, je crois que je savais tout cela mais que je l'ai ignoré. C'était juste mon imagination. Désolé de vous avoir fait perdre votre temps.

— Ah, mais non, mon cher, pas du tout. Si j'ai pu vous rassurer de cette façon, alors j'ai fait mon travail et je peux conclure mon rapport pour votre chef. Je lui recommanderai de vous renvoyer là-bas à la première occasion. »

Daniel pâlit, mais ne céda pas à son désir de plaider et de crier haut et fort sa peur de remonter à la caverne. D'une manière ou d'une autre, il trouverait une façon de se défiler.

Sur le chemin de la clinique au poste de police, Daniel réfléchit au pouvoir d'autosuggestion et admit que c'était bien un moyen de créer ses propres illusions. Et puis il écarta cette possibilité en ce qui concernait son cas. Sans aucun doute, pensait-il, la programmation autolimitative pratiquée par le docteur David Richardson était pire. Pourquoi devait-il accepter la parole d'un seul homme, aussi spécialisé et qualifié soit-il ? Lui, Daniel Collins, se connaissait mieux que n'importe quel psy — et il *savait* qu'il avait vu des fantômes.

De retour au poste, il trouva Gerry aux prises avec la paperasse, la partie du travail que son ami appréciait le moins et qui entraînait généralement des invectives grossières. Ce soir-là, le policier semblait calme et de bonne humeur.

« Alors mon pote, tu as réussi à rendre le psy dingue ? » Gerry se mit à rire et posa son stylo à bille derrière une de ses grandes oreilles.

« Il a fait de son mieux pour me convaincre que je me suis foutu la frousse par la puissance exceptionnelle de mon énorme cerveau.

— Mouais ! Je ne suis pas psychologue, mais je peux t'assurer que ton cerveau n'est pas si énorme que ça, mec. J'irais même jusqu'à dire...

— Pas la peine, Gerry, si tu tiens à garder un nez droit !

— Oh, inspecteur, le vilain croquemitaine vient de me menacer ! »

Daniel ne saurait jamais combien de temps cette plaisanterie aurait pu durer si Kelby n'avait pas fait son entrée, et pour Gerry, ça lui faisait le même effet que du carbonate de calcium sur du camembert, il donnait un ton sérieux aux opérations.

« Eh bien, ce bon docteur a essayé de me convaincre que mes fantômes étaient tous le fruit de mon imagination. Que je les avais

inventés par le pouvoir de l'autosuggestion », répondit Daniel lorsqu'il lui demanda ce qui s'était passé.

Kelby regarda fixement son ami qu'il avait toujours admiré pour
son bon sens inébranlable. Ce n'était pas possible, et d'ailleurs...

« Si j'étais toi, Dan, j'irais parler au sergent. L'autre jour, il était
avec un type ici, et j'étais là quand il a pris sa déposition. Le gars jure
que sa petite amie a été assassinée par un de tes fantômes. Et apparemment, il y en a un qui le traque. Je dis ça comme ça...

— Tu es sérieux, vraiment ?

— Oh oui. Le type semblait aussi assez régulier, pas un de ces
détraqués. Je suis sûr que le sergent peut te mettre en contact
avec lui.

— Je vais voir ça. Ça peut être utile. Merci mon pote ! »

VINGT

Jake s'assit au bureau d'Andrew et jeta un œil sombre à la pile de coupures de journaux et de photocopies qu'il avait éparpillées en désordre sur toute la surface. Il venait de passer plus d'une heure à essayer de déterminer où avait été enterré Aldfrith et il était encore loin de résoudre ce puzzle qu'il s'était imposé à lui-même. Il passa en revue tout ce qu'il savait. Avant la reconstruction de l'époque victorienne, l'église médiévale, avec ses éléments saxons et normands, était en mauvais état. Au Moyen Âge, une fresque proclamait que le roi était inhumé dans le chœur. Les fouilles ont réfuté cela. Il avait peut-être été enseveli à l'extérieur du mur nord, mais il n'avait aucun moyen de le confirmer.

La raison qui le poussait à découvrir la sépulture royale le laissait perplexe, mais une impression tenace le taraudait : s'il trouvait Aldfrith, il pourrait mettre fin aux apparitions d'Ebberston. C'était une théorie folle sans preuve fondamentale, de l'instinct pur, et en tout cas, localiser le tombeau ne blanchirait pas son nom, ce qui devait bien entendu être sa priorité. Néanmoins, il continua.

Accoudé sur le bureau, il posa sa tête entre ses mains et soupira.

Lorsqu'il arrivait à une impasse, que faisait-il habituellement ? Au bout d'un moment, la réponse lui vint. En général, il appliquait une approche de type « et si ». Donc, dans ce cas, *et si* la fresque médiévale avait tort ? Peut-être que le roi n'avait jamais été inhumé dans cette paroisse. *Et s'il* avait été enterré près de son palais ? Dans une autre église ? Pourquoi pas ? Jake médita là-dessus. Les églises saxonnes étaient souvent construites sur les fondations d'un temple romain. Il se mit à fouiner dans les papiers. Il lui fallait tous les rapports sur des fouilles romaines dans la région. Heureusement, il pouvait faire autant de recherches qu'il le souhaitait puisqu'il ne pouvait se rendre à Ebberston pour l'instant et préférait passer son temps de façon utile avant que la police ne l'embarque.

De manière décourageante, ses premiers efforts lui révélèrent qu'il y avait plus de 140 indices d'une occupation romaine à proximité immédiate de Little Driffield. Ils étaient donnés par d'anciennes cartes, des registres de la dîme, des toponymes, des fouilles, des indices phytologiques, des photographies aériennes, des prospections pédestres ou avec des détecteurs de métaux, et d'autres documents historiques. Jake poussa un soupir. Quel travail ! Il commença par exclure toute indication située à plus de cinq kilomètres du village, ce qui rendit sa lecture plus facile. Il aperçut la photocopie d'un vieil article de journal datant de juin 1893 du *Driffield Observer* et l'attrapa. Il s'agissait des fouilles d'un archéologue de la région, J.R. Mortimer, sur Moot Hill, à Driffield, non loin de là. Il lut :

Avant 1856, lorsque le côté ouest fut dégagé, c'était un cercle d'environ vingt-sept mètres de diamètre et d'une hauteur considérable, avec un fossé et un rempart dont il ne reste qu'une partie, tout autour de sa circonférence. Il était apparemment constitué principalement de craie.

En lisant la suite, deux choses attirèrent son attention : d'abord, Mortimer mit à jour des morceaux d'épées, de lances et de haches saxonnes, mais ensuite, il découvrit des traces d'occupation romaine remontant au quatrième siècle plus en profondeur. Un trombone rouillé retenait un autre article derrière celui-ci, faisant référence aux fouilles de 1975 sur le même site. Cela éveilla sa curiosité ; il apprit que le palais royal de Northumbrie était censément situé immédiatement à l'est de Moot Hill. Dans ce cas, il devrait concentrer ses recherches autour de ce secteur. Mais qu'y trouverait-il aujourd'hui ? Des maisons ? Une zone industrielle ?

Il ne semblait pas y avoir d'alternative — il devait faire un tour à Moot Hill, mais d'abord, il devait vérifier ce qu'on savait sur l'endroit. C'était le site d'une motte castrale normande. Les bâtisseurs avaient utilisé un monticule de craie bien plus ancien pour ériger un donjon. Les archéologues avaient découvert des traces d'un pont franchissant le fossé séparant la motte de la basse-cour. Comme il l'avait soupçonné, mais cela lui était égal, des zones résidentielles avaient empiété sur l'emplacement de cette basse-cour. Cela ne le dérangeait pas, car son véritable centre d'intérêt se situait plus loin.

Après avoir repéré l'endroit sur une carte, Jake sortit pour se rendre dans Gibson Street, à Driffield. De là, la motte était facilement accessible : il enjamba un échalier et traversa les herbes folles vers le monticule de terre surélevé, couvert d'un côté par un enchevêtrement de buissons et d'arbustes. Son impression était celle de l'abandon. Debout en haut de la colline, il avait le sens du temps passé et pouvait voir, à travers le feuillage, les maisons et les routes en contrebas. Malheureusement, il ne vit pas les terrains espérés.

La situation devint plus favorable lorsqu'il redescendit au niveau de la rue et qu'il emprunta Allotment Lane, avant de longer Northfield Road — un nom plus prometteur — jusqu'à Long Lane. Cela menait à la nationale A614, mais il était intéressant de noter qu'elle était flanquée de champs ouverts à perte de vue. Il lui faudrait maintenant retrouver les propriétaires de ces terres et obtenir l'autorisation de se promener sur leurs terrains. Andrew serait en mesure d'aider, il en était sûr.

Il avait tort. Andrew semblait être en admiration devant les propriétaires terriens.

« Great Kendale Farm ? Je ne crois pas que Mr Beal serait très heureux de vous voir piétiner ses terres. »

Le nom de la ferme suffisait à Jake. Il découvrirait ça par lui-même.

Et Andrew s'était trompé. Après avoir obtenu le numéro, Jake passa un coup de fil et Mr Beal aurait difficilement pu se montrer plus jovial.

« Pourquoi pas, mon vieux ? Mais honnêtement, je ne sais pas ce que vous pourriez trouver d'intéressant pour vos recherches. Vous n'allez pas utiliser un détecteur, au moins ?

— Juste mes chaussures de randonnée, Mr Beal. »

Après avoir rassuré le fermier en lui disant que tout ce qu'il voulait faire était de marcher dans les champs, celui-ci devint plus bavard.

« Avec un peu de chance, vous dénicherez peut-être une pièce de monnaie revenue à la surface par les labours. Vous savez, dans les années 80, j'ai retrouvé une statuette. Je l'ai envoyée au British Museum parce qu'elle me paraissait vieille. Ils ont été très gentils et m'ont adressé une page entière d'explications. Une représentation de saint Pierre du septième siècle, qu'ils ont dit. On sait que c'est Pierre à cause des clés à sa ceinture, apparemment. Vous savez quoi, si vous voulez la voir, venez à la ferme demain vers cinq heures, et je vous la montrerai. »

C'est son sweat-shirt rouge vif qui sauva probablement Jake d'une catastrophe l'après-midi suivant. Comme il se promenait dans le champ le plus proche de la nationale très fréquentée, il eut soudain l'impression que son cerveau allait exploser. Il cligna des yeux et secoua la tête plusieurs fois, mais un étourdissement inexplicable le fit chanceler et tomber dans le champ labouré. Il perdit connaissance, mais il n'aurait pu dire pendant combien de temps. Quand il revint à lui, il se retrouva face au visage souriant d'un homme d'une trentaine d'années.

« Mr Beal ? demanda-t-il d'une voix enrouée. Je m'appelle Jake. Nous nous sommes parlé au téléphone hier.

— Moi, non, dit le jeune homme avec entrain, mais à mon père, oui. Il a dit qu'il attendait quelqu'un ce soir. Mais qu'est-ce qui vous est arrivé ?

— Je... je ne sais pas trop. J'ai eu un vertige. Et puis je suis tombé dans les pommes.

— On devrait vous appeler un médecin.

— Non, ça ira. Ils ont dit que ça pouvait arriver. Après mon accident. J'ai été renversé par une voiture.

— Heureusement que vous ne traversiez pas la route à ce moment-là. » Il fit signe du pouce vers les voitures qui roulaient à toute vitesse. « Je ne veux même pas y penser.

— Non, vous avez raison », convint Jake, mais il savait *pourquoi* ça s'était passé. Il eut de la peine à se relever et le jeune fermier lui donna un coup de main. Jake examina autour de lui, sortit son téléphone et prit deux ou trois photos.

« Vous êtes un gars bizarre. Il n'y a rien d'intéressant dans ces champs. »

Jake n'en croyait rien, mais il n'allait pas trahir le secret, pas encore ; c'était la seule façon qu'il avait de « marquer l'endroit ». Il murmura simplement : « Une sorte de souvenir.

— Allons à la ferme. Un verre vous fera sûrement du bien, et puis l'ancien vous attend. »

Dans la maison, assis à côté d'une cuisinière en fonte bien chaude, Jake laissa parler son sauveteur en avalant sa bière avec gratitude.

« Heureusement que Mr Conley portait ce pull rouge, sinon il aurait pu passer la nuit sous les étoiles, et personne n'en aurait rien su. »

S'ensuivit alors une discussion sur *l'état de santé* de Jake et tous se félicitèrent du fait que tout était bien qui finissait bien. L'affable Beal Senior agita un objet enveloppé dans un tissu blanc crasseux.

« Vous voudrez voir notre saint, je suppose ? » dit-il avec un sourire, tout en déroulant le tissu pour faire apparaître une statuette en pierre d'une vingtaine de centimètres de haut. En inspectant l'objet, Jake constata qu'il était délicatement sculpté, mais d'un style artistique rudimentaire. La tête était disproportionnée par rapport au corps, mais même à première vue, elle était clairement anglo-saxonne. Il n'y avait aucun doute sur la personne que la statue représentait. Des clés tout aussi exagérées en taille étaient accrochées à la ceinture du saint.

« Nom d'une pipe, il faut bien qu'il soit haltérophile pour faire passer les gens par les portes du paradis ! » Jake fit naître un sourire sur le visage de son hôte.

« C'est du septième siècle. Ils l'ont daté au carbone. Voyez ici. » Le fermier déplia une feuille de papier jaunâtre et la tendit à Jake, dont l'œil se posa immédiatement sur la datation : l'an 630 de notre ère ±40 ans. Cela plaçait la statuette avant le règne d'Aldfrith, mais pas tellement avant. La question qui lui brûlait la langue sortit de façon beaucoup trop passionnée pour ses propres oreilles, mais ses hôtes ne semblaient pas avoir remarqué.

« Vous avez dit que vous l'aviez trouvée en labourant, Mr Beal. De quel champ s'agit-il ? »

Du tac au tac, il lança un nom qui ne disait rien à Jake. Et cela se vit puisque son fils ajouta : « C'est le champ où je vous ai trouvé aujourd'hui, Jake. »

Pourquoi n'était-il pas surpris ?

« Près de la route ? demanda Jake, affectant un air nonchalant.

— Nan, à une petite centaine de mètres en dedans — si je me souviens bien — mais c'était il y a longtemps.

— En tout cas, merci de m'avoir permis de le voir, Mr Beal. C'est une belle pièce.

— Vous pensez que ça vaut beaucoup ? » Le visage buriné du fermier contrastait avec les dents blanches qu'il découvrait en souriant.

Il n'y avait rien de cupide dans son expression ou son ton, c'était juste une simple demande.

« Peut-être qu'un collectionneur paierait un bon prix, mais je ne suis pas un expert. Vous pourriez la photographier et la faire évaluer par une maison de vente aux enchères si vous voulez.

— Nan. Je me suis attaché à ce vieux bonhomme. » Son sourire était engageant, et Jake se sentait encouragé.

« Avez-vous déjà pensé à faire une inspection archéologique sur le champ ?

— Absolument pas. Ça m'embêterait de voir un tas de gens creuser là-dedans. Ça perturberait mes cultures.

— Vous ne faites pas de rotation ? Je veux dire, vous ne le mettez pas en jachère de temps en temps ?

— Oh, vous vous y connaissez en agriculture alors, mon garçon ?

— Pas vraiment. Juste ce qu'ils nous ont appris à l'école.

— En fait, c'est prévu l'année prochaine. » Il lança un regard suspicieux à Jake. « J'ai comme l'impression que vous me cachez quelque chose... »

Jake sentit son visage rougir, mais il savait que le moment n'était pas encore venu d'être totalement franc.

« Mes recherches ne sont pas terminées, mais je pense que je suis sur une bonne piste. Vous savez, une étude archéologique préliminaire n'impliquerait aucune fouille. Vous ne verriez même pas la différence.

— Vous *êtes* sur un coup, alors ?

— Peut-être, admit Jake, mais il est trop tôt pour le dire. Je vais juste vous poser une question, Mr Beal. Supposons que j'ai trouvé quelque chose de vraiment important dans votre champ. Pensez-vous que vous pourriez autoriser une inspection ? »

Il se demanda aussitôt s'il n'avait pas fait une erreur en découvrant son jeu dès leur première rencontre.

Mais il fut soulagé par la réponse de l'affable fermier. « Ça dépend de l'importance de votre trouvaille et des indications que vous pouvez fournir. Je n'ai pas forcément besoin d'un autre saint Pierre, dit-il en montrant du doigt la statuette sur la table, et il ajouta dans un gloussement : Celui-là est déjà suffisamment grognon pour deux !

— Je n'ai pas encore de preuve, mais si j'en obtiens, est-ce que ça vous dérangerait qu'on en reparle ?

— Bien sûr que non. Mais vous devez promettre que vous ne vous écroulerez pas à nouveau. Vous nous avez fait une belle frayeur, mon vieux. Pas besoin de cadavre dans mon champ. »

Jake se mordit la langue. Un cadavre dans son champ, c'était exactement ce que *lui* voulait.

VINGT-ET-UN

Jake tomba par hasard sur le nom d'une éminente archéologue dans une revue universitaire — un article intitulé *Une étude sur le peuplement des Yorkshire Wolds : Bâtiments anglo-saxons et découvertes apparentées*, néanmoins dans le domaine qui l'intéressait.

Son logeur aperçut la page du journal ouvert sur la table de la salle à manger et ne put résister à l'envie d'interrompre la tranquillité de Jake.

« Celle qui a écrit cet article, elle fait partie de ma famille.

— Vraiment ?

— Vraiment. C'était ma femme !

— Pensez-vous que je pourrais appeler votre fille pour voir si ça l'intéresserait de venir à la rescousse — Dieu sait que j'ai besoin d'aide, quelle qu'elle soit ! »

Jake composa le numéro qu'Andrew lui avait donné, et une voix douce lui répondit. Après quelques politesses, Jake expliqua à la jeune femme comment il avait eu ses coordonnées. Il s'arrangea pour la rencontrer à l'université avec son père.

Heather Poulton se montra aussi douce que l'avaient suggéré ses manières au téléphone, mais la sagacité de ses yeux verts n'échappa pas à Jake lorsqu'elle le jaugea. Ils prenaient un café dans le bâtiment moderne du syndicat estudiantin, et Jake apprécia l'atmosphère relaxante. Il aimait particulièrement l'idée que les étudiants du troisième cycle puissent se mélanger librement et naturellement avec ceux du premier cycle. Les élégantes chaises en bois lui plaisaient également, si démodées soient-elles, mais gaiement peintes en corail ou en vert citron.

Ne voulant pas faire perdre à l'archéologue un temps précieux, il se lança tout de suite dans ce qu'il espérait être pour elle une irrésistible opportunité d'associer son nom à *la découverte du siècle* dans sa paroisse natale. Vaincre son scepticisme, même s'il était prévisible, s'avéra aussi difficile qu'il l'avait imaginé. Quelle preuve avait-il pour la convaincre que la tombe d'Aldfrith se trouvait dans un champ labouré, autre que ses étranges maux de tête et ses impressions mystiques ? La passion de sa plaidoirie et la plausibilité d'un temple romain dans ce secteur la persuadèrent de parler avec son professeur d'archéologie.

Heather était assise en face de lui, lui adressant un sourire encourageant, accentué par un rouge à lèvres vif. Elle était très séduisante, nota Jake. Des cheveux ondulés d'un blond vénitien séparés par une raie centrale et ramenés en queue de cheval mettaient en valeur son visage ovale, ses hautes pommettes et de grands yeux vert olive enfoncés. Ses préjugés sur les femmes archéologues — plutôt bohèmes et peu soignées, vêtues d'un chandail maculé de boue et raclant le sol — avaient du mal à s'accorder avec l'image de cette jeune femme calme et posée.

« Mon professeur n'est pas spécialiste des Anglo-Saxons, mais comme vous le dites, ce serait la trouvaille du siècle, et tout ce que nous demandons, pour commencer, c'est qu'on nous prête un magnétomètre à protons pour tester les perturbations du terrain. Je pense qu'il nous donnera le feu vert. »

Jake se frotta le front et espérait ça ardemment.

Trois jours après cette première rencontre, une camionnette

blanche s'arrêta devant la maison, mais Jake ne l'avait pas vue. Un appel enjoué venant d'Andrew le fit sortir de sa chambre.

« Jake, Heather est ici avec son équipement ! »

Il se précipita en bas et faillit percuter l'archéologue au pied de l'escalier alors qu'il prenait le virage vers l'entrée à toute vitesse.

« Doucement, Jake Conley ! Nous avons toute la journée devant nous. Une tasse de café avant de partir serait la bienvenue.

— Je m'en occupe, proposa Jake.

— Trop tard, répondit une voix venue de la cuisine. Son père est déjà sur le coup ! »

Heather sourit. « Mon père est très attentionné, c'est un ange ! »

Jake examina l'archéologue. Sans aucun doute, elle avait radicalement changé d'apparence. L'imposante allure professionnelle de la femme de laboratoire de l'autre jour avait cédé la place à un jeans confortable, des chaussures solides et, ah oui… un pull en laine, même si Miss Heather Poulton n'avait rien d'une hippie.

Après le café, ils se rendirent à Great Kendale Farm et garèrent la camionnette le plus près possible du champ. Jake jugea préférable d'informer Mr Beal de leur présence dès le départ.

Le fermier les accueillit avec son sourire jovial habituel. « Ah, vous êtes la fille de Lucy Poulton ? Je me souviens bien de votre mère. Elle nous battait au badminton en double mixte, ma femme et moi. Une bien triste perte. » Il secoua la tête et son regard se perdit dans le vide, plongé dans le passé. Puis il sortit de sa rêverie. « Vous êtes la bienvenue, Miss Poulton. Et alors, votre inspection, ça implique quoi ? »

Heather se lança dans une explication technique sur la façon dont un magnétomètre à protons exploite le principe de résonance magnétique nucléaire pour mesurer de très faibles variations du champ terrestre, permettant ainsi de détecter des objets ferreux dans le sol.

Il est utilisé en archéologie pour cartographier la position des murs et des bâtiments démolis ou, dans ce cas précis, espérait-on, d'une tombe.

« Et si vous trouvez ce que vous cherchez, demanda le fermier avec un sourire malicieux, qu'est-ce que j'y gagne ? »

Heather expliqua patiemment les lois actuelles sur les trésors et lui sourit avec charme lorsqu'après l'avoir écoutée, il lui répondit : « Le profit personnel ne m'intéresse vraiment pas. Je trouve ça juste palpitant d'avoir un roi de Northumbrie enterré dans mon champ. Et vous feriez mieux de vous y mettre. Vous avez besoin d'un coup de main pour votre matériel ? »

Ce n'était pas nécessaire. L'équipement se composait seulement d'une console métallique rectangulaire légère, d'un câble et d'un capteur.

« Il y a quoi dans cette boîte ? s'enquit Jake, intrigué.

— En gros, une batterie avec huit heures d'autonomie, un micro-processeur, un liquide riche en protons, quelques bobines de cuivre, un système GPS, et vous voyez la fente sur le dessus ? C'est pour la carte mémoire. Passez-moi la console, Jake. Je dois brancher le câble derrière. » Elle vissa un connecteur à la prise. Pendant ce temps, Jake sortit son portable et fit défiler les trois photos qu'il avait prises trois jours avant. Il examina l'écran en plissant les yeux et essaya de retrouver l'endroit exact qu'il avait repéré. *Un peu plus loin devant*, se dit-il.

« Est-ce que ça va ? » Heather le dévisageait avec inquiétude.

Il était devenu pâle et se tenait la tête dans les deux mains.

« C'est ici. » Sa voix tremblait.

« Vous êtes sûr que vous allez bien ?

— Ça ira. Comme je vous l'ai dit, c'est l'effet étrange de mon accident, mais ça confirme que nous sommes sur la bonne piste.

— J'espère que vous avez raison. » Elle alluma l'appareil et se mit à marcher sur la surface indiquée par Jake, capteur tendu devant elle.

« J'utilise ça comme un gradiomètre planaire. Je l'ai réglé sur une profondeur de deux mètres. Oh, mon Dieu ! Jake ! Vous êtes exceptionnel ! »

Il se précipita pour se placer à côté d'elle alors qu'elle montrait d'un doigt tremblant les graphiques LED à l'écran.

« Nous avons un groupe d'anomalies rectangulaires. Vous voyez ici en bleu, c'est une signature claire, un signal de haute amplitude tout à fait en adéquation avec les pierres tombales. »

Jake fut pris d'un terrible vertige et tomba à quatre pattes sur le sol.

« Jake... Jake, que se passe -t-il ?

— Ça... ça va aller dans une minute. Il faut juste que je m'éloigne un peu. » Il se remit debout en titubant et fit une dizaine de mètres vers la bordure du champ. Instantanément, ses étourdissements disparurent, et il inspira profondément.

On a retrouvé le roi Aldfrith. Je sais que c'est ça !

« Si vous allez bien, je vais continuer légèrement plus loin. J'ai marqué cet endroit. Mais je reçois d'autres mesures. Il y en a bien plus ici ! »

Après avoir terminé le relevé au magnétomètre, en revenant à la ferme, Heather exultait.

« Jake, vous savez ce que vous avez fait, je suppose ? Vous m'avez amenée à un ensemble important. Seule une fouille pourra déterminer si c'est saxon — ou devrais-je dire plutôt *anglien* ? Bien sûr, ça peut être antérieur à cette période. J'imagine que le palais d'Aldfrith se trouvait là, à l'emplacement de la basse-cour de Moot Hill. On a reconstruit par-dessus, alors c'est devenu autre chose. Quoi que ce soit, ça va être énorme ! J'espère que Mr Beal ne va pas changer d'avis. »

Jake dévisagea l'archéologue débordante d'un enthousiasme qui la faisait ressembler à une petite fille, et il l'aimait comme ça.

« Heather, quand pensez-vous que les fouilles pourront commencer ? Est-ce que ça va coûter cher ? Est-ce que vous pouvez constituer une équipe ? »

« Que de questions, Mr Conley ! On pourra faire appel à des étudiants de deuxième année. L'université vient de terminer un chantier sur ce qui était probablement une chapelle normande. Mon professeur rassemble sa nouvelle équipe pour un éventuel projet intéressant. Si vous avez raison et que c'est la tombe d'Aldfrith, il va sans doute sauter sur l'occasion et mettre des fonds à disposition. »

Ils discutèrent avec Mr Beal et lui firent comprendre la nécessité de garder le secret. Le travail, lui dit-elle, devrait commencer dans le mois. Elle suggéra d'utiliser une pelleteuse JCB pour enlever un mètre de terre arable sur une zone circonscrite, ce qui accélérerait l'excavation sans compromettre le site. Tout dépendait maintenant de la décision du professeur de Heather.

Quelques jours passèrent avant qu'un coup de fil ne parvienne à Jake, mais ce n'était pas celui qu'il attendait.

« Bonjour, Mr Conley ? Je m'appelle Collins, Daniel Collins. Je fais partie de la police du Yorkshire Nord. Je me demandais si je pouvais vous rencontrer à votre *bed & breakfast*. À proprement parler, ça ne concerne pas la police, monsieur, c'est plutôt une affaire privée. »

Jake n'avait aucune idée de ce dont le policier voulait lui parler, mais il accepta de le voir le lendemain matin. Lorsqu'il confia à Jake son expérience à l'Antre d'Elfrid, il lui apparut clairement que le policier était très perturbé par toute cette affaire.

« D'après ce qu'on m'a dit, vous avez déclaré qu'un fantôme de là-bas a tué votre petite amie, est-ce que c'est vrai ?

— Ma fiancée, oui. Il se passe quelque chose de malsain dans cette caverne.

— Ça, c'est sûr ! Et donc, si j'ai bien compris, vous avez vraiment vu le fantôme ?

— Oui, et plus d'une fois. En fait, vous aurez sans doute du mal à le croire, mais j'en ai vu toute une armée près du *Bloody Beck*.

— Au *Bloody Beck* ?

— Oui, un ruisseau qui coule le long du champ où une bataille a eu lieu en 705. Les fantômes que vous avez vus dans la caverne font partie de l'armée vaincue qui a fait évacuer son roi blessé. En ce moment, je suis à la recherche de sa dernière demeure.

— Je comprends. En fait, je venais juste chercher la confirmation

que ce n'est pas moi qui deviens fou. Mes supérieurs et le psychologue de la police essaient de me convaincre que j'ai tout imaginé.

— Oh, je veux bien vous croire ; c'est plus facile pour eux que
d'ouvrir leur esprit à une chose qu'ils ne peuvent pas concevoir.
Comment peuvent-ils comprendre qu'il y a un voile entre ce monde-
ci et un autre, et que vous et moi avons pu voir à travers ?

— Mon chef m'a demandé de retourner à la caverne. Je... je ne
peux pas.

— N'y allez surtout pas ! »

Jake avait dit cela avec tant de passion que l'agent écarquilla les
yeux et hocha la tête.

« Je préférerais plutôt quitter la police », dit-il.

Une idée, un espoir, vint à Jake.

« Je suppose que... Je veux dire, s'il y a un procès, seriez-vous prêt
à témoigner que vous avez vu ces fantômes ? J'ai besoin d'un témoin
crédible pour me soutenir.

— Crédible ? Espérons qu'ils ne me virent pas de mon poste pour
avoir désobéi aux ordres, alors. Mais oui, je serais prêt à le faire, Mr
Conley. »

La conversation continua autour d'une tasse de thé, et Jake
exposa sa nouvelle théorie pour chasser ces esprits en accédant à leur
roi. Collins promit de garder cette information pour lui. Jake se rendit
compte qu'il aimait bien ce policier qui ne mâchait pas ses mots, alors
il le raccompagna assez chaleureusement. L'idée d'avoir quelqu'un
pour corroborer l'apparition des fantômes l'encourageait énormé-
ment. Il ne se doutait pas qu'il ne reverrait plus l'agent Daniel
Collins.

L'autre appel téléphonique arriva le lendemain matin lorsque
Heather Poulton, toute excitée, lui annonça : « Jake, bonne nouvelle !
Le professeur Whitehead a dit oui ! Il est tellement enthousiaste qu'il
veut être présent et s'impliquer, et il va faire une fiche d'instructions
pour nos étudiants de deuxième année. Je dois vous avertir, cela dit :
il est un peu excentrique. Il m'a donné le feu vert pour réserver la
pelleteuse. Pouvez-vous demander à mon père de contacter Bill

Wyatt pour ça ? Son entreprise fait tous les travaux de terrassement autour de Driffield. Dès qu'on aura rendez-vous, je viendrai m'assurer qu'il creuse au bon endroit et je réglerai la facture. Nous ne pourrons pas mobiliser les étudiants avant deux semaines, mais j'aimerais que la couche superficielle soit enlevée avant qu'ils arrivent sur place. »

La conversation se prolongea encore un peu, en particulier sur le fait que Jake était obsédé par la possibilité de trouver un temple romain sur le site, puis ils allaient se saluer lorsque Heather se souvint : « Ah, au fait, pouvez-vous passer voir Mr Beal et lui demander où nous pourrions installer un campement pour notre équipe ? Nous fournirons des toilettes portables et du matériel de camping. Jake, pouvez-vous aussi voir s'il y a un fast-food dans le coin ? Désolé de vous déranger avec ça, mais les étudiants recevront des tickets-repas de l'université. Ça fait trop longtemps que je suis partie de Driffield, mais s'il y avait un resto de hamburgers, ce serait idéal. Et il faudrait qu'ils acceptent les tickets-repas ; voyez ce que vous pouvez faire.

— Je vais voir, mais ça n'est pas gratuit.

— Ah, qu'est-ce que vous voulez dire ?

— En échange, vous acceptez de déjeuner ou dîner avec moi. C'est moi qui offre. »

Il perçut un sourire à l'autre bout du fil.

« C'est tentant. Marché conclu. »

Il retrouva Heather cinq jours plus tard, lorsqu'elle vint payer les terrassiers et organiser leur travail. Jake les suivit par curiosité et parce qu'il avait le sentiment que tout le spectacle reposait sur lui. Heather avait apporté les coordonnées GPS fournies par le magnéto-mètre, de sorte qu'ils localisèrent l'endroit dans le champ au centi-mètre carré près. L'archéologue discutait avec Mr Wyatt, qui avait décidé de faire le travail lui-même.

« Mon principal souci, c'est le poids de la bête, Mr Wyatt. Nous avons des raisons de penser qu'il y a un sarcophage là-dessous, et la charge écrasante de votre machine risquerait de l'endommager.

— Quelle est la précision de votre positionnement, Miss Poulton ?

— *Très* précise. »

Elle traça un rectangle en comptant ses pas pour le lui indiquer.

« Prenez des branches et marquez-le », ordonna le conducteur de la pelleteuse à un Jake brusquement surpris. Il obéit sur-le-champ, taillant dans les sureaux de la haie voisine avec son couteau de poche. En quelques minutes, il avait coupé une dizaine de branches et les avait ramenées à l'archéologue et au terrassier qui discutaient tout en pointant le sol. Jake lâcha les tiges par terre afin de pouvoir aiguiser le bout de l'une d'elles et il fit la même chose avec les autres. Heather les lui prit une à une et les enfonça dans la terre jusqu'à ce qu'un rectangle de dix pas sur six soit balisé.

« Bon, alors au travail ! »

Sur ce, le terrassier monta dans la cabine et alluma le moteur, envoyant un nuage de gaz d'échappement noir dans l'air. La pelleteuse grinça en avançant sur ses chenilles et s'arrêta à trente centimètres seulement de la zone marquée.

Cette chose doit peser dix tonnes !

Au moment même où Jake pensait à ça, il comprit ce que Wyatt comptait faire. Il étendit la longue flèche au-dessus du site et abaissa le bras de la pelleteuse pour que le godet puisse creuser la terre sans qu'un poids supplémentaire ne pèse dessus. Cela pouvait marcher si l'on faisait attention. Les dents du godet s'enfoncèrent dans le sol et, comme une main mécanique, elles se refermèrent en un gigantesque poing. Le bras hydraulique se souleva en balançant et relâcha sa prise — la terre — un peu plus loin sur le terrain : c'était le commencement de leur terril. Jake examina la cavité laissée par la machine et estima que c'était l'équivalent d'une brouette. S'il avait dû creuser lui-même, cela lui aurait probablement pris un quart d'heure, alors que l'excavateur l'avait fait en un instant. L'énorme poignée d'acier ôta plus de terre, si bien qu'au bout d'une demi-heure, un trou rectangulaire d'une netteté acceptable avait fait son apparition dans le champ. Inconsciente de ce qui se passait, la circulation au-delà de la clôture filait à toute allure, et personne ne semblait prêter attention à leur travail.

« C'est bon, on a fini », déclara Heather à Wyatt et elle le paya de quelques billets pris dans une liasse qu'elle gardait dans une poche boutonnée de sa veste en jeans. Ils se serrèrent la main, et la lourde machine repartit vers l'allée dans une cascade de cliquetis.

L'archéologue examina le trou.

« Ça va nous faire carrément gagner quelques jours de travail à la pioche et à la pelle, sans parler des ampoules aux mains. » Elle sourit d'un air entendu. « Nos étudiants ne sont pas habitués à ces travaux manuels pénibles. Mais bon, les garçons auront encore à creuser et à brouetter.

— Espérons que tout ce poids n'ait rien mis d'important en péril.

— Ça valait la peine de prendre le risque, Jake. Mr Wyatt sait parfaitement manier sa pelleteuse, non ? Il a fait du bon boulot ici. Si nous retournons à la voiture, j'ai une bâche et quelques chevilles dans le coffre. Nous devrions couvrir le trou au cas où il pleuvrait et pour empêcher que des gens farfelus ne viennent creuser plus profond.

— C'est assez peu probable, non ? »

Heather sourit. « En fait, je suppose que vous et papa n'en avez parlé à personne, mais qui sait si Mr Wyatt peut tenir sa langue ?

— Ah, je vois ! Faisons ça alors. »

Lorsqu'ils eurent terminé, Heather applaudit d'un air satisfait puis, avec un sourire plein de coquetterie, elle dit : « Vous savez, Jake, à propos de ce dîner ? Je n'ai pas besoin d'un restaurant chic où il faut réserver et tout le tralala. La cuisine du pub fera tout autant l'affaire.

— Moi aussi, j'ai faim. Mais on pourrait quand même sortir des sentiers battus pour dîner dans une jolie petite auberge de campagne, non ? Peut-être que Mr Beal aurait des suggestions à nous donner. »

Mr Beal Junior était celui qui connaissait le mieux les pubs. Il en recommanda d'abord trois, avant de les écarter en se souvenant d'un quatrième — *un endroit génial* un peu hors des sentiers battus, mais n'était-ce pas ce qu'ils voulaient ? Un cadre romantique ? Il se risqua à le suggérer, craignant l'irritation de Heather, mais au lieu de cela, elle lui sourit timidement et demanda comment on y allait.

VINGT-DEUX

La dernière personne que Jake souhaitait voir fit son entrée au *bed & breakfast* le lendemain matin. La voix profonde d'Andrew, qui contredisait totalement sa carrure légère, l'alerta d'une visite du bas des escaliers. Dans le salon des pensionnaires se tenait l'inspecteur d'York au teint mat.

« Inspecteur Shaw ! Que me vaut cet honneur ?

— Disons que ce sont les enquêtes en cours. »

La réponse était délibérément cinglante, son regard noir scrutant Jake intensément.

« Ah oui ? Vous avez attrapé l'assassin de Livie ?

— Arrêtez de vous foutre de moi, Conley ! Je vous tiens à l'œil, vous vous souvenez ? »

Jake lança un regard furieux à l'officier de police, mais se jura de ne pas laisser son aversion prendre le dessus. Au contraire, il lui parla sur un ton doucereux.

« Alors, que puis-je faire pour vous, inspecteur ? »

Il réussit même à forcer un sourire.

Le policier tira un petit carnet de sa poche poitrine, l'ouvrit et prit un stylo.

« Revenons un peu en arrière, si vous voulez bien ? Et commençons par vos déplacements d'hier.

— J'étais ici à Driffield avec la fille de mon logeur, le docteur Heather Poulton. Je l'aide sur un chantier de fouilles dans un champ voisin. Je peux vous fournir un certain nombre de témoins. Le soir, nous sommes allés au village de Cherry Burton, un joli nom, pour manger au *Cheval bai*. Ils servent une excellente cuisine. Le docteur Poulton était ravie puisqu'elle est végétarienne, et qu'ils ont pris en compte ses préférences. Quant à moi, j'ai commandé une bonne pinte de vraie ale : Cocker Hoop. Vous connaissez ce village, inspecteur ? Je vous recommande d'y emmener votre femme.

— Je ne suis pas marié, Mr Conley. »

Quelle surprise !

« Et la veille, ce dimanche ?

— Ici à Little Driffield. D'ailleurs, j'ai reçu la visite d'un de vos collègues — de Pickering. »

Se trompait-il, ou il avait piqué la curiosité de Shaw ?

« Un collègue ?

— Oui, un certain Collins. Un gars bien.

— Ah oui, on sait qu'il est venu. Nous avons retracé ses appels téléphoniques jusqu'à vous. »

Jake jeta un nouveau regard noir à l'inspecteur.

« Aucune vie privée, hein ?

— Pas quand vous êtes le principal suspect dans une enquête pour meurtre.

— Mais pourquoi surveiller les appels de Collins ? Vous n'allez quand même pas le soupçonner ? »

L'inspecteur sonda Jake.

« Vous ne suivez vraiment pas les actualités, Mr Conley ? Ou bien vous êtes un excellent acteur.

— Je vous demande pardon ?

— Daniel Collins s'est pendu hier.

— Bon sang, c'est horrible ! Qu'est-ce... pour-pourquoi ?

— C'est ce qu'on essaie de savoir. Il a laissé une lettre... » Shaw revint quelques pages en arrière dans son carnet et lut le message qu'il avait recopié : *Il me suit sans cesse. Je ne peux plus continuer. Je ne veux pas qu'il fasse du mal à mes filles. Conley est au courant. Demandez-lui.*

Jake regardait l'inspecteur bouche bée. Quel cauchemar sorti de nulle part allait-il invoquer cette fois ? Il nia immédiatement toute implication.

« C'est impossible. Je connais... enfin, je *connaissais* à peine cet homme. Nous nous sommes rencontrés une fois pour discuter, il s'est montré très amical...

— N'est-il pas étrange que les gens que vous connaissez trouvent des fins malheureuses ? Votre fiancée, votre ancienne logeuse qui a failli se rompre le cou, maintenant l'agent Collins.

— Ce n'est pas une coïncidence ! » Jake ne pouvait s'empêcher d'élever la voix. Il détestait cette voix de fausset : ce n'était sûrement pas viril. Avec un grand effort sur lui-même, il baissa le ton.

« Il y a un lien. Daniel Collins vous le dit — doutez-vous des dernières paroles d'un homme condamné, inspecteur ?

— Bien sûr que non ; et la connexion, c'est *vous*, Conley.

— Ce n'est pas *moi* ! hurla Jake. C'est ce foutu fantôme ! »

Shaw serra les poings et eut l'air de vouloir frapper Jake Conley.

« Vous n'allez pas recommencez avec ces foutaises ! J'en ai assez de vos histoires de soi-disant fantôme. Je ne sais pas comment vous vous y êtes pris, mais vous vous êtes débrouillé pour manipuler Collins et le pousser au suicide. Il laisse deux petites filles. Vous étiez au courant ? »

Jake ne le savait pas. Il trouvait cela bouleversant, et cela se voyait sur son visage.

« Oh, épargnez-moi, Conley ! »

Jake braqua sur l'inspecteur un regard plein de haine mêlée au désespoir.

« Pourquoi ? Pourquoi voudrais-je pousser un agent de police au suicide ? Je le connaissais à peine. Dites-moi, monsieur le fin limier. »

Il ne pouvait plus cacher son aversion et son mépris pour ce policier borné.

« Je crois qu'il était sur le point de vous faire tomber et vous vous en êtes débarrassé.

— Dans ce cas, vous seriez mort depuis longtemps, inspecteur. »

Shaw voulut s'avancer vers Jake, mais il y réfléchit à deux fois et ne lui lança qu'un regard furieux.

« C'est une menace ? grogna le policier.

— Au contraire. Je n'arrête pas de vous dire que je n'ai rien fait. Je suis pacifiste, et pourtant vous préférez me harceler plutôt que de vous débarrasser de ce fantôme.

— Ce fantôme, il est dans votre tête, Conley. C'est juste pour détourner mon attention. Je vais vérifier vos alibis. Vous êtes une véritable anguille, mais je ne vous laisserai pas vous en tirer comme ça avec vos crimes. »

Jake le laissa quitter la pièce avant de le rappeler : « Oh, inspecteur ! »

Le visage brun du policier réapparut dans l'encadrement de la porte, d'un air interrogateur.

« Quoi ?

— Je voulais juste vous suggérer de passer un peu plus de temps à l'Antre d'Elfrid. »

La seule réponse fut un grognement d'indignation.

Jake se tenait à la fenêtre et regardait la voiture s'éloigner.

Ce cauchemar ne finira-t-il donc jamais ? À moins, bien sûr...

———

Il avait sombré dans une profonde déprime après la visite de Shaw et il avait désespérément besoin de quelque chose pour se changer les idées. Il se consola en se disant qu'il serait déjà sous les verrous si la police avait la moindre preuve contre lui. Malgré tout, il était naturel de s'inquiéter. Deux jours plus tard, Heather apparut dans la maison de son père. C'était exactement ce dont Jake avait besoin. Qui mieux que la séduisante archéologue pouvait le distraire ?

« Jake, le professeur Whitehead nous rejoindra cet après-midi. Ne te laisse pas décourager par son attitude bizarre. C'est un homme charmant, vraiment, juste un peu excentrique. Les étudiants arrivent en minibus. Ils sont quinze : dix filles et cinq garçons. Je vais demander aux garçons de monter le campement pendant que les filles fouilleront le terril ; ce n'est pas un travail trop dur. James — le professeur Whitehead — ne me pardonnerait jamais si nous passions à côté d'une pièce ou d'un tesson dans la couche superficielle. À dix, ils devraient avoir fini en milieu d'après-midi, au moment où je l'attends. »

Jake se rendit vite compte des ricanements et des chuchotements des étudiantes vis-à-vis de lui et de Heather. C'était flatteur parce que Heather était très séduisante, et une partie de lui-même souhaitait que ce soit vrai ; la partie la plus réaliste lui disait que, lorsqu'elle découvrirait qu'il était le principal suspect dans une affaire de meurtre, elle ne voudrait plus rien avoir à faire avec lui.

Le tamisage du terril produisit un panier rempli d'objets de peu d'intérêt : quelques restes de pipes en terre et de bols, probablement abandonnés par des laboureurs des dix-huitième et dix-neuvième siècles, de même que quelques petites bouteilles en terre cuite qui, une fois nettoyées, pourraient faire de jolis ornements, pensait Jake, et quelques tessons de poterie post-médiévale. Mais maintenant que le terril était passé au crible, le professeur n'aurait pas l'occasion de reprocher à Heather un manque de scrupules. Il regarda avec curiosité quand elle sauta dans le trou et commença à tendre des ficelles pour les attacher à des piquets de bois, de sorte que la zone fut divisée en petits carrés. Chacune des dix sections fut pourvue d'une carte marquée d'une lettre majuscule, dans un ordre allant de A à J.

« Mesdemoiselles, les tickets-repas ! » appela-t-elle lorsqu'elle remonta dans le champ. Elle plongea une main dans un sac en toile qu'elle portait en bandoulière, en sortit une liasse de coupons longs et étroits et les distribua aux volontaires enthousiastes. Elle demanda ensuite à Jake de leur expliquer où ils pouvaient être utilisés. Le trajet était court et peu compliqué ; il lui fut donc facile de leur indiquer les rues à emprunter. On leur donna une heure de pause, mais avant qu'ils ne partent, Heather insista sur le fait qu'ils ne devaient surtout pas parler de leur travail à Great Kendale Farm en public.

« Et nous, docteur Poulton ? »

Un des jeunes hommes, un type roux et plutôt batailleur, montra les garçons.

Elle rit. « Il va d'abord falloir vous mettre en appétit, les gars ! Prenez deux lettres chacun. » Elle désigna les cartes de A à J. « Et faites descendre le niveau de trente centimètres exactement. Vous avez déjà fait ça, donc vous savez comment ça se passe. Pioches, brouettes et pelles, allez hop ! »

L'un des jeunes hommes s'attarda, et Heather réagit rapidement.

« Oui, Mark ?

— Pardon, professeur. Mais ça sera comme ça tous les jours ? Je pensais pouvoir déjeuner avec ma copine.

— Ah. C'est qui ta copine ?

— Jenny, Jenny Holt.

— Ah, Jenny... une fille adorable. Pas de souci, c'est juste pour aujourd'hui. Demain, on s'organisera autrement. »

Elle sourit aux timides remerciements qu'il marmonna et se retourna vers Jake pendant que le garçon trottait pour rattraper ses camarades.

« C'est une bonne équipe. D'ailleurs, c'est généralement le cas. Mais je me souviens d'un groupe difficile il y a quelques années. C'est un phénomène sociométrique. Les leaders forts peuvent être positifs ou négatifs. Les autres ont tendance à suivre comme des moutons. Heureusement, cette année, Anton est très positif.

— Anton ?

— Oui, le rouquin. Les apparences peuvent être trompeuses, mais il est gentil comme... j'allais dire comme un cœur, mais je devrais trouver une expression plus appropriée — peut-être gentil comme un bulldog ?

— Euh... non, ça ne le fait pas, Heather ! »

Ils se mirent à rire, mais s'arrêtèrent net quand une voix arrivant derrière eux les interrompit.

« Vraiment, comment est-ce possible ? Des rires sur un site funéraire sacré ? »

Heather rougit et se retourna.

« Oh, James ! Professeur Whitehead, se corrige-t-elle en un éclair. Permettez-moi de vous présenter Jake Conley. C'est sur son intuition que...

— Oui, oui, je sais. Ravi de vous connaître, jeune homme. »

En apercevant les longs favoris gris, la moustache aux extrémités cirées à la Poirot et le nœud papillon à pois rouges, Jake grimaça intérieurement. Puis il se souvint de l'avertissement de Heather et adressa un sourire courtois au professeur.

« L'honneur est pour moi, monsieur. »

Cela lui valut un grand sourire, ce qui augurait d'un bon départ.

« Le docteur Poulton me dit que vous pensez que c'est la tombe du roi Aldfrith. Puis-je vous demander comment vous en êtes arrivé à cette conclusion ?

— C'est compliqué et non scientifique, professeur. Je préférerais que nous fassions un peu plus connaissance avant de passer aux aveux.

— Par Jupiter, vous attisez vraiment ma curiosité maintenant. » Son regard avisé se porta sur les étudiants qui rassemblaient des brouettes chargées d'outils. « Jeune homme », aboya-t-il au plus proche, qui se trouvait être Mark.

« Professeur ? » Le respect était flagrant.

« Demandez au chauffeur de sortir les planches du bus pour que vous puissiez en faire une rampe pour les brouettes. »

Il se retourna vers Jake.

« C'est votre première fouille ? »

Jake admit que c'était le cas.

« Les planches, c'est pour le terril. Ces jeunes sportifs peuvent s'y lancer avec une brouette chargée de terre, et ils en déversent le contenu par le haut, avec un peu de chance sans incident. » Il gloussa en se remémorant certaines mésaventures. « Ne placez jamais un terril près d'une clôture d'enceinte. » Le gloussement s'intensifia. « Un de mes étudiants a fait tomber une dame octogénaire à la renverse comme ça. La pauvre revenait innocemment chez elle. Heureusement, il y a eu plus de peur que de mal. C'était sur un fort romain à Ermine Street, celui-là. » Son esprit s'égara dans le passé. « Il y avait une légère bruine et la brouette a glissé, le gars a dérapé et la terre, qui aurait pu tomber n'importe où, s'est envolée en arc de cercle juste au-dessus de la pauvre Violet. Je me souviens de son nom ; c'était un vrai trésor ! Elle faisait le plus merveilleux des gâteaux aux carottes et elle en apportait tous les jours sur les fouilles. »

C'était plus fort que lui, le professeur plaisait bien à Jake. Il était sûr qu'ils s'entendraient bien.

Il se lassa vite de voir les étudiants déblayer la couche de terre qui leur était assignée et s'empara de la pelle de Mark dans la section F du milieu et se mit à remplir une brouette. Bientôt, le professeur Whitehead l'appela.

« Jake, rendez-moi un service, voulez-vous ? Pourriez-vous creuser un trou de trente centimètres de côté près du talus ? Dégagez-le régulièrement. Je veux examiner la stratigraphie. Juste un instant... » Il prit un mètre ruban, demanda à Jake d'attraper l'autre bout et de le maintenir contre la paroi du terrain exposé. « Mmm. Vous êtes déjà à un mètre cinquante. Les trente centimètres suivants seront déterminants pour le déblayage du sol. Vous pouvez donc faire cela ? Trente centimètres de côté, et régulier. »

Même en travaillant avec une extrême précaution, Jake accomplit la tâche en dix minutes. La terre était compacte mais pas trop dure, principalement composée d'une argile légère — idéale pour les cultures arables, avait dit Mr Beal. Alors quand il heurta la pierre, Jake devint survolté. À l'excitation succéda le vertige, et il chancela. Il était maintenant convaincu d'avoir frappé le rebord du tombeau d'Aldfrith. Il respira profondément et secoua la tête pour s'éclaircir les idées. Sans succès. Il tituba jusqu'à la courte échelle et se hissa hors du trou pour souffler et rejoindre l'archéologue.

« Je viens de le toucher, professeur ! Je suis certain que la pierre que je viens de toucher appartient au tombeau.

— Par Jupiter ! Voyons ça. »

Avec une agilité surprenante pour sa soixantaine d'années, l'homme vêtu de tweed descendit dans la fosse.

Jake se tint aussi loin que possible tout gardant un œil sur le visage du professeur. La sensation de tournoiement derrière son front se dissipa, et il se rapprocha timidement du bord.

« Par Jupiter, c'est exceptionnel ! s'écria l'expert ravi. Vous avez raison, mon garçon. Exactement trente centimètres jusqu'à la tombe. » Il testa la roche avec la pelle. « C'est de la pierre calcaire, il va falloir procéder avec soin. Sinon, on risque de l'abîmer facilement. »

Sous la surveillance attentive des deux archéologues, la terre fut déblayée jusqu'à la découverte d'un sarcophage de pierre calcaire de couleur crème. Le professeur Whitehead demanda aux jeunes femmes d'utiliser des truelles et des brosses pour enlever les dernières traces de terre et exposer le couvercle du cercueil. À dix autour du tombeau, la tâche fut rapidement exécutée. Leur travail révéla une bordure sculptée en volutes autour du couvercle.

« Cela ira pour aujourd'hui, mesdemoiselles et messieurs. Maintenant, venez par ici, juste un mot. Vous êtes évidemment libres d'occuper votre soirée comme bon vous semble. Mais j'insiste sur l'importance de garder le secret absolu sur la découverte d'aujourd'hui. Pas de bavardages dans les pubs — l'alcool est le meilleur moyen connu de l'homme pour délier les langues. Demain, nous dégagerons aussi les côtés du cercueil de pierre, mais nous devons d'abord passer un scanner 3D par-dessus. Avant de remonter le tombeau, il nous faudra déterminer la nature précise de son contenu, et à quel point il est fragile. Docteur Poulton, je vous charge d'apporter l'Artec Eva 3-D à la première heure demain matin. J'ai une réunion ce soir et je n'aurai pas le temps de retourner au laboratoire.

— C'est comme si c'était fait », répondit Heather avec un sourire.

Les étudiants rentrèrent joyeusement au campement, et le professeur fit rugir sa Jaguar, laissant Jake et Heather contempler le cercueil de pierre qui émergeait comme une dent de la terre affamée.

« Cette tombe est restée intacte pendant plus de 1300 ans, commenta Jake, une pointe d'admiration dans la voix.

— Demain, nous saurons avec certitude si tu avais raison et si c'est Aldfrith, Jake, ajouta Heather en passant son bras dans le sien tandis qu'ils retournaient vers la ferme.

— Tu penses qu'on devrait couvrir le site avec cette bâche ? demanda-t-il.

— Il ne va pas pleuvoir, mais ça pourrait écarter les curieux ou les animaux. Oui, tu as encore un peu d'énergie ?

— Évidemment. »

Ce qui avait vraiment motivé sa question, c'était qu'il voulait rester près d'elle un peu plus longtemps.

VINGT-TROIS

Jake passa une nuit agitée à essayer de comprendre pourquoi les Northumbriens avaient enterré Aldfrith en sol non consacré. C'était d'autant plus déroutant que le sarcophage suggérait qu'il s'agissait de la tombe d'un individu riche et puissant. Comme il remuait dans son lit, il se demanda même si ce tombeau pouvait ne pas être celui d'Aldfrith. Puis il se souvint de l'effet produit sur lui lorsqu'il avait exposé la pierre. Cela ne serait certainement pas arrivé si cela avait été celui de quelqu'un d'autre.

Le lendemain matin, sur place, le professeur Whitehead réunit les étudiants autour de lui pour leur expliquer la technologie du scanner. Jake se tenait aux côtés de Heather et écoutait avec un vif intérêt.

Brandissant un appareil portatif, l'archéologue entama son exposé.

« Cette beauté est un scanner Artec Eva 3-D entièrement chargé, ce qui nous procure six heures d'autonomie. Il va nous permettre de "voir à travers" cet ancien cercueil, ce qui signifie que, s'il est rempli d'artefacts, ce que je soupçonne, nous ne pourrons pas l'ouvrir *in situ* sans en endommager le contenu. Comme vous pouvez le constater, mesdemoiselles et messieurs, l'appareil est très léger et ne pèse qu'un kilo, mais ce petit gars produit seize images par seconde et peut capturer et traiter jusqu'à deux millions de points par seconde avec une résolution de 5 dixièmes de millimètre. J'espère que vous prenez des notes — j'attends de vous des rapports exceptionnels à la fin de cette fouille. »

En jetant un œil de côté, Jake remarqua que plusieurs étudiants enregistraient le professeur sur leur téléphone portable.

« ... et une précision de cent microns, un outil indispensable pour tout laboratoire d'archéologie, ou pour tout musée d'ailleurs... » Le professeur continua la litanie des spécifications et autres détails. Il ne récupéra l'attention de Jake que lorsqu'il connecta un câble de l'appareil à un ordinateur portable.

Pendant que l'archéologue descendait auprès du sarcophage, Heather ordonna aux étudiants déçus de s'éloigner de l'ordinateur qu'elle avait dans les mains et demanda à Jake de la rejoindre. « Vous aurez amplement le temps d'examiner les scans plus tard. »

Elle cliqua plusieurs fois sur un écran, et Jake, du coin de l'œil, vit le vieux professeur passer systématiquement le scanner sur le couvercle de calcaire. Jake en resta bouche bée lorsque l'ordinateur afficha d'abord les jambes bottées de cuir d'un squelette enveloppé dans un textile finement tissé. Les images étaient en haute résolution, et il pouvait découvrir chaque détail du pommeau de l'épée ouvragée déposée à côté du corps. Les couleurs étaient également très vives. Le scanner atteignit le crâne, et Heather chuchota avec excitation : « On va pouvoir faire une reconstruction faciale au laboratoire, Jake. Tu pourras savoir à quoi ressemblait vraiment ton Aldfrith.

— Tu peux faire ça ?

— Évidemment, et c'est même moi qui le ferai. Oh, regarde là, dit-elle en serrant sa main. Près du bras gauche, il y a une bourse pleine de pièces de monnaie. Des pièces d'argent. Je parie que ce sont des sceattas. Cela dit, on n'utilisait pas ce mot à l'époque — pour eux, c'étaient des *peningas*. »

Le professeur Whitehead sortit de la fosse et donna des instructions pour creuser autour du sarcophage avant de satisfaire sa curiosité et visualiser le scan. Un bref regard et il se retourna, rayonnant, vers Jake.

« La découverte du siècle, sans l'ombre d'un doute ! Bon travail, jeune homme ! Je veillerai à ce que vous obteniez toute la reconnaissance que vous méritez. Le prochain défi consiste à le remonter et à le transporter sans dommage jusqu'à un laboratoire. On ne peut pas simplement l'ouvrir, vous savez, à moins que les conditions ambiantes n'aient été ajustées de manière optimale pour préserver le contenu. Ça sera pour Bradford, je pense, Heather ! L'archéologie a changé au cours de ma vie, c'est devenu tellement technologique de nos jours. C'est bon pour vous les jeunes, leur dit-il avec un large sourire, mais pour un vieux comme moi, eh bien... »

Heather sortit son téléphone.

« J'appelle Mr Wyatt. Il aura bien une grue mobile, sinon il saura où en louer une. »

En quelques minutes, elle conclut son coup de fil.

« C'est bon ! Il s'en occupe. Il sera là en milieu d'après-midi.

— Professeur ! Regardez ici ! » appela Anton, un énorme sourire transformant son expression habituellement hargneuse en une sympathique gargouille. « Il y a une inscription sur le côté. Il s'agit bien d'une écriture. »

Moins souple que par le passé, le professeur Whitehead réussit tout de même à rejoindre l'étudiant roux avec un certain empressement.

« Par Jupiter, en effet ! Urgence maximum, messieurs ! Déblayez ça aussi vite que possible de manière à ce que ces demoiselles puissent dégager la terre des entailles. C'est d'une importance exceptionnelle ! Alléluia ! Nous sommes vraiment comblés ! »

Jake s'attendait presque à voir l'excentrique savant danser la gigue, tant il était en état d'extase.

Après une heure de nettoyage régulier, les jeunes femmes avaient fait un remarquable travail avec leurs truelles et leurs pinceaux. Elles avaient révélé un panneau encadré de volutes avec une inscription gravée en vieil anglais. Heather se déclara satisfaite du résultat et écarta les étudiants pour le photographier.

« Regardez ça ! » Elle montra sa photo au professeur et à Jake, qui se penchèrent dessus avec avidité.

Il put lire l'épitaphe :

Ar-fæst nergende crist gewrite alfriþes nama in þe boc þe ece lifes and ne letaþ his nama geswice hwætre þurh þe ure drihten gemanan bið.

« Qu'est-ce que ça dit ? » Le regard de Jake passait désespérément d'un archéologue à l'autre.

« Je ne suis pas expert en vieil anglais, mon cher, mais je devrais pouvoir m'en sortir, affirma le professeur. Mais d'abord, félicitations ! Vous aviez raison depuis le début. » Il désigna le cinquième mot. « Aldfrith ! C'est son épitaphe. Pardonnez ma traduction approximative. Mais je crois que ça dit : *Christ Sauveur Miséricordieux, inscrivez le nom d'Aldfrith dans le livre de la vie éternelle et faites qu'il ne s'efface jamais, et puisse-t-il être gardé en mémoire par vous, Notre Seigneur.*

— D'accord, mais pourquoi, professeur ? Pourquoi ensevelir leur roi ici, dans une terre non consacrée ? Ça m'a empêché de dormir toute la nuit. »

Le professeur Whitehead secoua la tête.

« Bien vu, mon cher. Peut-être que nous le saurons lorsque nous aurons fouillé l'ensemble du site. »

Jake hocha la tête, mais il n'était pas satisfait. Pour une raison quelconque, il croyait que la réponse à sa question révélerait tout le mystère de l'Antre d'Elfrid, et il était déterminé à le percer à jour.

———

Jake put assister à la récupération et à l'enlèvement du sarcophage, une opération délicate impliquant une grue hydraulique, des chaînes et un camion à plateau. Le professeur Whitehead s'agita tellement tout au long de l'intervention qu'elle fut menée à bien sans le moindre dommage à l'extérieur du cercueil de pierre. Une fois que la découverte massive disparut du champ, à destination du laboratoire d'archéologie de l'université de Bradford qui disposait d'un département d'anthropologie judiciaire renommé et bien équipé, Jake s'entretint avec le professeur sur un sujet qui lui tenait à cœur.

Malheureusement, il ne put faire qu'un vague préambule et n'eut pas l'occasion d'en discuter plus puisqu'à ce moment-là, une voiture de police s'engagea sur le chemin avec son gyrophare bleu allumé. Jake la regardait avec détachement jusqu'à ce que la figure familière de l'inspecteur Shaw, suivi de deux agents, arrive vers lui. Son cœur s'arrêta.

Le professeur Whitehead, toujours agité, s'avança à leur rencontre, tandis que Heather s'approcha de Jake.

« Je me demande ce qu'ils veulent, chuchota-t-elle.

— Moi. Ils en ont après moi, dit Jake amèrement.

— Inspecteur, nous avons tout à fait le droit d'être ici, assura le professeur Whitehead. Nous avons toutes les autorisations nécessaires.

— Je n'en doute pas un instant, monsieur. Nous ne sommes pas ici pour vous. » Shaw s'éclaircit la voix, serra les mâchoires et, content de lui, déclara solennellement : « Jake Conley, vous êtes en état d'arrestation pour double meurtre, double tentative de meurtre, et pour coups et blessures. »

À côté de lui, Heather Poulton en eut le souffle coupé, puis elle murmura : « Jake, dis-moi que ça n'est pas vrai ! » Elle se cramponna à son bras tandis que Shaw s'apprêtait à informer Jake de ses droits.

« Bien sûr que ça n'est pas vrai ! siffla Jake fielleusement. Quoi que tu entendes ou que tu lises sur moi, Heather, s'il te plaît, n'en crois rien et fais-moi confiance.

— Mettez-lui les menottes ! » L'ordre fut prononcé sur un ton résolu et suffisant.

Cela ne servait à rien de résister, alors Jake coopéra docilement et se laissa conduire au loin tout en notant les traits tendus et angoissés de la séduisante archéologue. Mortifié, le moral à zéro, il considérait que ses brillants projets pour gagner son affection se réduiraient à une lueur d'espoir même s'il parvenait à laver son nom. Comme un officier costaud l'accompagnait jusqu'à la voiture en le poussant de temps en temps, il se demandait quelles preuves inventées de toutes pièces Shaw allait produire, puisqu'il savait qu'il était innocent de toutes les accusations.

Le trajet jusqu'à Pickering se déroula dans un silence total. Même les agents n'échangèrent aucun mot, bien que la radio à fréquence courte crépitait occasionnellement sur les activités de la police. Jake fut conduit à une salle d'interrogatoire où l'inspecteur Shaw, avec une satisfaction mal dissimulée, déclara : « Nous avons enfin les preuves qu'il nous fallait contre vous. Vous êtes une anguille, Conley, mais la partie est finie. »

Jake le fixa du regard et, avec une confiance qu'il ne ressentait pas, dit d'une voix traînante : « C'est très peu probable, inspecteur, vu que je n'ai rien fait.

— Une tentative de meurtre sur une policière, vous appelez ça rien ? »

Jake fut soufflé et remarqua le scepticisme évident de l'enquêteur face à sa surprise.

« Je ne sais rien sur cette femme. »

Shaw ouvrit son carnet de notes et tourna quelques pages.

« Ah non ? Alors comment expliquez-vous que quatre témoins affirment vous avoir vu entrer et sortir de la maison de l'agent Siobhan Reardon, à Ebberston, le soir du 29 mai, au moment même où elle a été poussée dans les escaliers, se fracturant les vertèbres du cou ? C'est une dure, Reardon ; vous serez triste d'apprendre qu'elle a survécu.

— Quatre témoins, vous dites ? Laissez-moi deviner au moins l'un d'entre eux. Mais ils mentent. Je n'ai jamais entendu parler de cette femme, mais je suis heureux qu'elle aille bien.

— Généreux de votre part, Conley. C'est une manie, chez vous, de pousser les femmes dans les escaliers, non ?

— Je n'en dirai pas plus tant que je n'aurai pas consulté mon avocate. Je crois que j'ai le droit de demander ça. »

L'inspecteur eut un sourire sinistre. « Oui, en effet. Vous pouvez le faire avec votre portable avant que nous vous débarrassions de vos effets personnels. Mais bon, vous connaissez déjà la chanson, n'est-ce pas ? »

Sa conversation avec l'énergique Miss Mack, quand elle arriva, fut brève et directe.

« Sans offense, j'avais espéré que vous ne me verriez plus en tant que client, Kate, mais apparemment j'ai encore besoin de votre aide malgré tout. » Il lui présenta ensuite les accusations portées contre lui et conclut : « Ils n'ont pas l'ombre d'une preuve, à part sauf ces accusations inventées de toutes pièces, qui seront faciles à réfuter. Je compte sur vous pour ça — une petite enquête suffira si vous êtes prête à la faire.

— Expliquez-vous. » Le visage de l'avocate affichait un air distant et professionnel, sans aucune trace de la sympathie antérieure qu'avait espérée Jake. Il regretta de n'avoir utilisé que son prénom ; peut-être s'était-il montré trop familier.

« Eh bien, Miss Mack, voici le numéro du docteur Poulton. Elle est archéologue à l'université de Leeds. C'est elle qui a appelé le taxi qui m'a conduit à Ebberston et ramené à Little Driffield la nuit de l'agression sur la policière. J'ai demandé au chauffeur d'attendre dehors pendant que je prenais mes affaires chez Mrs Lucas. J'y suis resté moins de dix minutes, juste le temps d'une conversation polie avec mon ancienne logeuse. Trouvez-le et il vous confirmera qu'il m'a reconduit directement à Little Driffield, et bien sûr, Mrs Lucas me soutiendra aussi. Et du coup, je n'aurais pas pu être chez la policière. »

Kate Mack se permit enfin de sourire.

« Je ne sais pas ce que vous lui avez fait, Mr Conley, mais l'inspecteur Shaw vous a vraiment pris en grippe. » Elle regarda par-dessus ses lunettes à monture plastique bleue, exactement de la manière dont il s'en souvenait, ajoutant : « Vous avez une idée pourquoi ?

— Bien sûr, il a besoin d'une condamnation et il ne croit pas aux fantômes, donc il n'en aura jamais.

— Alors vous maintenez toujours qu'un fantôme a tué votre fiancée ?

— C'est la vérité, Ka... *euh*... Miss Mack. »

La blonde sourit et pencha la tête de côté. « C'est bon, Jake, vous pouvez m'appeler par mon prénom. Mais ça serait plus sage de ne pas le faire devant la police. Il semble qu'ils ne soient pas très objectifs dès qu'on parle de vous. Je dois y aller. Plus vite je trouverai votre chauffeur de taxi, mieux ce sera. »

Jake aurait été soulagé d'entendre la conversation téléphonique entre Kate Mack et Heather Poulton, car les deux femmes se déclarèrent convaincues de son innocence. Et comme Little Driffield était un petit village où les chauffeurs de taxi ne couraient pas vraiment les rues, il fut facile de confirmer la véracité de ses propos. L'homme en question accepta de retrouver Kate au poste de police de Pickering le jour suivant. Elle lui assura qu'il serait dédommagé pour son temps et pour l'essence. Elle était persuadée que Jake ne lui en voudrait pas d'ajouter ça à ses honoraires d'avocate. Elle fit également en sorte que Mrs Lucas soit présente. La propriétaire du *bed & breakfast*, qui s'était attachée à Jake, n'était que trop heureuse de pouvoir aider. Quant au prisonnier lui-même, n'ayant pas connaissance de ces informations, et privé de tout objet personnel, il passa son temps allongé sur sa couchette, essayant de percer le mystère de l'enterrement d'Aldfrith.

De ses premières recherches, il se rappela qu'à la mort du roi, une guerre civile avait éclaté au sujet de la succession en Northumbrie. Il se souvint qu'Aldfrith avait au moins deux fils. L'aîné était assez âgé pour gouverner, mais un noble sans liens avec la maison royale réussit à prendre le pouvoir pendant quelques mois en 705. Les efforts pour se remémorer le nom de ce noble — il l'avait sur le bout de la langue — l'aidèrent à passer le temps jusqu'à ce qu'il s'exclame soudain : « Eadwulf, évidemment ! » Cet homme qui contestait la succession était soutenu par le vieil ennemi d'Aldfrith, l'évêque Wilfrid, et les partisans du fils cadet du roi, Osred.

Alors qu'il était allongé là, songeant à la mort d'Aldfrith, la douleur sourde et familière se manifesta au centre de son front. Cela le surprit parce que cela semblait hors de propos, pendant qu'il était enfermé dans une cellule. Mais cela le fit s'interroger. Était-il sur la piste de quelque chose d'important ? Cela confirmait-il le bien-fondé de son plan ? Comme il regrettait l'arrivée intempestive de l'inspecteur gaffeur ! Avec quelques minutes de plus, il aurait eu le temps d'en donner les grandes lignes au professeur Whitehead. Il avait assez de soucis à se faire maintenant sans se préoccuper de la réaction de ce professeur excentrique. Il décida donc de forcer son cerveau fatigué à puiser tout ce qu'il savait sur la mort d'Aldfrith, surtout à la lumière de sa sépulture.

Normalement, pensait-il, Aldfrith aurait dû être exposé solennellement et en grande pompe dans l'église la plus proche qui lui était chère, et qui, dans ce cas, aurait dû être Sainte-Marie de Little Driffield. De toute évidence, la fresque médiévale était dans l'erreur. Sans doute, cette affirmation qu'Aldfrith était enterré dans le chœur était basée sur une supposition logique, mais ne reposait sur aucune preuve. Du coup, s'interrogeait-il, qu'est-ce qui avait poussé les fidèles du roi à l'ensevelir à cet endroit précis ? Avaient-ils dû faire face à la résistance et l'opposition ? Les fouilles en cours des archéologues apporteraient-elles une réponse ? Trouveraient-ils, par exemple, des traces d'une église entourant le lieu de sépulture ? Il n'avait pas vu le sondage au magnétomètre dans son ensemble et, dans l'excitation d'avoir découvert la tombe, il n'avait pas pensé à demander à Heather. « Ah, Heather ! » gémit-il, et il songea à ses sentiments pour elle et aux conséquences possibles de son incarcération. Cela détruirait-il tout espoir qu'il avait de la gagner ? Il maudit l'inspecteur Shaw et invoqua sur lui la colère des dieux anglo-saxons préchrétiens.

Puis, il se rappela qu'il devait penser à la mort d'Aldfrith. Que s'était-il passé en 705 ? Immédiatement, la douleur sourde revint sur son front alors qu'il se remémorait la confusion politique de l'époque. Osred, qui commença son règne à l'âge de huit ans en 705, était considéré par l'illustre saint Boniface comme un jeune homme sans valeur qui menait une vie exécrable et violait les anciens privilèges de l'Église de Northumbrie. Jake se souvint d'avoir lu un poème du début du neuvième siècle dans lequel Osred apparaissait tel un jeune roi sauvage et irréligieux, qui avait tué de nombreux nobles et forcé d'autres à chercher refuge dans les monastères. Peu de gens pleurèrent son assassinat en 716. Fallait-il alors s'étonner que ce monarque ne manifeste aucun intérêt à retrouver la tombe de son père ? À cette pensée, un éclair argenté aveuglant perturba sa vision, comme le commencement d'une migraine, sauf que Jake ne souffrait habituellement pas de ce mal spécifique. Cela passa instantanément, mais ce fut suffisant pour l'avertir de l'exactitude de sa conjecture.

Fixant la couleur crème du mur sans âme de sa cellule, il se mordit la lèvre et se dit qu'il devait sortir de là pour parler au professeur Whitehead de son plan et, *ah oui*, plaider son innocence auprès de Heather.

VINGT-QUATRE

« Soyons parfaitement clairs, Mr Gregory. Combien de temps avez-vous attendu dans votre taxi devant la maison de cette dame ? » L'inspecteur Shaw savait que son dossier contre Conley s'effondrait à mesure qu'il parlait.

« C'est comme je vous ai dit, inspecteur, pas plus de dix minutes.

— C'est le temps qu'il lui a fallu pour rassembler ses affaires, inspecteur, et pour avoir une petite conversation avec moi, renchérit Mrs Lucas. Quel homme charmant ! »

Kate Mack sourit au policier. « Au vu de ces preuves, inspecteur, je demande la libération immédiate de mon client. »

Shaw dut admettre sa défaite et s'efforça de ne pas trahir ses réflexions contradictoires. Conley, considérait-il, n'avait pas poussé l'agent Reardon, mais avait sans aucun doute *assassiné* sa fiancée. Mais il ne trouva rien d'autre à dire que : « Les poursuites pour tentative de meurtre et coups et blessures sont abandonnées. Conley est libre de partir. »

Le plaisir et le soulagement qui se lisaient sur les trois visages devant lui irritèrent tellement l'inspecteur qu'il décida de faire un ultime effort alors qu'il tenait encore son homme.

« Miss Mack, venez avec moi, s'il vous plaît. Il y a une dernière formalité, et je pense que vous devriez être présente, lui dit-il, avant de se tourner vers les deux autres. Nous en avons fini ici. Merci pour votre temps et votre coopération, madame, monsieur. »

Il conduisit Kate dans la salle d'interrogatoire et l'invita à s'asseoir. Quelques minutes plus tard, Jake entra et s'installa à ses côtés.

« Vous êtes libre, murmura-t-elle. Mais apparemment, il y a encore un problème... je ne sais pas quoi. »

Après quelques instants, l'inspecteur revint avec une policière qui portait une minerve.

« Voici l'agent Reardon. Elle a eu un accident récemment. »

Jake se leva et tendit la main. « Ravi de vous connaître. » Il sourit, et plus pour irriter Shaw que par élégance naturelle, il demanda : « Comment allez-vous ? J'espère qu'il n'y aura pas de conséquences durables.

— Cela devrait aller, merci de vous en soucier.

— Reardon, je voulais que vous rencontriez Mr Conley, pour savoir si vous l'aviez déjà vu auparavant. »

La policière examina le visage de Jake pendant un moment.

« C'est la première fois que je vois ce monsieur. »

Son expression changea soudainement, passant de la curiosité aimable à la terreur, le regard de quelqu'un qui se souvient d'un cauchemar.

« Attendez ! Vous êtes celui qui a vu le fantôme à l'Antre d'Elfrid, non ?

— Et pas seulement là, madame.

— Vous voyez ! » Elle se tourna vers Shaw avec un air belliqueux. « Je vous l'avais dit ! C'est le fantôme qui m'a poussée dans les escaliers. J'ai senti la puanteur de la mort autour de lui. Cet endroit est infesté. Et j'en ai repéré plus d'un lorsque j'étais en service là-haut. Dieu merci, quelqu'un d'autre peut confirmer ce que je dis ! » Elle se retourna pour faire face à Jake à nouveau. « Ils me prennent tous pour une hystérique, dit-elle amèrement.

— C'est moi qui devrais remercier le ciel, répondit Jake en fixant Shaw du regard. Ils me prennent tous pour un meurtrier. »

Ce qui transparaissait sur le visage de l'inspecteur était difficile à déchiffrer. Il dit finalement : « Il semble que je vais devoir prendre cette question de revenants au sérieux en définitive. Il y a trop de témoins fiables...

— Y compris mon client, inspecteur, l'interrompit Kate Mack.

— Eh bien, je pensais plutôt aux agents Reardon et Collins, sans parler de ce prêtre catholique à York.

— Le Père Anthony ? demanda Jake. Pourquoi ne l'appelez-vous pas, pour voir s'il pourrait faire venir un exorciste à la grotte et débarrasser une fois pour toutes l'Antre d'Elfrid de ses fantômes ? »

Jake dit cela bien que ce soit en conflit direct avec son plan principal. Mais il estima que cela ne pouvait pas faire de mal.

« Mais oui, inspecteur, pourquoi ne fait-on pas ça ? » L'agent Reardon s'accrocha à l'idée avec enthousiasme. « Cet endroit — ou plutôt ce qui l'habite — a causé suffisamment de malheurs au fil des ans... des siècles... » ajouta-t-elle maladroitement.

Shaw songea à cela pendant un moment. Il pouvait le faire, mais contre son gré, alors qu'il admettait maintenant avec réticence une présence surnaturelle dans la caverne. Il ne pouvait s'empêcher de penser que Conley l'avait utilisée à ses propres fins, c'est-à-dire pour monter une escroquerie bien élaborée afin de dissimuler le meurtre de sa fiancée. Il décida de jouer le jeu pour le moment jusqu'à ce qu'il puisse enfin épingler l'anguille.

« Très bien, dit-il, je vais voir ce que je peux faire. En attendant, Mr Conley, vous êtes libre de partir, mais je vous demande de ne pas quitter le pays.

— Quitter le pays ? s'exclama Jake. Juste au moment où je vais devenir célèbre ? Pas question. En fait, inspecteur, je pense retourner chez Mrs Lucas à Ebberston pour quelques jours.

— Est-ce bien raisonnable, Mr Conley ? Vu ce qui vous est arrivé ?

— C'est un risque que je suis prêt à prendre. J'ai encore des affaires à régler là-bas. »

L'inspecteur fronça les sourcils en songeant à ses propres mauvaises intentions. En tant que représentant de l'ordre public, il se demandait pourquoi une part de lui-même espérait que Conley se ferait à nouveau tabasser. Il se dit que c'était humain : après tout, un meurtrier méritait bien pire. Au lieu de cela, il laissa se manifester l'hypocrite en lui, en tendant une main que Jake serra avec étonnement. Et il ajouta seulement : « Eh bien, faites attention à vous. »

Après avoir récupéré ses effets personnels, Jake eut la bonne surprise de retrouver Mrs Lucas et le chauffeur de taxi de Little Driffield en sortant.

« Qu'est-ce que vous faites ici tous les deux ? »

Son avocate lui expliqua les détails et ajouta : « Ne vous inquiétez pas, je vous enverrai la facture. »

Jake la remercia chaleureusement et s'adressa à Mr Gregory. « Si vous êtes libre, peut-être pourriez-vous nous conduire aux *Ormes*. Et si vous avez une chambre disponible, Mrs Lucas, je resterai quelques nuits.

— Oh, splendide ! Bien sûr, mon cher. Vous êtes toujours le bienvenu.

— Je ferais mieux de prévenir le docteur Poulton, alors », répondit le chauffeur de taxi.

Le cœur de Jake tressaillit. « Heather ? Pourquoi ?

— Je suis censé vous conduire directement à elle.

— Ne vous inquiétez pas, je vais l'appeler. »

Depuis le taxi, il téléphona à l'archéologue et eut le plaisir de constater sa joie à la nouvelle de sa libération et de l'abandon des charges. Elle répétait qu'elle était sûre de son innocence depuis le début, et il était encore plus ravi de sa déception quand elle sut qu'il resterait à Ebberston pendant quelques jours. Ne voulant pas rater une occasion, Jake l'invita à manger aux *Vignes*, où il était assuré de lui offrir un bon repas. À sa grande joie, l'archéologue accepta. À ce moment-là, il lui ferait part de son plan. Il estima qu'il serait tactiquement plus habile de laisser Heather proposer tout ça à James White-head — en supposant toutefois qu'il puisse la convaincre d'abord.

En face de Jake, le lendemain soir, Heather Poulton, vêtue d'une élégante robe noire moulante et portant de grands anneaux dorés à ses oreilles, le regardait avec incrédulité.

« Attends, en résumé, si j'ai bien compris, dit-elle, tu suggères en gros qu'à cause de la guerre civile, la tombe d'Aldfrith n'a pas pu être transférée à Sainte-Marie à Little Driffield, c'est ça ? Il a donc été enterré temporairement — ce qui est apparemment devenu permanent — en terre non consacrée. Par conséquent, l'esprit tourmenté du roi est resté, avec ceux des hommes qui l'ont secouru, à l'Antre d'Elfrid. C'est pas un peu tiré par les cheveux, Jake ?

— Pas du tout, si on considère toutes les apparitions qui ont eu lieu au cours des siècles et qui ont même conduit des personnes éminentes et estimées à risquer leur réputation en témoignant de la présence de fantômes sur place. Ce qui m'amène à ma solution, Heather, et c'est là que tu interviens. Tu te souviens forcément de la découverte de la dépouille du roi Richard III à Leicester en 2012 ?

— Évidemment, c'était un événement national. Il a été inhumé une nouvelle fois dans la cathédrale de Leicester trois ans plus tard, non ?

— C'est ça. Maintenant, écoute-moi, Heather. Ça a été fait selon les normes juridiques britanniques, qui stipulent que les sépultures chrétiennes exhumées par les archéologues doivent être réenterrées sur le sol consacré le plus proche de la tombe d'origine. Tu vois où je veux en venir ? En principe, Aldfrith devrait être enterré là où il était censé l'être depuis le début, à Sainte-Marie de Little Driffield. J'ai mesuré sur une carte. Sainte-Marie se trouve juste avant All Saints de Driffield, mais pas de beaucoup. Je ne pense pas que la reine s'y opposera. Elle a été consultée au sujet de Richard et elle a refusé toute implication de la famille royale.

— Et donc, où est-ce que j'interviens, Jake ?

— Je voudrais que tu persuades le professeur Whitehead, lorsqu'ils en auront fini avec Aldfrith à Bradford, d'organiser de nouvelles funérailles semblables à celle de Richard, mais à Little Driffield. Tu penses que tu pourrais faire ça ? Bien entendu, ça pourrait prendre un an ou deux pour terminer toutes les analyses archéologiques. Sur ce point, tu en sais plus que moi. Mais je suis convaincu que l'inhumation en terre consacrée mettra fin aux troubles à l'Antre d'Elfrid. »

Elle lui sourit, leva son verre de vin rouge et lui dit : « Vous êtes un drôle d'oiseau, Jake Conley, avec vos idées et vos théories bizarres, mais ça peut parfois plaire aux filles. Je vais faire de mon mieux avec James, mais je doute qu'il accepte tout ton raisonnement. Il doit forcément suivre la réglementation. Je ne pense pas qu'il voudra engager une controverse semblable à celle qu'il y a eu entre York et Leicester à propos de Richard III.

— Je t'ai déjà dit que j'ai été diagnostiqué comme synesthète... ? »

Cette question entraîna une longue explication et Jake finit par pointer du doigt le siège de la fenêtre, où deux jeunes femmes discutaient à bâtons rompus.

« ... et il était assis juste là, une hache à la main, avec sa tête de mort, et j'ai couru à travers la campagne pour sauver ma peau jusqu'à ce que j'arrive sur le champ de bataille et que je voie le conflit qui a eu lieu en 705...

— Quoi ? Tu as *vu* la bataille se dérouler ? La synesthésie, ça peut vraiment faire ça ?

— C'est ce que je suis en train de t'expliquer, Heather, j'ai même vu Aldfrith être atteint par une flèche.

— D'ailleurs, nous allons travailler sur la cause de son décès, entre parenthèses. Mais il y a une chose que je ne comprends pas bien. Si tu étais au milieu d'un champ de bataille, comment se fait-il que tu n'aies pas été blessé ?

— Ça m'a pas mal turlupiné aussi. L'unique conclusion à laquelle je suis arrivé, c'est que tous ces guerriers, morts depuis des siècles, ont finalement trouvé le repos éternel — ou le tourment éternel, selon ce qu'on croit. Le seul qui puisse me faire du mal, c'est le fantôme, probablement possédé par un démon.

— Si je ne te connaissais pas mieux, Jake, j'appellerais quelques infirmiers psychiatriques avec une camisole de force et une seringue. Hé, si tu continues de me regarder comme ça, c'est ce qui va se passer !

— Je sais que c'est beaucoup à encaisser, Heather, et ça bouleverse toutes nos hypothèses sur le temps, la vie d'après et tout ça. Mais crois-moi, je veux mettre fin à l'horreur de l'Antre d'Elfrid plus que personne.

— En tout cas, que ce soit de la synesthésie ou autre chose, tu as une chance énorme. Tu imagines tout ce que donnerait un archéologue pour pouvoir être témoin d'une bataille du huitième siècle sans recevoir une seule blessure ?

— Ça n'est pas suffisant que je te livre la tombe du roi Aldfrith sur un plateau ? Créature ingrate, tu vas être célèbre maintenant !

— *Créature ingrate ?* Fais gaffe à ce que tu dis, ou je vais te refaire ce joli nez.

— Joli, ah oui ? Est-ce que cela signifie que nous sommes ensemble, Heather ? »

Qui ne risque rien n'a rien !

Elle lui sourit.

« Pourquoi j'ai dans l'idée que tu n'amènes rien d'autre que des ennuis, Jake Conley ? Heureusement pour toi, je suis plutôt du genre téméraire.

— Alors ça veut dire oui ? »

Elle leva son verre et lui adressa un sourire énigmatique. « C'est toi le synesthète, tu devrais le savoir ! »

Il se pencha par-dessus la table, et ils échangèrent leur premier baiser.

VINGT-CINQ

Le lendemain matin, tel un homme qui venait de gagner une Aston Martin à la loterie — la puissance d'un premier baiser avec la bonne personne — Jake sortit de son *bed & breakfast*, avec l'intention d'avoir un tout autre genre d'interaction. S'assurant qu'il n'y avait pas de voyous à l'affût, il se dirigea rapidement vers l'église de Thornton-le-Dale. Par deux fois, il s'arrêta quand même pour admirer un bel arrangement floral dans les jardins. L'un d'eux en particulier lui plut vraiment : le propriétaire avait concentré tous ses efforts sur des fleurs bleues de toutes sortes, et ça attirait le regard.

Arrivé à l'église, il composa le numéro du bedeau, qu'il n'avait pas mémorisé lors de sa précédente visite, et lui donna rendez-vous devant le lieu de culte. Jake décida de ne pas s'exposer aux aléas. Il explora le cimetière, à la recherche d'un poste d'observation d'où il pouvait surveiller le chemin menant au bâtiment. Il ne pouvait pas prendre le risque de voir Mr Hibbitt débarquer avec sa bande de brutes. S'il s'approchait avec quelqu'un, il se cacherait. En parcourant les pierres tombales, l'une d'elles attira particulièrement son attention. Elle commémorait un ancien soldat et disait que ce fantassin avait fait partie de la garde chargée de garder Napoléon Bonaparte à Sainte-Hélène et des porteurs qui accompagnèrent l'empereur jusqu'à sa tombe. Jake fut stupéfait de tomber sur un tel monument à la mémoire d'un homme qui avait participé à l'histoire internationale. Il prit une photo pour la montrer à Heather.

Il remarqua un bosquet près de la clôture qui surplombait le chemin surélevé et offrait une vue dégagée sur la route. C'était la couverture idéale d'où il pouvait épier toute personne s'approchant de l'église. Il n'eut pas à attendre longtemps avant que la figure du bedeau n'apparaisse, marchant à un rythme qui faisait honneur à son âge avancé. Jake se demanda comment quelqu'un d'aussi corpulent pouvait se déplacer à cette allure militaire. Peut-être avait-il d'autres vices que celui de tabasser des visiteurs innocents. Il ne s'attarda pas sur des suppositions sans intérêt, mais se hâta vers la porte de l'église pour qu'on le trouve dans un endroit plus naturel.

Mr Hibbitt l'examina avec un dégoût apparent.

« Je pensais avoir été clair sur le fait de ne pas remettre les pieds à Ebberston. » Le ton était franchement hostile.

« Je ne vais pas me faire mener à la baguette par quelqu'un comme vous.

— Ne dites pas que vous n'avez pas été prévenu.

— Heureusement pour vous, je suis pacifiste, sinon je serais ravi de vous mettre mon poing sur la figure. Puisque nous en sommes aux avertissements, à votre place, j'éviterais de réutiliser vos tactiques d'intimidation. Sachez que la presse sera très intéressée par ma découverte de la tombe du roi Aldfrith à Driffield. Tout ce qui aura trait à Jake Conley dans les jours et les semaines qui viennent se verra dans les actualités nationales, Mr Hibbitt. Ça ferait mauvais genre pour votre cher Ebberston si je me faisais tabasser une deuxième fois, n'est-ce pas ? Non, monsieur, vous feriez bien mieux de garder vos distances avec moi, à moins que vous ne préfériez être harcelé par les journalistes des tabloïds. »

Avec une certaine délectation, Jake nota que le visage de

l'homme était traversé par une série d'émotions douloureuses, ce qui aboutit à de la résignation dans son regard.

« Pourquoi devrais-je croire que vous avez trouvé la tombe d'Aldfrith ? »

Le sarcasme était aussi désagréable que le reste du personnage. Jake avait du mal à croire qu'il avait trouvé l'homme aimable et bienveillant lors de leur première rencontre. Il sélectionna rapidement quelques images sur son portable, et une série de bips émanèrent du smartphone du bedeau.

« Je viens de vous envoyer les photos. Prenez votre temps et posez-moi toutes les questions que vous voulez. »

Avec amusement, il vit l'étonnement naître sur le visage du représentant laïc de l'église, qui lui montra une photo de la grue chargeant le tombeau sur le camion.

« Où se trouve le sarcophage maintenant ?

— Au département d'archéologie de l'université de Bradford pour des analyses scientifiques.

— Et *vous* prétendez l'avoir découvert ?

— *Je* l'ai découvert, comme vous le révéleront bientôt les journaux du matin. Pour l'instant, l'affaire reste secrète pour éviter que les visiteurs et les curieux n'envahissent le site. Si vous aviez la gentillesse de garder cela pour vous, je vous en serais reconnaissant. Vous voyez, Mr Hibbitt, j'ai décidé de vous faire confiance et de faire appel à votre bonne nature. »

Le bedeau fixa son regard sur Jake et s'autorisa enfin quelque chose qui se rapprochait d'un sourire, ou plutôt d'une torsion de la commissure des lèvres. « Comment savez-vous que c'est le sarcophage d'Aldfrith ?

— Je vous ai envoyé une photo de l'inscription sur le côté si vous faites défiler les images. C'est du vieil anglais, mais son nom est très lisible.

— Seigneur, vous avez raison ! Je vous ai peut-être mal jugé, Mr Conley.

— Je pense que *sous-estimé* est plus exact, Mr Hibbitt. »

À ce stade, Jake commit une erreur qu'il regretterait plus tard. Il poursuivit : « Je crois que cette découverte devrait mettre un terme aux tristes incidents qui se sont produits à l'Antre d'Elfrid. Lorsque le roi sera réinhumé en terre consacrée...

— Vous voulez dire que vous allez le ramener ici, dans notre église ?

— Pas tout à fait, j'en ai bien peur. Une loi stipule qu'il doit être réenterré dans l'église la plus proche du lieu d'exhumation, c'est-à-dire à Sainte-Marie de Little Driffield. Dommage, vraiment ; ça aurait eu du sens qu'il revienne à l'endroit où il a été mortellement blessé. Quoi qu'il en soit, je pense mettre fin aux horreurs de l'Antre d'Elfrid avant les nouvelles funérailles d'Aldfrith.

— Que voulez-vous dire ?

— À ma demande, la police va faire venir un exorciste pour effectuer le rituel là-haut.

— Moi vivant, jamais ! Un catholique ici, dans notre paroisse. Ça n'arrivera pas !

— Ne soyez pas ridicule, Hibbitt. Le roi Aldfrith était lui-même catholique, non ? Et bien plus instruit que vous ou moi.

— Je n'en ai rien à faire ! Je ne veux pas de cet exorciste, et quant à toi, sale fouineur, rends-nous service à tous et quitte Ebberston pour de bon. Je m'en fiche, de tes avertissements. » Il avait retrouvé son ancienne agressivité hargneuse. « Va te faire voir ! »

Sur ce, il fit demi-tour et sortit du cimetière. Jake le regardait partir et commençait à s'inquiéter. Avait-il trop parlé ? Allait-il regretter de s'être confié à cet individu autoritaire et suffisant ?

De retour à son *bed & breakfast*, il ôta ses baskets, les rangea soigneusement à côté de ses chaussures de marche et glissa ses pieds dans ses pantoufles écossaises. Dans sa chambre, il s'allongea sur le lit et réfléchit à ce qu'il allait faire ensuite. Son idée de revenir à Ebberston était en grande partie due à un désir de mettre fin aux présences maléfiques à l'Antre d'Elfrid, et de ce côté-ci, il avait dit la vérité à Hibbitt. Le problème était qu'il ne savait pas quand l'exorciste viendrait à Ebberston, mais il aimerait être là lorsqu'il accomplirait le rituel, ne serait-ce que pour s'assurer de l'efficacité de l'opération. Il retourna la question dans sa tête pendant un certain temps avant de s'endormir. Il se réveilla en frissonnant : il était resté sans couvertures pendant six heures, exposé au courant d'air froid de la fenêtre qu'il avait laissée ouverte. Quand il se leva et tira le rideau pour la fermer, il eut la surprise de constater qu'il faisait noir. Il n'aurait pas dû être surpris, bien sûr ; sur la table de nuit, le réveil indiquait qu'il était 4 h 08.

Il se glissa dans le lit, toujours habillé, et s'allongea en savourant la chaleur, réfléchissant une fois de plus à ce qu'il fallait faire à Ebberston. Comme c'est souvent le cas, un cerveau reposé par le sommeil pense plus clairement. Il eut l'idée de rendre visite à son ennemi juré, l'inspecteur Shaw. Celui-ci saurait quand le prêtre devait venir à Ebberston, en supposant que ce policier cynique n'avait pas encore changé d'avis. Cela valait la peine d'aller à Pickering, ne serait-ce que pour se renseigner sur l'arrivée de l'exorciste. En même temps, il informerait Shaw des menaces du bedeau. Cela ne pourrait faire aucun mal et obligerait la police à être sur ses gardes quant à la sécurité du prêtre. Hibbitt n'avait visiblement jamais entendu parler de la *détente œcuménique* : il ne connaissait d'ailleurs probablement pas le sens de ces deux mots. Jake eut un sourire triste sous sa couverture. Satisfait de son plan, il se rendormit.

Le lendemain matin, à Pickering, l'inspecteur Shaw fit entrer Jake dans son bureau et cela redoubla sa méfiance. En fait, il salua Jake d'un : « Ah, Conley ! Vous venez faire des aveux ?

— Je vous répète que je n'ai rien fait ! répondit-il. Je viens vous demander si vous avez fait appel à un exorciste.

— J'attends un coup de fil. Le Père Anthony m'a mis en contact avec un certain Père Sante. Il est d'origine italienne apparemment, un jésuite. Il doit venir demain matin. Ça promet d'être intéressant. » Le policier regarda attentivement Jake et, avec un ricanement, ajouta : « Il devrait être à votre goût, Conley, il a eu le culot de me faire la leçon sur le fait que le diable est réel, pas seulement un concept abstrait, mais ici parmi nous ! » Il pointait un doigt accusateur sur Jake en parlant.

« Il a raison, bien sûr ; les démons ont possédé les fantômes des guerriers anglo-saxons à l'Antre d'Elfrid, et ils sont capables de toutes sortes de maux. Plus tôt le Père Sante les chassera, plus vite nous pourrons retrouver la paix.

— Vous vous entendez quand vous débitez toutes ces inepties, Conley ? » Le visage de l'inspecteur était devenu rouge. « En tout cas, on ne me la fait pas. Vous vous servez de ce baratin pour couvrir vos crimes, mais je vois clair dans votre jeu.

— Inspecteur, je pense que vous devriez vous concentrer sur les vrais criminels, comme le bedeau de l'église d'Ebberston. »

Shaw se rassit au fond de son fauteuil tournant en cuir. « De quoi parlez-vous ?

— Il m'a à nouveau menacé, et il a aussi dit qu'il ne permettrait jamais à un prêtre catholique de mettre les pieds dans sa paroisse.

— Donc, vous avez encore semé la zizanie à Ebberston. Vous êtes un fléau, Conley.

— Je crois que vous êtes obsédé par moi, inspecteur. Vous feriez sans doute mieux de vous assurer que le Père Sante bénéficie d'une protection renforcée.

— Mr Conley, vous feriez mieux de vous en aller et de me laisser me concentrer sur mon travail. Il y a des criminels en liberté qui doivent être arrêtés, lança-t-il avec un regard furieux. Bonne journée à vous. »

Jake sortit déprimé du poste de police, mais se consola en sachant que le jésuite venait le lendemain et qu'il serait présent pour l'observer. Il jeta un coup d'œil à ses pieds. Le lacet d'une de ses baskets était défait. Il s'accroupit pour faire un nœud plus serré. Le sens de ce simple geste ne lui traversa pas l'esprit.

VINGT-SIX

Pendant que Jake se livrait à cette désagréable conversation avec l'inspecteur Shaw, Hibbitt fit une visite à son *bed & breakfast*.

« Vous voyez, Mrs Lucas, non seulement il est soupçonné d'avoir assassiné sa fiancée, mais il prévoit également d'amener un prêtre catholique ici pour exorciser notre grotte. Je dois mettre un terme à ça. On ne va pas laisser les papistes fourrer leur nez dans les affaires de notre paroisse.

— Mais Mr Hibbitt, Jake semble si gentil.

— Ma chère, c'est parce que votre piété naturelle ne vous montre que le bon côté des gens. Nous n'avons eu que des problèmes depuis que Conley est arrivé ici.

— Mais il m'a dit qu'il voulait justement y mettre un terme. »

Le bedeau voyait qu'il n'obtiendrait rien s'il perdait patience avec la veuve. Comme elle était aussi membre du conseil paroissial, c'est ainsi qu'il l'amadoua.

« Mrs Lucas, ma chère, c'est notre village et nous devons tous travailler ensemble pour régler nos propres affaires. Si on le laisse en paix, l'Antre d'Elfrid n'est pas un problème. Des choses *désagréables*

191

s'y produisent parfois. Mais c'est seulement depuis que Conley s'est mis à provoquer tout ça que la situation est devenue incontrôlable. Faites-moi confiance, j'ai un plan pour rétablir le calme et la tranquillité chez nous.

— Ah oui, ce serait vraiment bien. Et qu'est-ce que je peux faire pour vous aider ?

— Tout d'abord, personne, et surtout pas la police, ne doit savoir que je suis venu vous voir aujourd'hui.

— Oh, je ne crois pas que je puisse leur mentir, Mr Hibbitt.

— Il le faut, Mrs Lucas, vous ne comprenez donc pas ? Conley les manipule. Nous devons contrecarrer ses efforts, même si cela implique de briser les principes de toute une vie. » Il lui prit la main et la regarda dans les yeux, en lui souriant gentiment. « J'ai bien peur de devoir en faire autant. Mais c'est pour notre bien à tous, croyez-moi.

— Alors dans ce cas...

— Bon. Maintenant, la deuxième chose, c'est que je dois emprunter une des chaussures de Conley. S'il remarque son absence, jouez un peu la comédie, je sais que vous en êtes capable, vous avez été une *merveilleuse* Emilia dans *Othello*. Vous feindrez la surprise et l'ignorance. Je la ramènerai le moment venu.

— Oh, vous avez vraiment aimé mon interprétation, Mr Hibbitt ? D'ailleurs, je trouve aussi que vous avez fait un splendide Iago.

— Même si c'était un rôle de composition, Mrs Lucas. Par contre, Conley, lui, *c'est* un Iago né.

— Considérez que c'est fait, Mr Hibbitt. Oh, mon Dieu, quelle histoire !

— Ne vous inquiétez pas, ma chère. Vous savez que c'est pour le bien du village, et je veillerai sur vous. »

Il sortit de la maison quelques minutes plus tard avec un sac en plastique contenant la chaussure droite de Jake qu'il déposa chez lui avant d'aller manipuler Mrs Holmes, une autre membre du conseil paroissial. Par le même raisonnement qu'il avait utilisé avec Mrs Lucas, il lui demanda de faire un faux témoignage à la police. Elle accepta, tout comme la veuve, après un examen de conscience scrupuleux, mais Hibbitt obtint ce qu'il voulait et poursuivit son complot.

Jake regagna ses quartiers dans l'après-midi, distrait, la tête préoccupée. Il ne remarqua pas la disparition de sa chaussure et se contenta de placer ses baskets en rang avec toutes les autres. Dans sa chambre, il s'assit sur le lit et passa un coup de fil à Heather.

Elle était excitée.

« Jake, nous venons d'avoir les résultats de la datation au carbone du contenu de la tombe. Les os, tout comme les matériaux, sont datés de l'an 700 de notre ère, plus ou moins quarante ans. C'est une confirmation supplémentaire, s'il en était besoin, que nos reliques sont celles d'Aldfrith. Comme je le supposais, les pièces sont de son règne. Ce sont des sceattas en argent qui portent le nom *Aldfridus* sur l'avers. Tu sais, Jake... » Elle avait du mal à contenir son enthousiasme. « Ce sont les premières monnaies du pays à proclamer qu'elles sont royales, et jusqu'à présent elles étaient assez rares. De l'autre côté des pièces, il y a une créature ressemblant à un cheval avec une queue en forme de trident. Ils sont tous en excellent état, jeune homme, comme dirait James.

— Comment va-t-il, d'ailleurs ?

— Il est aux anges, comme tu peux l'imaginer — il dirait ça aussi, du reste ! Jake, quand est-ce que tu reviens à Driffield ? Tu me manques.

— Toi aussi, tu me manques. Mais je sais pas, j'ai encore des trucs à faire ici à Ebberston.

— L'autre soir, c'était magnifique. Merci. Rappelle-toi, nous aussi, nous avons des trucs à faire, Jake. »

Son cœur battait plus vite ; n'était-il pas en train de surinterpréter ses paroles ?

« Dès que possible, je te le promets. »

Il posa quelques questions plus générales sur la poursuite des fouilles et apprit que la base isolée d'une colonne romaine avait été dégagée. Mais alors que Heather s'était attendue à trouver plus d'artefacts romains, aucun autre élément anglo-saxon n'était apparu, ce qui leur parut étrange à tous les deux.

Ce n'est que le lendemain matin, alors qu'il lui fallait ses chaussures de marche pour monter à la grotte, que Jake remarqua qu'il en manquait une. Il questionna Mrs Lucas, qui nia savoir où elle était passée. Jake la regardait d'un œil incrédule — une chaussure ne peut quand même pas disparaître comme ça.

« Et des visiteurs, Mrs Lucas ? Est-ce que quelqu'un est venu ici quand j'étais à Pickering ? »

Actrice accomplie, sa logeuse affirma : « Je n'ai même pas vu le facteur hier, Jake. Oh, mon Dieu ! Où peut-elle bien se trouver ? On va finir par la retrouver.

— Comme par magie, vous voulez dire ? »

Il la regardait avec insistance, mais elle ne trahissait aucune émotion autre que la perplexité. Il baissa les bras. Le mystère de la chaussure manquante restait entier. Il n'y avait rien à faire, il devrait porter ses baskets pour monter à la grotte et faire attention à ne pas se tordre une cheville. C'était tout ce qu'il pouvait y faire.

« Je vais à l'Antre d'Elfrid, Mrs Lucas. »

Quelle émotion son expression venait-elle de trahir ?

« Est-ce vraiment une bonne idée, Mr Conley ? Ces chaussures ne sont pas adaptées, et l'endroit a mauvaise réputation.

— Ne vous inquiétez pas, nous allons bientôt régler ça, affirma Jake avec confiance, et je ferai attention.

— Oui, ce serait bien. »

Il y avait quelque chose d'assez inhabituel dans sa façon de parler, mais Jake n'y pensa pas plus et sortit de la maison quelque peu troublé. Mrs Lucas, conformément aux instructions, téléphona à Mr Hibbitt pour le prévenir.

Il avait plu pendant la nuit, de sorte que le sentier menant à la grotte, quoique plutôt rocailleux, était couvert de flaques d'eau et de boue. Faisant de son mieux pour les éviter, du coup Jake gardait l'œil sur le sol devant lui. C'est ainsi qu'il découvrit un billet de 10 livres, une de ces nouvelles coupures en plastique, perdu par terre. N'étant pas du genre à laisser passer une telle chance, il se baissa pour le ramasser. Au moment où ses doigts s'emparaient du billet, il lui sembla que sa tête explosait en une gerbe d'étincelles jaunes. Il eut juste le temps de réaliser que quelqu'un l'avait frappé. Les étincelles devinrent violettes, puis noires. Jake tomba en avant et s'étala de tout son long.

Lorsqu'il ouvrit les yeux, il vit la lumière du jour filtrer à travers les lattes d'un mur délabré contre lequel il avait été adossé. Le sol, seulement de la terre battue et de la poussière, était jonché de pots de plantes et de quelques outils. Il s'agissait clairement d'une cabane de jardin, ou d'un endroit dans ce type. Pendant un moment, il resta étendu, essayant de se rappeler ce qui s'était passé. Le billet avait manifestement fait partie d'un piège pour faciliter la tâche de celui qui voulait le mettre hors d'état de nuire. Mais pourquoi ? Et pourquoi n'était-il pas attaché et bâillonné ? De toute évidence, sa présence ici n'avait aucune importance pour son agresseur. Celui qui l'avait frappé ne désirait tout simplement pas qu'on le trouve sur la route pour une raison quelconque. Avec effort, il essaya de se lever, mais il dut s'enfouir le visage dans les mains, comme si elles pouvaient calmer les élancements. Il revint à lui complètement puis, regardant à nouveau autour de lui, il attrapa une bêche et s'en servit comme une canne sur laquelle il s'appuya pour se relever. Sa tête lui faisait réellement mal, et il palpa le cuir chevelu au sommet de son crâne. Ses doigts en sortirent humides et collants. Il devait laver la blessure le plus rapidement possible. Lorsqu'il tenta d'ouvrir la porte, elle la trouva fermée de l'extérieur, mais Jake soupçonnait qu'elle ne résisterait pas à un coup violent. Dommage qu'il n'ait pas eu ses lourdes chaussures de marche, il ne voulait pas donner des coups de pied avec ses baskets.

Là encore, ses yeux se posèrent sur la bêche. Il la coinça dans l'encadrement de la mince porte en bois. Pesant de toutes ses forces contre le manche en hêtre, et malgré des maux de tête exacerbés, il le souleva, espérant qu'il ne se briserait pas. Au lieu de cela, c'est la porte qui se fissura et s'ouvrit dans un éclat, et elle parut aussi instable sur ses charnières que Jake l'était sur ses pieds. Il constata que son hypothèse était correcte, et que l'éclatement s'était produit à l'endroit où le cadenas avait cédé.

Un rapide coup d'œil lui apprit que la cabane se trouvait près d'un mur de pierres qui longeait le sentier menant à la grotte. Avec une lenteur calculée, Jake l'escalada. Chacun de ces mouvements pénibles projetait une série de flashes argentés devant ses yeux. Il décida donc, dans ces conditions, de se ménager et de redescendre la colline à l'allure d'un escargot. Plus vite il atteindrait les *Ormes* pour pouvoir nettoyer ses plaies, mieux ce serait.

En entrant chez Mrs Lucas, il ne fit pas attention au fait que sa chaussure manquante, un peu boueuse, avait refait surface. Cette omission était compréhensible, vu que sa tête explosa quasiment lorsqu'il se baissa pour défaire ses lacets. Il ne remarqua toujours rien quand il plaça ses baskets à côté des chaussures de marche et qu'il mit ses pantoufles. Sa principale priorité était de nettoyer sa blessure à l'eau claire, et il espérait que sa logeuse aurait de l'aspirine.

Elle s'agita autour de lui et insista pour désinfecter la plaie avec un antiseptique. Ça piquait et il dut serrer les dents. Elle voulut savoir ce qui s'était passé, et quand il lui raconta, elle proposa d'appeler la police. Il refusa, et ce n'est qu'a posteriori qu'il se demanda s'il n'aurait pas mieux fait d'accepter. Toujours est-il que c'est la police qui arriva de son propre chef pour l'arrêter.

Ils saisirent également les chaussures de marche de Jake, qui formaient à nouveau une paire, à sa grande surprise. Une fois de plus, ils le conduisirent au poste de Pickering et ne commencèrent l'interrogatoire qu'à l'arrivée de Kate Mack qui exigea d'être informée de quoi son client était accusé cette fois-ci.

« Agression avec coups et blessures sur deux policiers et sur un prêtre catholique.

« C'est un mensonge ! laissa échapper Jake. C'est moi qui ai été attaqué. Voyez par vous-même. » Il inclina la tête vers l'avant et pointa du doigt la zone de l'entaille sous sa chevelure épaisse.

« Alors pourquoi n'avez-vous pas signalé cette soi-disant agression ? » L'inspecteur Shaw était sceptique.

« Parce que je venais de rentrer chez moi à grand-peine et que Mrs Lucas lavait et soignait la plaie. Je n'en ai pas eu de temps avant l'arrivée de la voiture de police, vous pouvez demander à ma logeuse.

— Ça oui, sans aucun doute. »

Shaw attrapa son téléphone et passa un appel.

« Docteur, j'ai besoin de vous pour un rapide examen d'une plaie superficielle à la tête. Oui, maintenant ! C'est urgent. Oui. Dans la salle d'interrogatoire. »

Quelques instants plus tard, un médecin en blouse blanche enfila des gants en latex et inspecta la blessure de Jake. Il grogna et dit : « Avec ça, vous avez dû attraper un sacré mal de crâne, jeune homme.

— C'est le cas, docteur. Et je crains que ça ne soit fracturé. »

Le médecin reprit son examen, et Jake fit la grimace.

« Rien de cassé, mais vous avez de sérieuses contusions autour de la plaie qui, je présume, a été bien nettoyée.

— Ma logeuse a utilisé un antiseptique. »

L'inspecteur intervint : « Qu'est-ce qui a causé la blessure, docteur ? Est-ce qu'il aurait pu se l'infliger à lui-même ?

— À cet endroit précisément ? Je dirais que c'est impossible. »

Shaw eut l'air déçu. « Un tel coup serait-il assez violent pour faire perdre conscience à la victime ?

— Absolument. La plaie a été produite par un coup puissant. On a utilisé un objet contondant, comme une batte de baseball ou quelque chose de ce genre. L'agresseur est certainement droitier et, d'après la force, on peut supposer qu'il est grand et mâle.

— Je vois. » L'inspecteur n'avait pas l'air découragé pour autant. « Merci, docteur. C'est tout pour le moment. »

Jake examina l'expression de satisfaction sur le visage du policier. « Pouvez-vous me dire si c'est à propos de l'exorcisme à l'Antre d'El-frid ? Est-ce qu'il a eu lieu ? Est-ce que ça a marché ?

— À vous de me dire, Conley. Après tout, vous étiez là-bas, pas moi. Et d'ailleurs, je ne suis pas dupe. Ce coup à la tête est arrivé après vos crimes. Tout ce que cela veut dire, c'est que vous avez un complice qui a mis à exécution vos ordres en vous frappant. Mais vous avez fait quelques erreurs, aussi insaisissable que vous soyez. Les coupables en font toujours.

— Je ne sais pas de quoi vous parlez, comme d'habitude. Mais vous allez sans doute m'éclairer ?

— Bien volontiers. Je vous reconstitue la scène. Le Père Sante entre dans la grotte avec son attirail religieux. Vous guettez derrière les arbres, mais vous vous rendez compte que ce n'est pas le bon moment pour frapper puisqu'il est protégé par trois policiers, deux hommes et une femme.

— Juste un instant, interrompit Jake. Pourquoi diable voudrais-je tabasser le prêtre ? Vous vous souvenez que c'est moi qui ai fait en sorte qu'il vienne faire le rituel.

— Vous aurez l'occasion d'expliquer ça au tribunal, Conley. Le plus souvent, vos agissements déconcerteraient les criminologues les plus avisés. Nous avons suffisamment de témoignages contre vous cette fois-ci.

— Incroyable, je n'étais même pas là-bas.

— Oh, mais vous y étiez, et nous en avons la preuve indiscutable. »

Jake avait le moral au plus bas.

Évidemment, la chaussure manquante.

« Permettez-moi de poursuivre la reconstitution. De la caverne, on entend des cris et des gémissements infernaux. L'agent Reardon perd son sang-froid et s'enfuit par le sentier, elle est vue par deux témoins alors qu'elle passe devant eux en courant. Depuis les arbres, vous réalisez que c'est votre chance, et vous portez un coup violent au policier le plus proche, ce qui l'assomme. L'autre policier, horrifié et distrait par les bruits infernaux de la grotte, et inquiet pour le jésuite, se précipite à l'intérieur, vous le suivez furtivement. Vous frappez une nouvelle fois, et vous le mettez K.O. Je suppose, Conley, que le malheureux prêtre a simplement choisi le mauvais moment pour sortir de la caverne obscure. Comme vous ne voulez pas être identifié ensuite, mais que vous ne voulez pas non plus faire trop de mal à un homme que vous avez fait venir ici, vous assommez aussi le pauvre, juste moins violemment.

— Je ne peux pas avoir fait tout ça puisque j'étais inconscient dans une cabane délabrée plus loin sur le sentier.

— N'abusez pas de ma patience, Conley, nous vous tenons cette fois. Deux témoins affirment vous avoir vu fuir la scène du crime, avec du sang sur votre tee-shirt — je constate que c'est le cas — et il y a également ce léger détail des empreintes de chaussures dans la boue qui vous lie aux endroits où les policiers sont tombés. Notre laboratoire a déjà confirmé la concordance précise du motif des semelles, et ils analysent maintenant les échantillons de sol.

— Vous ne voyez pas que j'ai été piégé ? C'est un coup monté. Je vous ai prévenu il y a deux jours que ça risquait d'arriver.

— La défense d'un homme désespéré quand il sait que la partie est finie. Sauf que votre bouc émissaire, je parle du bedeau, il a un alibi en béton au moment des agressions.

— Bien sûr qu'il en a un. Il a eu tout le temps qu'il lui fallait pour planifier ça. Et je regrette de lui avoir dit qu'un exorciste allait venir.

— Bien, Miss Mack, prenez acte : j'inculpe officiellement votre client pour les crimes d'aujourd'hui, et je n'exclus pas d'ajouter par la suite d'autres accusations pour des délits antérieurs. »

L'inspecteur procéda conformément aux exigences légales et, lorsqu'il eut terminé, accorda généreusement à l'avocate quelques instants en tête à tête avec son client. Il avait la certitude, grâce aux preuves qu'il avait recueillies, d'avoir finalement coincé Conley.

Kate Mack accepta et, une fois qu'il fut sorti, demanda à Jake de lui raconter les événements de la journée. Il commença par sa conversation de la veille avec Hibbitt et les menaces du bedeau, puis il poursuivit avec la chaussure manquante et fit remarquer avec pertinence que seule l'une de ses chaussures était souillée. Il lui parla ensuite du billet, du coup qu'il avait reçu à la tête et de ses mouvements après avoir repris connaissance.

« Ça s'annonce mal, Jake, je dois vous le dire, mais ce n'est pas impossible. Je vais mener ma propre enquête. »

VINGT-SEPT

PICKERING ET EBBERSTON, YORKSHIRE NORD

Kate débarrassa Jake de son tee-shirt, admirant ses pectoraux musclés, ce qui voulait dire qu'il n'avait plus que son blouson en jeans comme vêtement. Il avait l'air mignon, pensa-t-elle, et elle ressentit de la jalousie envers Heather. Elle se rabroua ensuite intérieurement, se rappelant sa dignité professionnelle. À des fins purement d'enquête, se dit-elle, elle prit une photo de son client avant de se précipiter au laboratoire de la police avec des questions plus sérieuses en tête.

Elle salua le médecin qui lui adressa un sourire chaleureux. C'était une vieille connaissance, un ami de son père.

« Bonjour, Bryan. Je viens au sujet des agressions à la grotte. J'aimerais que vous analysiez le sang sur ce tee-shirt. Jake Conley maintient que c'est le sien. Ce serait à l'inspecteur Shaw de prouver le contraire ; en ce qui me concerne, je crois mon client sur parole. Est-ce que c'est possible ?

— Oui, mais nous devrons prélever un échantillon de celui de Mr Conley pour comparer les résultats.

— Ça ne devrait pas poser de problème. Ah, d'ailleurs, il y a autre chose...

— Avec vous, Kate, il y a toujours autre chose, répondit le docteur Blanch avec un petit rire.

— Ces chaussures que vous êtes en train d'examiner, il y a quelque chose de très étrange.

— J'avais également noté.

— Vous pensez à ce que je pense ?

— Vous faites référence au fait que l'une soit propre et l'autre sale, je suppose.

— Eh bien, je pense que ça a une grande influence sur les accusations portées contre mon client qui me dit qu'*une* de ses chaussures avait disparu. »

Le médecin siffla entre ses dents.

« Et vous pensez qu'on essaie de le piéger. Bien sûr, ça n'exclut pas la possibilité qu'il en ait nettoyé une lui-même, si c'est un fourbe.

— C'est vrai, mais je vous garantis que mon client est un citoyen exemplaire.

— Ne sont-ils pas tous des saints, Kate ?

— Hum...

— Ne vous inquiétez pas, je ne manquerai pas de signaler cette anomalie dans mon rapport, de sorte que vous puissiez vous en servir comme bon vous semble.

— Merci Bryan. Mes amitiés à Agnès. Est-ce qu'elle va bien ?

— Elle bougonne à tout bout de champ, alors ça doit aller. »

Sa visite au laboratoire terminée, Kate se rendit à Ebberston pour tenter de résoudre le mystère de la chaussure disparue. Mrs Lucas la fit passer dans le salon des pensionnaires. Dans le vestibule, Kate hésita un instant et jeta un regard éloquent à la rangée de chaussures. « Ne devrais-je pas enlever les miennes, Mrs Lucas ?

— Oh, ne vous inquiétez pas, ma chère, entrez donc. C'est différent pour mes clients. Avec eux, j'insiste. Vous savez, beaucoup partent en randonnée et reviennent avec les pieds pleins de boue.

— Évidemment, renchérit Kate. Ça m'amène d'ailleurs au but de ma visite. » Elle expliqua les accusations de la police contre Jake et la façon dont elles s'articulaient autour de la chaussure manquante.

« Qu'est-il vraiment arrivé à cette chaussure ? Elle n'a pas pu disparaître juste pour une journée, non ? Vous couvrez quelque chose, vous protégez quelqu'un peut-être, Mrs Lucas ? Vous comprenez que Jake pourrait aller en prison pour de nombreuses années pour une chose qu'il n'a pas commise, n'est-ce pas ? »

L'avocate étudia le visage de la veuve, particulièrement son regard, et ce qu'elle vit confirmait son intuition : la femme restait évasive.

« Mon Dieu, Mr Conley est un homme charmant. Je ne voudrais pas qu'une telle chose lui arrive.

— Alors, dites-moi ce qui s'est vraiment passé avec la chaussure, Mrs Lucas.

— Je n'en ai aucune idée. Elle... elle a disparu et puis elle a réapparu le jour suivant. »

Son regard était fuyant, et Kate avait du mal à se laisser convaincre. Néanmoins, elle répondit : « Bien sûr, je vous crois, Mrs Lucas, une femme aussi irréprochable que vous. » Le ton de sa voix, doux et sans le moindre sarcasme, lui valut un grand sourire de la part de la logeuse. Kate lui tendit sa carte. « Si vous pensez à quelque chose qui pourrait aider mon client, Mrs Lucas, appelez-moi s'il vous plaît. À propos, c'est une ravissante maison que vous avez ici. Je ferais mieux d'y aller, j'ai encore du pain sur la planche. »

Alors qu'elle marchait le long du chemin dans le jardin, Kate pinça les lèvres. Elle n'en avait pas fini avec la vieille toupie, loin de là. Qu'elle ait menti, l'avocate n'en doutait pas. Assise dans sa voiture, elle passa au plan B. Elle appela Heather, qu'un bref résumé de son stratagème convainquit rapidement.

« C'est clair, Heather ? Dites que vous souhaitez récupérer les affaires de Jake et payer sa facture, je vous rembourserai, bien sûr. Et n'hésitez pas à en rajouter. »

Deux heures plus tard, Mrs Lucas répondait à la porte et contemplait le joli visage de l'archéologue.

« Bonjour, Mrs Lucas. Je suis la fiancée de Jake Conley, je viens chercher ses affaires et régler sa note.

— Oh, je suis ravie de vous rencontrer, ma chère. Ma parole, quel beau couple vous faites ! »

Si Mrs Lucas était bonne actrice, Heather était encore meilleure. Elle paraissait au bord des larmes.

« Tout... tout ça, bégaya-t-elle en reniflant et en laissant couler quelques pleurs sur sa joue, ça va compromettre nos *projets de mariage.* » Elle prononça les deux derniers mots en gémissant.

« Oh, ma pauvre ! Venez donc vous asseoir par ici. Je vais faire une bonne tasse de thé. » C'était exactement ce que Heather avait espéré, l'occasion d'une longue conversation. Lorsque la logeuse revint avec son plateau chargé, Heather sanglota à mi-voix : « Nous devions nous marier à l'église de Beverley le 25 juillet. C'est un jeudi, ça a toujours été mon jour de chance. Chaque fois que j'avais un examen un jeudi, je le réussissais haut la main. Mais maintenant, tout est fichu. » Elle s'essuya un œil avec un mouchoir. « Il y a quelque chose qui cloche, Mrs Lucas, Jake est un homme adorable ! Il n'aurait jamais pu faire ces choses horribles dont ils l'accusent ! »

Elle observa la réaction de la femme. Était-ce de la culpabilité ? C'était sans conteste une expression furtive, et elle évitait de croiser le regard de Heather. Alors elle continua, en y mettant le paquet.

« Saviez-vous que mon Jake est en quelque sorte un héros ? » Elle donna libre cours à son imagination. « Il y a quelques mois, à York, il a été témoin d'une agression. Deux jeunes se sont sauvés avec le sac à main d'une touriste chinoise qui contenait tout son argent pour les vacances et son iPhone — qui valait à lui seul des centaines de livres. Alors, qu'a fait Jake ? Sans réfléchir, il a taclé le type avec le sac, comme au rugby. Évidemment, il a dû se battre avec les deux pour conserver le sac, et il s'est retrouvé avec un œil au beurre noir et la lèvre fendue pour sa peine, mais il les a fait fuir et a rendu le sac à la fille. Pas mal pour un pacifiste, vous ne trouvez pas ?

— Je ne sais pas où va le monde. Ce n'était pas comme ça quand j'étais jeune. Ce doit être toutes ces horribles drogues. Mais Dieu merci, il y a des gens comme Jake pour protéger les personnes sans défense.

— J'espère juste qu'on découvrira la vérité et que nous pourrons célébrer notre maria... » Là, Heather étouffa délibérément le mot et se mit à pleurer, au grand désarroi de son hôtesse, qui essaya de la consoler, traversant même la pièce pour la serrer dans ses bras. En réalité, la personne qui avait besoin d'être réconfortée, c'était plutôt Mrs Lucas qui éprouvait un certain dégoût devant son honnêteté réduite à une peau de chagrin.

Grâce à la prestation convaincante de Heather, la veuve se sentait bouleversée et honteuse lorsqu'elle raccompagna sa visiteuse chargée du sac à dos de Jake et d'un sac en plastique contenant ses affaires. C'était donc le moment idéal pour Kate de rejoindre la mêlée. Elle attendait dans sa voiture, garée un peu plus loin sur la route.

Elle sonna à la porte et remarqua aussitôt, par ses yeux rougis, que la logeuse avait pleuré.

« Est-ce que tout va bien, Mrs Lucas ? »

Sans un mot, la femme secoua la tête et ouvrit la porte pour laisser passer Kate.

« C'est à cause de la chaussure, n'est-ce pas ? » Kate entrait dans le vif du sujet sans détour.

Encore une fois, Mrs Lucas ne put répondre que par un simple hochement de tête.

« C'est pour ça que je suis revenue. Je me suis doutée que quelque chose n'allait pas, et en tant qu'avocate, je ne peux pas vous faire courir vers les ennuis.

— Les ennuis ?

— Mais oui, Mrs Lucas. Dans l'état actuel des choses, vous serez appelée à témoigner devant la cour d'assises. Vous êtes une personne religieuse, je le sens — vous devrez donc jurer de dire la vérité sur la Sainte Bible. Si vous persistez dans ce mensonge, vous commettrez un parjure, vous savez. C'est un délit très grave qui entraîne une peine de prison.

— Oh, juste ciel ! » Ses yeux se remplirent de larmes et elle marmonna quelque chose d'incohérent.

« Venez. Asseyez-vous et racontez-moi tout. Nous pouvons trouver une solution ensemble. Il y en a toujours une. »

La logeuse retraça les événements en commençant par la visite du bedeau et en soulignant ses bonnes intentions vis-à-vis de la paroisse, mais elle se démarqua de lui en niant toute connaissance, ou approbation, de la violence employée.

« Vous devez raconter tout ça à l'inspecteur Shaw, Mrs Lucas. Ne vous inquiétez pas, avec des aveux en règle, il n'y aura pas de conséquences pour vous.

— Et Mr Hibbitt ? Ça va lui attirer des ennuis...

— J'espère bien, Mrs Lucas. Il a agressé quatre personnes et il a essayé d'envoyer un honnête homme en prison. On ne peut pas le laisser s'en tirer comme ça, n'est-ce pas ?

— Non, bien sûr. Pourriez-vous appeler la police pour moi ?

— Absolument. »

Kate voulut passer le téléphone à la logeuse, mais le policier incrédule lui demanda d'attendre parce qu'il entendait voir la situation par lui-même.

« Je dois m'assurer que le témoin n'a pas fait l'objet de pressions.

— Pas par moi, en tout cas.

— Nous devrions être là-bas dans une demi-heure, Miss Mack. »

Lorsque l'inspecteur Shaw repartit des *Ormes*, les propos de la femme résonnaient encore à ses oreilles et avaient été retranscrits mot pour mot dans son carnet. Il fulminait, après avoir lu le rapport médico-légal sur les chaussures et le tee-shirt ensanglanté de Conley ; ces trois éléments réunis corroboraient les déclarations de l'inculpé et démontraient son innocence. De plus, il devait maintenant se rendre chez le bedeau et interroger l'homme qui supplantait désormais Conley comme suspect numéro un. Était-il possible que son instinct se soit autant trompé sur Conley ? Il pensait toujours qu'il avait tué sa fiancée, et il en faudrait beaucoup pour dissiper ce soupçon.

La prochaine étape sur l'agenda de Kate était une visite à l'hôpital pour renforcer le dossier visant à faire libérer Jake. Les trois victimes étaient assises dans leur lit, et il était rassurant d'apprendre qu'aucune d'entre elles n'avait subi de graves séquelles des coups qu'elles avaient reçus. Un médecin l'informa que c'était une précaution d'usage de les garder en observation un jour de plus, car la commotion cérébrale, dit-il, avait une *fâcheuse habitude* de retarder sa réaction.

Elle rendit d'abord visite à l'exorciste, par curiosité, n'en ayant jamais rencontré de sa vie, alors que travailler avec la police était, pour elle, une routine. Le vieux jésuite à lunettes et aux cheveux blancs semblait heureux d'avoir de la compagnie. Il lui prit la main et lui recommanda de se confier au Seigneur puisqu'il pouvait sentir en elle la bonté.

« Et cet individu, mon Père ? demanda-t-elle en lui montrant la photo de Jake.

— C'est votre petit ami ? » Le prêtre sourit et regarda Kate avec curiosité.

« Non, mon Père, c'est mon client. La police dit que c'est l'homme qui vous a frappé.

— Je ne l'aurais jamais soupçonné, déclara l'ecclésiastique. Son visage ne porte pas le moindre signe de méchanceté.

— En fait, j'ai déjà la preuve que ce n'était pas Jake.

— Jake Conley ?

— Oui, vous le connaissez ?

— Non, mais le Père Anthony à York m'a beaucoup parlé de lui. C'est lui qui m'a fait venir ici, et c'est tout aussi bien. J'ai dû chasser plusieurs démons de cette caverne. Ça a été une expérience épuisante, croyez-moi. » Le vieux prêtre fit le signe de croix et porta la même main à ses lèvres. Il demeura pensif pendant quelques instants.

« Vous êtes donc son avocate. J'aurais aimé voir qui m'a frappé, mais en vérité, ce pourrait être n'importe qui. Je sortais de la grotte, et j'ai été aveuglé par la lumière. Je crains de ne pas pouvoir vous aider, miss. »

Elle le quitta et montra la photo aux policiers, mais aucun d'eux ne pouvait affirmer que Jake s'était trouvé à l'Antre d'Elfrid. Cette simple exclusion facilitait son dossier, mais elle se reprocha d'avoir oublié de demander à l'inspecteur Shaw quel était l'alibi de Hibbitt. C'était quelque chose qu'elle devait découvrir.

VINGT-HUIT

Piquée au vif par le fait que l'inspecteur Shaw l'avait envoyée promener, et dans la mesure où elle avait un caractère bien trempé, Kate Mack décida d'ignorer ses avertissements et ses menaces à peine voilées et de poursuivre sa propre enquête. Selon son point de vue, il se cachait derrière des formalités pour retarder l'implication de l'avocate dans l'affaire. Avec ces mots, le policier zélé l'avait traitée comme une écolière :

« Je ne suis pas obligé de révéler cette information, Miss Mack. Il existe de nombreux cas où nous pouvons ne pas divulguer quoi que ce soit. Il y a principalement deux raisons pour lesquelles elles ne sont pas accessibles au public. Primo, ce que vous cherchez à savoir pourrait compromettre l'instruction en cours. Secundo, cela pourrait mettre en danger la vie privée et la sécurité des témoins, sans parler de la vôtre. » Et là, il ricana. « Nous dévoilerons certains éléments liés à l'enquête à un journaliste qui fait un reportage, par exemple. Cependant, vous êtes avocate... de toute façon, nous communiquons rarement la copie complète du dossier. Alors bonne journée à vous, Miss Mack. »

La non-coopération ne lui laissait aucune alternative ; elle allait se rendre à Ebberston et se renseigner elle-même. En quête de solidarité, elle appela Heather et lui expliqua la situation.

« Je viens te donner un coup de main dès que j'ai le feu vert du professeur Whitehead. »

Aucun refus poli et aucun contre-argument ne pouvait dissuader l'archéologue. Reconnaissant un esprit aussi déterminé que le sien, Kate n'essaya même pas et admit qu'elle était plutôt contente de ce soutien. La solution la plus logique, c'était d'aller à Driffield pour passer prendre Heather et faire le voyage jusqu'à Ebberston ensemble. Elles pourraient préparer leur plan dans la voiture. La Mazda MX-5 bleu foncé faisait le bonheur de Kate, d'autant plus qu'il n'y en avait pas beaucoup dans cette région. Elle était juste assez sobre pour une avocate et idéale pour une célibataire. Par une journée ensoleillée comme celle-ci, elle adorait conduire avec le toit ouvert et sentir la caresse du vent dans ses cheveux. Dieu merci, elle avait opté pour une coupe plutôt courte il y a quelques mois, ce qui flattait les traits délicats de son visage et ses grands yeux gris. Elle avait pris cette décision avant d'acheter une décapotable, et ça tombait bien. Elle sourit à l'idée du désordre ébouriffé qu'auraient pu devenir ses cheveux longs. Elle pensa d'ailleurs qu'elle ferait mieux de prévenir Heather d'attacher les siens.

Heather plongea dans le siège en cuir avec un soupir satisfait, ce qui la fit réfléchir à son choix de carrière. Aurait-elle un jour les moyens de s'offrir un véhicule aussi confortable et sportif ? La question éveilla un sourire, et elle admit avec regret que sa passion pour l'histoire ne changerait jamais. Maintenant qu'elle avait rencontré Jake, qui partageait les mêmes intérêts, elle avait trouvé un nouvel amour. Le destin les avait réunis et séparés pour la placer dans une voiture avec son avocate.

« On commence par quoi, Kate ?

— Bon, qu'est-ce qu'on a ? Quelqu'un essaie de piéger Jake, et ce quelqu'un l'a également frappé et enfermé dans une cabane. Ou alors, plus probablement, il avait un complice pour faire ça. Je pense que nous recherchons un certain nombre de gens. Personne n'aurait pu y parvenir tout seul.

— Jake m'a dit qu'il avait été menacé par le bedeau.

— Je sais. Je le soupçonne d'être derrière toute cette affaire. » Kate jeta un coup d'œil dans son rétroviseur et appuya sur la pédale de frein. « Satanés radars, grommela-t-elle. Ça gâche tout le plaisir de conduire. »

Heather nota la boîte jaune et noir posée sur un poteau au bord de la route et sourit. « Ils sont là pour discipliner les chauffards, alors je n'ai rien contre eux. »

Kate mordit à l'hameçon.

« C'est parler comme quelqu'un qui ne conduit pas.

— Pour en revenir à ce qui nous occupe, on commence par le bedeau ? »

Kate fronça les sourcils et, irritée par un feu rouge qui signalait des travaux sur la route, s'arrêta, gonfla ses joues de frustration et dit : « Je préfère la rase campagne. Impossible de rouler, sur ces nationales ! » Presque comme si leur mission était d'une importance secondaire par rapport à la question de la conduite, elle ajouta d'un air distrait : « Je ne crois pas. Ça lui donnerait plus d'occasions de couvrir ses traces. Non, je pense que nous devons plutôt démasquer ses complices les plus probables. On peut commencer par son maillon faible, dit-elle mystérieusement.

— Tu veux dire Mrs Lucas ?

— Sauf si tu as une meilleure idée, Heather. »

Le front de Heather était plissé en signe de concentration. Elle fut interrompue par l'accélération qui la cloua à son siège lorsque Kate fit vrombir la voiture au moment où le feu passa au vert.

« Tu ne crois pas que Mrs Lucas aura tout dit à l'inspecteur Shaw ?

— Je sais qu'elle lui aura dissimulé des faits. Il ne fait manifestement pas de progrès dans l'enquête, sinon il aurait libéré Jake, non ? Il va falloir lui faire peur pour qu'elle dise la vérité. Et c'est ce que nous allons faire... »

Kate se rendit compte qu'elle ne devait rien cacher à l'archéologue, qui pourrait s'avérer être une alliée inestimable. Elle expliqua
la stratégie qu'elle avait l'intention de suivre alors qu'elles approchaient du virage menant à Ebberston et elle finit en se garant devant
les *Ormes*.

L'accueil plaisant que leur réserva la logeuse n'arrivait pas à
masquer complètement son anxiété et son regard fuyant. Les deux
détectives n'étaient pas pressées de la mettre sur la défensive, elles
s'en tinrent donc au plan.

« Bonjour, Mrs Lucas ? » Kate sourit gentiment. « Nous étions
dans le coin et nous souhaitions nous assurer que tout allait bien.

— Pourquoi ça n'irait pas, ma chère ?

— Avec deux policiers et un prêtre à l'hôpital, c'est une affaire
sérieuse, et il y a des gens qui ont beaucoup à gagner en perturbant le
cours de l'enquête. Je vais être honnête avec vous, Mrs Lucas, je
pense que vous êtes peut-être en danger, et notre principale préoccupation, c'est votre sécurité. »

Heather offrit à la femme effrayée son sourire le plus rassurant.

« Oh ! Mrs Lucas, nous ne voudrions pas qu'il vous arrive
quelque chose. Mon fiancé est encore en garde à vue. » Elle feignit
l'angoisse. « Ce qui signifie que le coupable est toujours en liberté et
fera en sorte que les choses restent ainsi à tout prix. Nous souhaitions
nous assurer que personne ne vous avait menacée ; si c'est le cas, Kate
peut vous aider. »

À l'évocation d'éventuelles pressions par Heather, le regard
fuyant de la propriétaire, bien que fugace, n'avait pas échappé aux
jeunes femmes.

Kate profita de leur avantage.

« Ne vous fiez pas aux apparences, chère madame ; l'homme qui
vous a menacée est dangereux et il ne reculera devant rien pour vous
faire taire.

— Je... je ne vois pas de quoi vous parlez.

— Ne vous inquiétez pas, Mrs Lucas. Vous pouvez nous faire
confiance, dit Heather. Nous ne voulons que votre sécurité. Dites-

nous ce que vous n'avez pas révélé à l'inspecteur, et Kate saura quoi faire dans votre intérêt. »

La bataille silencieuse contre l'incertitude se notait sur le visage de la vieille femme.

« Lorsque cette affaire sera portée devant les tribunaux, ce qui ne manquera pas de se produire, ajouta Kate pour utiliser son argument le plus fort, plus vous aurez coopéré avec la police, plus vous serez à l'abri des poursuites.

— Oh, juste ciel ! Comment en est-on arrivé là ? Ebberston était un endroit si paisible, et nous étions tous amis, quelle situation !

— Bien ! Apparemment, nous ne pouvons pas vous convaincre, déclara Kate, alors nous vous souhaitons une bonne journée. »

Heather en resta bouche bée et, comme Kate l'avait prévu, l'archéologue hésita à réconforter la femme en détresse, dont elle ignorait les excuses peu probantes. Cela donna à Kate, qui avait remarqué le bulletin d'information de la paroisse à côté du téléphone dans le hall, les précieuses secondes dont elle avait besoin pour le glisser dans son sac à main.

« C'était une complète perte de temps, se plaignit Heather.

— Pas du tout. » Kate sortit brusquement le bulletin de son sac avec un sourire triomphant. « C'est inestimable. Nous aurons la liste des personnes impliquées dans la paroisse. »

Heather réfléchit à la portée de tout ceci. « Tu ne penses quand même pas qu'on est face à un complot ?

— C'en est forcément un. Hibbitt ne peut pas avoir agi seul. Voyons ce que le bulletin peut nous apprendre. » Elle feuilleta quelques pages avant de glisser la main une nouvelle fois dans son sac et en brandissant cette fois un surligneur jaune sous le nez de l'archéologue avec un large sourire. « Le meilleur ami de l'avocat ! Maintenant, nous ne sommes pas intéressées par les crottes de chien ou les serrures de fenêtres, ni même par les bonnes œuvres comme l'association caritative *Yorkshire Air Ambulance*. Il y a de braves gens qui font un travail splendide, mais nous cherchons plutôt à écarter quelques brebis galeuses du troupeau. »

Heather éclata de rire et dit : « Kate, je ne t'aurais jamais imaginée en avocate chapardeuse.

— C'est pour la bonne cause, ma chère. » Elle souligna des noms avec un acharnement effréné. « En tout cas, le contenu même de ce bulletin nous donne un aperçu de la fierté qu'éprouve le conseil paroissial pour son village. On la retrouve à chaque ligne, et bien qu'ils fassent preuve d'un réel engouement pour la protection des valeurs locales, ainsi que pour l'aide aux nécessiteux, il ne faut pas chercher loin pour comprendre avec quelle facilité tout cela pourrait être détourné par une personne méprisable à ses propres fins.

— Et qu'est-ce que tu comptes faire avec tous ces noms, Kate ?

— *Nous* allons trier le bon grain de l'ivraie, mon amie. Plus tôt on commencera, plus vite on découvrira nos faux témoins.

— Et alors ?

— Alors on va les presser jusqu'à la dernière goutte. »

Heather soupira et se mordit la lèvre inférieure. La désinvolture de Kate la réconfortait, mais cela ne l'empêchait pas de penser que ce serait une tâche difficile.

VINGT-NEUF

Dégoûté par l'expression arrogante de l'inspecteur Shaw, Jake dut lutter pour se retenir. À son goût, les interrogatoires quotidiens avaient touché le fond, et la dernière suggestion insultante lui fit perdre son calme.

« Je me fiche des accords que vous voulez passer ou de ce que vous dites. » Sa voix atteignait de nouveaux sommets dans les aigus. « Je n'ai pas tué Liv... » Il ne put terminer ses dénégations, et une expression de terreur abjecte incita Shaw à suivre son regard.

Les yeux du policier s'élargirent, ses sourcils se soulevèrent et sa mâchoire tomba. Jake avait senti l'odeur de cimetière et voyait maintenant, de l'autre côté de la pièce, le crâne hideux auquel étaient accrochés des restes de chair en décomposition et des yeux rouges fixés sur eux. Dans la main osseuse de la créature infernale scintillait une hache de guerre.

Remarquant le visage blanc et tendu de l'inspecteur, Jake n'avait aucun doute sur le fait qu'ils partageaient la même vision. Le siège de Shaw s'envola en arrière lorsqu'il fit un bond pour échapper au cauchemar. Le pied de Jake se prit dans sa propre chaise et il trébucha, gardant à peine son équilibre alors qu'il plongeait en avant pour fuir avec le policier, dont l'intensité de la voix trahissait la panique.

« Vite, vous tous ! Les tasers ! Attrapez-le ! »

Jake se retourna en entendant un grand bruit de coup et d'éclat de bois. Horrifié, il vit la table de la salle d'interrogatoire coupée en deux et restée debout comme un M majuscule, chaque côté soutenant l'autre. Quelle formidable force avait dû être déployée pour créer de tels dégâts ! Cependant, il était soulagé de ne plus voir aucun signe du guerrier démoniaque.

Il n'eut pas le temps de réfléchir à la situation, car quatre hommes fonçaient sur lui en brandissant des tasers.

« Pas lui, bande d'idiots, le Saxon ; attrapez le Saxon !

— Inspecteur ? »

Les policiers regardaient autour d'eux avec perplexité.

Shaw passa devant eux et scruta la table en morceaux et les chaises renversées. Hormis la puanteur nauséabonde dans la salle, il n'y avait aucune trace du guerrier. Alarmé, il n'avait aucune envie de rester dans la pièce après ce qu'il venait de voir.

« *Vous*, venez avec moi ! »

Jake le suivit docilement.

En sécurité dans son bureau, Shaw se retourna vers Jake.

« Il me semble que vous avez quelques explications à donner.

— Quoi ? Vous ne pensez quand même pas que je vous ai joué un tour là-dedans ?

— Je ne sais pas comment vous avez fait ça, Conley, mais c'était impressionnant.

— Vous ne comprenez donc toujours pas que je n'ai rien fait ? Cette créature me suit parce que je me suis trouvé à l'Antre d'Elfrid. Le monstre a des choses à régler ; à part ça, il n'a rien à voir avec moi. Je ne l'ai certainement pas appelé ici. Je suis aussi effrayé que vous, vous ne voyez pas ? C'est ce que je vous dis depuis le début. Pourquoi nier les preuves qui sont sous votre nez ? Je ne sais pas ce que je dois faire pour que vous me croyiez.

— Vous... vous êtes en train de dire que cette... chose... est *réelle* ?

— Je ne vois pas ce que vous entendez par *réelle*, inspecteur. Je sais juste qu'elle *existe* — et que je ne l'ai pas inventée. Et c'est ce que je vous explique depuis le début. »

Le visage de Shaw passa de l'incrédulité à l'horreur, puis à une approximation d'allure professionnelle.

« Avez-vous remarqué la force qu'il a déployée pour briser votre table ? C'est du bois massif, non ? Vous me croyez maintenant quand je dis que le monstre a tué Livie ? Oh, mon dieu, rien que d'y songer... » Jake frissonna.

« Toutes les accusations portées contre vous sont désormais retirées, Mr Conley. Il semblerait que je vous dois des excuses. » La voix de l'inspecteur prit un ton plus confidentiel et engageant : « Mais... où pensez-vous qu'il... ce truc est... parti ? Et pourquoi est-il venu ici ?

— Je dirais qu'il est retourné à l'Antre d'Elfrid. À votre place, inspecteur, je fermerais la zone au public pour le moment et je ne laisserais même pas vos policiers s'en approcher. J'ai une idée sur la façon de mettre fin à ses activités malfaisantes une fois pour toutes.

— Je vous écoute alors. Mais je ne vois toujours pas comment je pourrais arrêter un revenant pour meurtre !

— Ça n'est en effet pas possible. »

Jake prit le siège qui lui était offert et exposa son plan détaillé pour débarrasser Ebberston du fantôme.

Lorsqu'il eut fini, l'inspecteur le considérait avec une sorte d'admiration — une expérience nouvelle pour Jake.

« D'après vous, il ne cherche pas à vous nuire, mais il veut simplement que vous réalisiez ce projet. Et s'il est apparu tout à l'heure, c'est juste parce que nous venions de parler de lui et de la caverne ?

— C'est ça.

— Et pour ceux d'Ebberston qui ont essayé de vous piéger ?

— Je ne tiens pas particulièrement à porter plainte. Mais vos agents, ils sont gravement blessés ?

— Ils s'en sortiront, mais je tirerai ça au clair, ne vous en faites pas. Pour l'instant, ce qui m'inquiète le plus, c'est comment dire à mon supérieur que j'ai résolu le meurtre de Miss Greenwood, mais que je ne peux pas arrêter le coupable. Il ne va pas aimer ça du tout. Je suis désolé de vous ennuyer davantage, mais je vais avoir besoin d'une déclaration écrite sur ce qui s'est passé dans la salle d'interrogatoire pour corroborer mon récit.

— Pas de problème, bien sûr. » Jake voyait l'inspecteur sous un tout nouveau jour.

En moins d'une heure, et sa tâche accomplie, il prit son portable pour appeler Heather.

Elle répondit immédiatement. « Je suis avec Kate. Oui, Kate, ton avocate. C'est ça !

— Tu peux lui dire que j'ai été libéré et que toutes les poursuites sont abandonnées ? Ouais, je sais. Je t'expliquerai tout à l'heure. Je suis dans un café, un peu après le poste de police, sur la route. »

Il eut juste le temps de commander une tasse de thé et une brioche toastée avant d'apercevoir par la fenêtre une voiture de sport bleue se garer en face. Il n'avait encore jamais vu la voiture de Kate, il fut donc surpris de la voir se glisser hors du siège du conducteur. Heather émergea du côté du passager.

Installées en face de Jake et ayant demandé des cafés et du cheese-cake, elles échangèrent des nouvelles avec l'homme agréablement détendu.

« Comment ça, vous ne portez pas plainte ? Et sans me consulter, moi, votre avocate ? Regardez ça. Quelqu'un l'a laissé sous mes essuie-glaces. »

Kate sortit un morceau de papier de son sac et le glissa sur la table vers Jake. En grosses majuscules, on pouvait lire : DERNIER AVERTISSEMENT. ARRÊTEZ DE VOUS MÊLER DES AFFAIRES D'EBBERSTON.

« Vous avez oublié que ce sont des brutes qui vous ont tabassé ? On est sur quelque chose, sinon ils n'auraient pas laissé ça. »

Jake fixait Kate du regard. « On ?

— Oui, Heather et moi menons notre enquête, vu que la police ne fait pas de progrès.

— Heather, est-ce que c'est bien raisonnable ?

— Ils t'ont passé à tabac et ils ont ensuite essayé de te piéger. Je suis d'accord avec Kate là-dessus. » L'archéologue tourna la tête en souriant à sa nouvelle amie.

« Tu te rends compte que c'est risqué, hein ? » Mais au moment même où il disait cela, il savait qu'elles ne laisseraient pas tomber l'affaire. « Je veux juste en finir avec toute cette histoire, et la seule façon d'y parvenir, c'est de faire ce que les Saxons auraient dû faire au huitième siècle : faire en sorte qu'Aldfrith repose là où il souhaitait être enterré.

— Vous pensez vraiment que ça va empêcher le fantôme de poursuivre ses activités violentes ? demanda Kate.

— J'espère bien.

— Eh bien, je ne sais pas quand tu pourras mettre ton plan à exécution, Jake, dit Heather. Il y a encore tant de choses à découvrir sur la dépouille du roi. Je doute que le professeur Whitehead considère ton projet comme une urgence. Ensuite, il faudra obtenir la permission de l'Église pour l'inhumer dans le chœur de Sainte-Marie. »

Jake aspira ses joues, fixa sa petite amie du regard et réfléchit. « Si le fantôme rendait visite à James, il changerait d'avis rapidement. C'est ce que je dois lui communiquer. Il y a peut-être un moyen. » Il se leva et leur adressa un sourire triste. « À plus tard, mesdemoiselles — c'est pour moi. » Il déposa un billet de banque sur la table, ignora leurs protestations et leurs questions, et retourna au poste de police.

Cette visite se déroula dans une atmosphère complètement différente des précédentes. L'inspecteur était désormais réceptif et coopératif. Il regardait fixement la note glissée sous l'essuie-glace que Jake avait gardée et se frottait le menton.

« Laissez-moi faire. Je vois ce que vous voulez dire et je suis tout à fait d'accord avec vous : plus vite nous mettrons un terme aux *événements* de l'Antre d'Elfrid, plus vite certaines personnes à Ebberston retrouveront un comportement normal. Je vous soutiendrai sur ce point. Envie de faire un tour à Driffield ? »

À l'arrière de la voiture de police, Jake ne put s'empêcher de sourire. C'était la première fois que, dans cette situation, son estomac n'était pas noué. Il avait même pu raconter la découverte de la tombe à l'inspecteur au cours d'une conversation détendue et lui décrire l'archéologue excentrique ; il lui avait semblé plus sage d'avertir Shaw à ce sujet.

Les fouilles avaient considérablement avancé depuis que Jake avait quitté le site dans des circonstances étranges avec le même policier. Le professeur Whitehead, vêtu de son habituel costume en tweed et de l'inévitable nœud papillon, cette fois vert foncé à pois blancs, l'accueillit tel un fils perdu de vue depuis longtemps. Il n'était que trop désireux de montrer les progrès qu'ils avaient réalisés.

« C'est essentiellement un site romano-celtique, mon cher, et comme vous pouvez le constater, nous avons dégagé le contour hexagonal de sa base. Ces temples britanniques étaient moins grandioses que leurs équivalents classiques. C'est leur forme qui les trahit. Une de nos étudiantes a trouvé une exquise statuette d'Épona, protectrice des chevaux, des poneys et des ânes ; c'était aussi une déesse de la fertilité, d'ailleurs — pas l'étudiante hein, haha ! On a assez de travail ici pour nous occuper tout l'été.

— On a dû déposer le sarcophage d'Aldfrith dans ce temple parce qu'on le considérait comme une alternative à une église chrétienne, songea Jake.

— Ou plus probablement, le temple païen avait été consacré comme église.

— Je vois. Cela paraît possible, professeur. Mais pourquoi le bâtiment n'a-t-il pas survécu ?

— C'est une bonne question pour les historiens. On pourrait plutôt se demander par quel miracle la tombe d'Aldfrith est restée intacte. Je supposerais que la plus grande partie du temple a fini comme matériau de construction à un moment donné. Se pourrait-il que le sarcophage ait été délibérément enterré pour le laisser là sans être perturbé ? Ce ne sont que des conjectures, bien sûr.

— Je vais être honnête avec vous, professeur, c'est justement pour ça que nous sommes ici... »

Il poursuivit en racontant tous les événements concernant l'Antre d'Elfrid, son arrestation, les différentes apparitions et l'exorcisme.

« Au nom de tout ce qui est saint ! Vous dites avoir vu un guerrier saxon — un fantôme ? s'exclama l'archéologue en bafouillant. Écoutez, Jake, je ne crois pas à ce genre de choses — et je ne pense pas qu'un homme sain d'esprit devrait y croire non plus.

— C'est pour ça que je suis venu, professeur. » L'inspecteur Shaw prit son air de policier le plus solennel. « Il m'a fallu des mois pour changer d'avis sur la question. Mais je peux difficilement ignorer ce que j'ai eu sous les yeux. Ce dont j'ai été témoin sortait tout droit d'un film d'horreur. Je pense que je ne vais pas en dormir de la nuit.

— Attendez, inspecteur, vous êtes en train de me dire que vous avez *tous les deux* vraiment *vu* ce fantôme ? Venant d'un homme comme vous, j'aurais espéré quelque chose de plus raisonnable.

— Je comprends votre réaction, monsieur. Ça aurait été la mienne encore hier. Mais en dehors de nos propres témoignages, nous avons aussi celui d'un prêtre jésuite sur l'existence de ces... euh... entités.

— Bonté divine ! Et vous dites que ce fantôme est dangereux ?

— C'est un meurtrier. Il a assassiné ma fiancée, en effet. Je crains qu'il ne disparaisse pas tant que le tombeau d'Aldfrith n'aura pas été déposé dans l'église Sainte-Marie de Little Driffield, où le roi avait ordonné qu'il soit transporté, je pense. Et j'ai bien peur que quiconque fera obstacle à ça ne soit en danger de mort.

— Mais nous sommes toujours en train d'étudier sa dépouille et les objets funéraires enterrés avec lui. Cela va prendre du temps. Et puis on va devoir parler avec le vicaire de Sainte-Marie. Ces questions nécessitent toutes sortes d'autorisations et de débats.

— Je pense qu'il faudra avancer plus vite, professeur. J'espère que vous ferez tout ce que vous pouvez pour nous aider.

— Mais bien sûr, inspecteur. Je vais contacter immédiatement mes collègues de Bradford, mais Dieu seul sait comment je vais pouvoir leur expliquer qu'il y a un fantôme qui se déchaîne.

— N'en faites rien, professeur. Il vous suffira de leur dire que nous viendrons leur parler d'une question de la plus haute urgence.

— En effet, ça serait préférable. Je les appelle tout de suite. »

Après son coup de fil, ils prirent congé de l'archéologue après avoir noté l'itinéraire pour se rendre au laboratoire de Bradford. Ils devaient suivre les panneaux indiquant le campus et emprunter Tumbling Hill Street, au nom charmant, jusqu'au grand bâtiment à gauche du bloc d'ateliers où se trouve le département des sciences archéologiques et médico-légales.

Ils garèrent leur voiture et entrèrent dans le laboratoire de recherche STIM flambant neuf.

« STIM ? demanda Shaw, perplexe.

— Science, Technologie, Ingénierie et Mathématiques, des trucs interdisciplinaires, c'est tendance de nos jours, expliqua Jake.

— Un endroit impressionnant, très avant-gardiste et bien éclairé. »

Un homme se précipita vers eux. Il les attendait, conformément à l'appel de James Whitehead. Jake laissa Shaw s'occuper des formalités, et son regard, après avoir parcouru l'immense salle, se posa sur le sarcophage installé dans un coin, à côté de tables de travail où s'affairaient des personnes portant blouses blanches et masques.

Il reprit le fil de ce que l'archéologue expliquait à l'inspecteur. « ... certaines techniques de conservation, comme celles utilisées sur la lame de l'épée, nécessitent du temps et des conditions atmosphériques optimales, mais bien sûr, il n'y a aucune raison pour qu'elle soit remise dans le tombeau. Elle pourrait tout aussi bien finir dans un musée. »

J'espère que le fantôme ne t'entend pas dire ça, mon pote.

Jake garda ses pensées pour lui, et maintint une expression neutre. Tout ce qui pouvait accélérer la restitution du sarcophage en pierre lui convenait.

« Donc, en ce qui nous concerne, inspecteur, avec un effort concerté, je pense que nous pourrions libérer le sarcophage dès la fin du mois prochain, à condition que certains artefacts restent ici dans le laboratoire pour des raisons de conservation. »

Ils quittèrent le laboratoire avec un sentiment de mission accom-

221

plie et décidèrent que le prochain rendez-vous devait être avec le vicaire de Sainte-Marie à Little Driffield. Jake regarda sa montre. « Si je me souviens bien de ma première visite, il me semble que la prière du soir est à 16 h, alors peut-être qu'on peut le voir après l'office. » Ils se dirigèrent donc vers Driffield, et Mark Shaw se lança dans une conversation sur la vie après la mort. En tant qu'agnostique, il avait été fortement secoué par l'apparition d'un guerrier vieux de plusieurs siècles. Jake écoutait poliment le policier qui se débattait en eaux profondes avant de l'interrompre.

« Si nous partons avec la ferme conviction qu'il n'y a ni Dieu, ni âme, ni justice cosmique, dans ce cas, d'accord, l'idée d'une vie après la mort paraît invraisemblable. Mais admettons que nous pouvons nous tromper. Je veux dire, regardez notre fantôme. Alors quoi ? » Jake fit une pause et réfléchit. « Quelqu'un pourrait-il nous dire en dire plus ? Si oui, sur quelle base ? Personnellement, je ne connais personne qui soit passé par là. Mais croire en une vie après la mort, ce n'est pas une question de preuve. C'est une question de foi — du moins, tant que nous sommes encore ici et maintenant.

— Vous savez, lui répondit Shaw, ce que j'ai vu aujourd'hui m'a bousculé d'une manière difficile à expliquer. Je sens que je suis devenu moins cynique, mais plus vulnérable. J'espère simplement que cela ne m'empêchera pas de faire mon travail au mieux de mes capacités.

— Ne vous offusquez pas de ce que je vais dire, inspecteur, mais je crois que vous serez un meilleur policier parce que vous aurez des horizons plus étendus. »

Heureusement peut-être, vu la tournure de la conversation et la mâchoire crispée de l'inspecteur, ils arrivèrent à leur destination et sortirent de la voiture. Le vicaire se tenait à la porte de l'église et discutait avec trois femmes d'âge moyen. Les deux hommes attendirent poliment que le groupe ait fini, puis Shaw alla se présenter. Le clerc parut surpris de recevoir la visite de la police de Pickering, mais lorsque l'inspecteur lui en expliqua la raison, il s'intéressa de plus en plus à la question. Homme intelligent, il saisit tout de suite les retombées considérables si Driffield accueillait le tombeau d'Aldfrith. Dans le même temps, l'anxiété face à l'implication de la bureaucratie ecclésiastique et de la presse tempéra son enthousiasme. Il accepta de prendre contact avec sa hiérarchie, mais leur fit comprendre que toutes les décisions dépendraient de l'archevêque d'York.

TRENTE

EBBERSTON ET PICKERING, YORKSHIRE NORD

Abasourdies par le comportement de Jake au café, les deux femmes décidèrent de poursuivre leur enquête. Dans cette optique, Kate conduisit jusqu'à Ebberston et s'arrêta pour consulter ses notes et le GPS, sur lequel elle tapa un code postal pour se rendre au domicile d'une conseillère, une certaine Mrs Hodges. Elles avaient prévu de la retrouver avec son mari, mais leur plan fut contrarié parce qu'il était toujours au travail à York.

Une femme corpulente au teint rougeaud, Mrs Hodges les fit entrer dans sa maison avec une nervosité qui éveilla leurs soupçons dès le départ. Après une brève explication de l'objet de leur visite, Kate plongea directement dans les accusations.

« Nous avons des raisons de croire que des manœuvres de la part du conseil paroissial cherchent à détourner le cours de la justice. Mon client a été arrêté à tort, et nous avons l'intention de découvrir la vérité, madame la conseillère. Si j'étais vous, je réfléchirais à deux fois avant de poursuivre cette solidarité mal placée. Êtes-vous sûre que vos collègues en feront autant ? Je dois vous avertir que les premières fissures apparaissent déjà dans votre barrage collégial. »

Avec satisfaction, Kate releva que ses paroles avaient sapé la formidable hauteur de la femme. Cela se voyait dans le mouvement sournois de ses yeux et par la rougeur de ses joues qui redoublait.

« Vous n'avez aucune preuve qu'il y a quoi que ce soit de ce genre, et vous n'avez rien sur moi !

— C'est là que vous vous trompez, Mrs Hodges, et... »

Elle s'arrêta net et bondit de son fauteuil au fracas provenant de la rue. Se précipitant vers la baie vitrée, elle arriva juste à temps pour voir une silhouette à capuche brandir une batte de baseball qui atterrit une nouvelle fois sur son pare-brise.

« Hé ! » cria-t-elle en frappant vainement à la fenêtre. Un visage blanc se tourna brièvement dans sa direction et il s'enfuit en courant.

« Quelle preuve de plus vous faut-il ? siffla Kate au nez de la maîtresse de maison stupéfaite. Je ferai en sorte que vous soyez sanctionnée avec toute la rigueur de la loi pour vos crimes.

— Agresser les forces de l'ordre et un prêtre, c'est sérieux. » Heather s'était dit qu'elle pouvait y ajouter sa touche. « Et maintenant, des dommages volontaires sur la voiture d'une avocate. Je pense vraiment qu'il est dans votre intérêt de coopérer avec nous, madame.

— Je ne me répéterai pas : sortez de chez moi, sinon j'appelle la police et je vous signale toutes les deux pour intimidation.

— Oui, madame la conseillère, pourquoi pas ? Allez-y, aggravez votre situation, je vous en prie. Nous étions sur le point de partir. Je dois prendre des photos du vandalisme survenu, *par hasard*, devant votre domicile. »

Sur la route, Heather regardait avec consternation les dégâts.

« Oh, mon Dieu, Kate ! Ils ont démoli ton pare-brise, on fait quoi maintenant ?

— Ne t'inquiète pas, le pare-brise est assuré et le contrat couvre même les urgences. J'ai le numéro ; quelqu'un va venir le remplacer en un rien de temps, tu verras. »

Elle passa l'appel en question, puis remonta le chemin du jardin et frappa à la porte des Hodges. Heather assista à un échange animé, mais Kate triompha et revint avec une brosse, une pelle et un sac poubelle.

« Ah, l'amour de son prochain, m'en parle pas ! Elle a presque refusé de me les prêter, tu imagines ? Que veux-tu ! Je vais nettoyer les bris de glace de nos sièges, du tableau de bord et du plancher. »

Elle s'attela à la tâche avec une vigoureuse détermination, et Heather dut insister pour prendre la relève. Quand elles eurent fini, elles avaient un sac poubelle rempli d'éclats de verre, et Heather dut dissuader Kate de les jeter partout sur la pelouse bien entretenue des Hodges.

« Pas la peine de nous abaisser à leur niveau, Kate. Ta photo suffira à persuader l'inspecteur Shaw de faire quelque chose dans ce village.

— Je ne parierais pas là-dessus », dit Kate amèrement, puisqu'elle ne pouvait savoir qu'il était désormais un homme différent.

Elle fouilla dans son sac à main et en sortit un petit paquet de mini cigares. Elle en offrit un à Heather, qui déclina d'un signe de tête et dit : « Je ne pensais pas que tu fumais.

— Je ne fume pas, sauf en cas de stress. » Elle alluma un briquet jetable et tira dessus en tremblant, se mit à tousser et essuya le coin de son œil.

« Et je vois que tu es une experte ! se moqua Heather. Même une non-fumeuse comme moi sait qu'on n'aspire pas la fumée de cigare. Il faut juste la recracher. Tiens, je vais ramener tout ça à notre amie là-bas. »

Kate, curieuse, observait Heather en grande conversation à la porte d'entrée. Quand l'archéologue revint, elle ne put s'empêcher de l'interroger.

« Je lui ai expliqué qu'ils arriveront exactement au contraire de ce qu'ils cherchent avec leur comportement. Tu sais, je crois que je l'ai presque convaincue. Je lui ai donné ta carte et lui ai dit de t'appeler si elle reprenait ses esprits.

— Bien joué ! Tu es sûre de ne pas vouloir rejoindre les forces de police ? On aurait bien besoin de ses aveux. »

À ce moment précis, le portable de Kate sonna, faisant entendre la douce mélodie de *Lullaby* de The Cure. Ce n'était pas pour une confession, mais juste les réparateurs de pare-brise qui cherchaient leur chemin. Bientôt, une camionnette bleue portant l'inscription *Auto Pare-brise* sur le côté apparut.

« Je vois que vous avez nettoyé le chantier ; ça va nous faciliter le travail, constata jovialement le chauffeur. Bon, protégeons d'abord votre bébé — joli petit bolide. » Son assistant, également vêtu d'une salopette bleue parée du logo de l'entreprise, l'aida à étendre une bâche sur le capot et le toit. Le jeune homme retira les essuie-glaces, et l'autre prit un outil pour enlever le caoutchouc bordant l'intérieur de l'ouverture. Ils en fixèrent un nouveau et étalèrent de la colle tout autour. Heather fut étonnée de la rapidité d'exécution et encore plus surprise par les poignées de succion spéciales qu'ils utilisèrent pour poser le pare-brise neuf. L'ensemble de l'opération avait duré moins de cinq minutes.

« Qui a dit que remplacer les pare-brise n'était pas facile ? » L'employé plein d'entrain leur adressa un large sourire et fit signer quelques papiers à Kate.

« Vous voilà prête à partir, miss. » Il lui fit un clin d'œil et un signe de tête à Heather avant de sauter dans sa camionnette pour démarrer dans un crissement de pneus délibéré.

« Ah les hommes ! grommela Kate.

— C'était plutôt indolore, et ils sont efficaces, observa Heather.

— Je ne pense pas que ça te coûte ton bonus, murmura Kate. Bref, allons voir notre policier pas-très-gentil. »

Elle monta dans sa voiture et fit gicler du liquide lave-glace sur le nouveau pare-brise comme ça, juste pour vérifier ses essuie-glaces.

« OK, on peut y aller. » Ses pneus crissèrent aussi.

« Ah les femmes ! » plaisanta Heather, ce qui lui valut un regard noir.

Au moment où elles arrivèrent au poste de Pickering, l'inspecteur Shaw et Jake étaient déjà de retour. Elles trouvèrent le policier réceptif et attentif.

« Est-ce que vous l'avez bien vu, Miss Mack ?

— Malheureusement non, inspecteur. Juste aperçu. Qui qu'il soit, il avait la peau blanche et était jeune, je dirais, mais il portait une capuche. Il s'est enfui dès que je l'ai repéré — mais voici une photo des dégâts.

— Mmm. Tout est réparé maintenant ? » Il jeta un œil par sa fenêtre à la voiture garée en dessous, la lumière du soleil miroitant sur le nouveau pare-brise.

« Oui, mais je ne comprends pas comment ils ont su que je serais chez la conseillère Hodges.

— Ça n'a pas dû être trop difficile. Ça arrive quand on a un véhicule aussi voyant, Miss Mack. Jolie voiture, d'ailleurs.

— Je suppose, merci.

— Je suis content que vous soyez venue pour ça. C'est exactement ce dont j'avais besoin pour reprendre l'enquête sur Ebberston. J'ai des recherches à faire là-bas. Juste quelques questions encore... »

Kate sortit du poste de police de bien meilleure humeur, étonnée par la métamorphose de l'inspecteur.

Elle en fit la remarque à Heather qui avait été rejointe par Jake.

« Peut-être qu'il a vu un fantôme ! » Jake et Heather rirent de leur blague pendant que Kate les regardait avec frustration. « Est-ce que j'aurais raté un épisode ? »

Jake raconta les événements de la journée.

« Alors, vous l'avez persuadé de votre innocence. C'est merveilleux ! Je vous enverrai quand même ma facture, cela dit.

— Sauf si, en tant que demoiselle d'honneur en chef, tu acceptes d'y renoncer comme cadeau de mariage, dit Heather en plaisantant.

— Quoi ? Je croyais que c'était au garçon de faire la demande, se récria Jake. Mais, oui, je veux bien t'épouser. À une condition... » Heather arrêta son regard sur lui, anxieuse. « Seulement quand le roi Aldfrith sera à sa place parmi les invités du mariage.

— Marché conclu !

— Félicitations alors ! Allez, on va prendre un verre ! Le champagne, c'est sur votre note ! » Kate fit passer son bras sous celui de

Heather. « Il va sérieusement falloir qu'on parle de robes, ma fille ! »

Jake gémit en se demandant comment un futur romancier pourrait subvenir aux besoins de sa femme.

————

Mrs Hodges céda sous la pression, mais au lieu d'appeler le numéro de Kate, elle appela la police de Pickering et confessa son rôle mineur dans la machination ourdie par Mr Hibbitt. C'est elle qui mit les enquêteurs sur la piste de Mrs Lucas. Celle-ci, confrontée à l'inspecteur et à une policière, se rendit compte que son amie Maggie Hodges avait coopéré avec eux et fit la même chose. Les deux témoignages suffisaient amplement pour que Mark Shaw arrête le bedeau et quatre jeunes d'Ebberston. L'un d'eux reconnut avoir fracassé le pare-brise de l'avocate, sans doute pour échapper aux accusations plus graves des agressions commises sur Jake, sur des policiers et sur un prêtre, qui furent mises sur le dos de ses trois acolytes. Donc, dans l'ensemble, se dit Shaw, une journée de travail satisfaisante. Il ne lui restait plus qu'à trouver le courage de clore l'affaire Greenwood, mais rien ne pressait, pensa-t-il, et il attendrait la décision de l'archevêque d'York.

————

Le diocèse d'York est l'un des plus grands de l'Église d'Angleterre. Il s'étend entre les rivières Humber et Tees, et de la côte est du Yorkshire jusqu'au pied des Dales. Il compte 602 églises réparties dans 469 paroisses. Son chef, l'archevêque d'York, sans même parler de ses activités politiques à Londres, est donc un homme très occupé. Sa journée habituelle commence tôt et inclut recueillement et entraînement sportif. Au moment de la prière de 8 h 30 du matin, au palais de Bishopthorpe, son emploi du temps est déjà bien entamé. Étant l'un de ces ecclésiastiques qui se consacrent personnellement aux problèmes des gens et qui réservent un traitement égal aux nombreuses lettres qui leur parviennent quotidiennement, il n'aurait pu ignorer la demande faite par le vicaire de Little Driffield, même s'il n'avait pas été aussi intrigué. Le pasteur, accompagné d'un prêtre jésuite, d'un médium, d'un professeur d'archéologie et d'un inspecteur de police, sollicitait une audience « au sujet d'une affaire délicate. »

Réorganisant considérablement son agenda surchargé, l'archevêque accepta gracieusement cette entrevue. La présence d'un jésuite suscita une grande perplexité chez le prélat. Son esprit toujours curieux se heurtait à la signification de la composition si étrange de la délégation, et, complètement déconcerté, il décida de rencontrer d'abord le vicaire, avant d'accueillir les autres. Il espérait ainsi ne pas être pris au dépourvu dans cette « affaire délicate. »

Celui-ci lui exposa la situation telle qu'il la comprenait et y alla avec des pincettes quant à la question du fantôme. Sentant son malaise, l'archevêque lui dit de manière rassurante : « Mon fils, ne vous inquiétez pas, j'ai déjà autorisé un certain nombre d'exorcistes dans ce diocèse. L'Église d'Angleterre propose une formation dispensée par des prêtres et des psychiatres — ils enseignent comment diagnostiquer les symptômes d'une activité paranormale et comment la distinguer d'un trouble purement psychologique. La plupart de ces manifestations peuvent être expliquées par la science ou par la psychiatrie.

— Votre Grâce, c'est pourquoi j'ai amené Mr Conley, le Père Sante, et l'inspecteur Shaw, qui ont tous été témoins de ce phénomène extraordinaire.

— Je pense qu'il est temps de les rencontrer. » L'archevêque fit signe à un secrétaire, qui se dépêcha d'escorter la petite délégation dans la pièce.

Jake, plus impressionné par les robes ecclésiastiques que par la présence bienveillante du prélat, se détendit et lui rendit son salut.

« C'est un honneur, Monseigneur. » Il espérait que c'était la bonne façon de s'adresser à lui.

Une fois les présentations terminées, l'archevêque interrogea le Père Sante sur les *présences* à l'Antre d'Elfrid et fit allusion à la possibilité de troubles psychologiques de la part de « personnes bien intentionnées, mais malavisées ou perturbées. »

Le prêtre catholique ne tarda pas à décrire son expérience à la grotte et la réaction des « mauvais esprits » au rituel qu'il avait pratiqué, qu'il répéta devant les auditeurs stupéfaits.

« Il ne fait guère de doute, à la lumière de ce que vous venez de nous raconter, mon Père, que vous étiez aux prises avec des entités de l'autre monde. »

À cette concession faite par le prélat, Jake prit la parole. « Si je peux me permettre, Monseigneur, je peux décrire mes rencontres une à une avec l'une de ces entités diaboliques... » Fasciné, l'ecclésiastique écoutait attentivement, et lorsque Jake eut terminé, il regarda autour de lui les visages tendus qui attendaient sa réaction.

« Avez-vous tous vu ce guerrier saxon que Mr Conley dépeint de façon si imagée ? » L'archéologue et le prêtre secouèrent la tête. Le professeur Whitehead ajouta : « Bonté divine, Votre Grâce, je ne crois pas à de telles fadaises ! »

Là, Mark Shaw prit la parole pour la première fois, en se tournant vers l'archéologue. « Comme je vous l'ai expliqué, professeur, moi non plus. C'est-à-dire jusqu'à ce que je voie la chose de mes propres yeux. Je ne peux pas dire si c'est un fantôme ou... ou... quelque chose de pire. Ce que je sais, c'est qu'il possède une force infernale et qu'il constitue un danger pour quiconque a le malheur de le rencontrer. » Si la formule « *un regard hanté* » avait jamais eu un sens, l'inspecteur Shaw l'illustrait parfaitement à ce moment-là.

L'archevêque le dévisageait avec compassion : « Une expérience terrifiante, j'imagine, inspecteur.

— Que je n'ai pas envie de répéter, je vous assure, Monseigneur ! En fait, c'est pour cela que nous avons demandé à vous rencontrer. » Shaw se tourna vers Jake. « Mr Conley, pourquoi n'expliquez-vous pas votre théorie ? »

Jake déglutit difficilement, se sentant bien petit devant un personnage aussi éminent, et il se demanda pour la première fois s'il n'était pas insensé, mais il commença : « Voilà, ça a commencé avec une bataille en 705 après Jésus-Christ... »

Lorsqu'il eut terminé, sa gorge était sèche et il se sentit diminué par l'extravagance de sa propre théorie, dont il voyait maintenant qu'elle n'était fondée que sur l'intuition.

Il fut soulagé d'entendre le prélat dire : « Je pense que c'est une possibilité. La Bible nous enseigne que les âmes troublées peuvent fréquenter le lieu de leur tourment après la mort, prenant la forme d'une présence fantomatique. Tout l'intérêt de l'exorcisme, dit-il en posant son regard intense sur le jésuite, c'est de mettre un terme à leur calvaire et de leur apporter la paix.

— En effet, approuva le jésuite. Mais en l'occurrence, il se peut que ce soit plus sérieux qu'un simple fantôme, Votre Grâce. Je crains que nous ayons affaire au diable comme le souligne la triste disparition de Miss Greenwood.

— Tout à fait. Et il est donc probable, Mr Conley, qu'enterrer le roi Aldfrith dans l'église Sainte-Marie ne mettra pas fin aux activités malfaisantes de cette entité.

— Que ce soit le cas ou non, Monseigneur, il y a quelque chose d'essentiellement juste dans le fait de l'inhumer selon ses volontés, plutôt que de le laisser dans un musée ou de le replacer dans un temple païen. » Jake jouait tous ses atouts. « En outre, l'afflux de visiteurs à Little Driffield, après la publicité autour des nouvelles funérailles d'un grand roi anglo-saxon, ne fera qu'aider l'église. Quoi qu'il en soit, il faut savoir qu'après mon accident de la route, je suis devenu synesthète, et mon cerveau interconnecté, expliqua-t-il avec un rire embarrassé, me dit que cette *entité* disparaîtra quand Aldfrith reposera dans le chœur. »

L'archevêque examina attentivement cette question et consulta le professeur Whitehead sur les délais les plus brefs nécessaires aux travaux d'investigation. Il se renseigna également sur l'état et l'esthétique du cercueil de pierre. Pour la première fois, l'espoir grandit dans le cœur de Jake.

« Je suis enclin, déclara enfin le prélat après avoir entendu l'archéologue, à accorder la permission de placer le sarcophage dans le chœur comme sépulture isolé à la mémoire du roi Aldfrith. Cette opération doit cependant être conclue avant que ne commence l'avent. Cela devrait donner à vos équipes suffisamment de temps pour terminer leurs recherches, n'est-ce pas ? Cela signifie également que je pourrai me libérer pour la cérémonie de relocalisation du tombeau si cela vous convient, monsieur le vicaire.

— Nous serions honorés de vous avoir dans notre église et notre paroisse, Votre Grâce.

— Juste ciel, oui, dit le professeur, qui attendait patiemment de pouvoir répondre. Permettez-moi de dire, Monseigneur, que c'est un résultat splendide et réjouissant pour cette rencontre. Je vous remercie de tout cœur.

— Une autre fois, je serais ravi d'approfondir cette conversation sur votre travail, professeur, mais vous voudrez bien m'excuser, j'ai un emploi du temps incroyablement chargé aujourd'hui. »

————

À LA FIN DE NOVEMBRE, JAKE MIT ENTRE LES MAINS DE SA fiancée un exemplaire du *Daily Press*. « C'est ici, Heather, le fruit des deux derniers mois de négociations et d'appels téléphoniques incessants. » Elle lut :

EN EXCLUSIVITÉ MONDIALE :
DE SUSPECT DANS LE MEURTRE DU YORKSHIRE À HÉROS DE DRIFFIELD
L'HISTOIRE COMPLÈTE ET EXCLUSIVE DE JAKE CONLEY DANS L'ÉDITION DU DAILY PRESS DE DEMAIN.

« J'espère juste qu'ils te paient bien pour toutes ces heures d'interviews, Jake Conley.

— Ne t'en fais pas, disons que c'est une somme à six chiffres.

— Quoi ? Plus de 100 000 livres ?

— Oui, nous pouvons donc commencer à chercher une maison et laisser derrière nous cet appartement minable avec ses mauvais souvenirs. On peut facilement se permettre de verser un acompte maintenant. De plus, je vais écrire un roman sur le roi Aldfrith, et le *Daily Press* a accepté de lui accorder une large couverture lorsqu'il sera publié. Il est même question de l'imprimer en une série en dix parties. Dire que je m'inquiétais au sujet de mon mariage et de ma capacité à pourvoir aux besoins de ma femme.

— C'est des foutaises absurdes et rétrogrades, Jake Conley. Je peux subvenir à mes besoins, merci beaucoup ! Cela dit, si tu écris un best-seller, ça pourrait devenir un film et nous roulerions sur l'or. Je ne cracherais pas là-dessus non plus. »

Ils assistèrent aux nouvelles funérailles du roi Aldfrith et à la bénédiction appropriée de son tombeau, présidées par l'archevêque d'York. Le lendemain, le Père Sante inspecta l'Antre d'Elfrid et déclara que la caverne était exempte d'activité paranormale. La cérémonie fut un événement qui dépassa les frontières locales, elle fut traitée comme une chose d'importance nationale, la télévision et la grande presse ayant envoyé des journalistes. Jake dut se montrer particulièrement astucieux, car il était tenu par contrat avec le *Daily Press* de ne pas donner d'interviews à leurs concurrents. Cependant, il fit en sorte que Heather laisse entendre que, par permission spéciale, ils se marieraient à l'église Sainte-Marie de Little Driffield, le jour de Noël. Il était autrefois tout à fait habituel en Angleterre de convoler ce jour-là, déclara-t-elle aux journalistes enthousiastes. Son fiancé jeta un regard sur le sarcophage et bénit en silence le roi Aldfrith qui venait de faire sa fortune — celle de Jake — treize siècles après sa mort.

Une seule chose le préoccupait. Il espérait qu'aucun invité indésirable ne se présenterait à ses noces avec une hache de guerre.

FIN

Cher lecteur,

Nous espérons que vous avez passé un agréable moment avec *L'Antre d'Elfrid*. N'hésitez pas à prendre quelques instants pour laisser un commentaire, même s'il est court. Votre avis est important pour nous.

Découvrez d'autres livres écrits par John Broughton sur https://www.nextchapter.pub/authors/john-broughton

Vous souhaitez être informé quand l'un de nos livres est gratuit ou à prix réduit? Abonnez-vous à notre infolettre à l'adresse suivante http://eepurl.com/bqqB3H

Bien à vous,
John Broughton et l'équipe de Next Chapter

À PROPOS DE L'AUTEUR

Né à Cleethorpes, dans le Lincolnshire (Royaume-Uni), en 1948, je suis l'un de ces baby-boomers de l'après-guerre. Après le lycée, où je révisais sur les chansons de Bob Dylan, je suis allé à l'université de Nottingham pour y étudier l'histoire médiévale et moderne, ainsi que l'archéologie en matière complémentaire. Ce dernier cours m'a conduit à l'un de mes plus grands succès académiques : renverser la terre d'une brouette du sommet d'un tas de déblais sur une vieille dame qui passait en boitillant devant notre site de fouilles.

Après cela, j'ai exercé de nombreux métiers tout en vivant à Radcliffe-on-Trent, à Leamington, à Glossop, dans les îles Scilly, dans les Pouilles et en Calabre. J'ai notamment donné des cours d'anglais et d'histoire, géré une garderie, dirigé un centre de formation et enseigné l'anglais à des étudiants d'université. Je me suis même essayé à la pêche et à la cueillette de fleurs quand j'étais sur St Agnes, dans les îles Scilly.

Je vis en Calabre depuis 1992 où j'ai pris un emploi à durée indéterminée, pour une fois, à l'université de Calabre où j'enseigne l'anglais. Nul doute que mon adorable épouse calabraise, Maria, y est pour quelque chose. Mes deux enfants sont maintenant adultes, mais je leur ai écrit quelques livres lorsqu'ils étaient plus jeunes. Hamish Hamilton, puis Thomas Nelson, en ont publié six en Angleterre dans les années 1980, qui sont désormais épuisés. Et je suis grand-père d'un petit garçon que ses parents, par bonheur, ont eu la grande sagesse d'appeler Dylan.

Lorsque vous enseignez et que vous travaillez comme traducteur, vous n'avez pas vraiment le temps d'écrire. Mais dès que j'ai arrêté mon activité de traduction, en 2014, j'ai repris l'écriture. Et c'est ainsi qu'est paru mon premier roman historique, *Die for a Dove*, un thriller archéologique, qui a été suivi de *The Purple Thread* et *Wyrd of the Wolf*, tous deux publiés par Endeavour Press, à Londres. Les deux se passent pendant la période anglo-saxonne, ma préférée. Mes troisième et quatrième romans sont également disponibles, *Saints and Sinners* et sa suite, *Mixed Blessings*, qui se déroulent au début du VIIIe siècle en Mercie et dans le Lindsey. Le cinquième, *Sward and Sword*, sortira en novembre 2019 et portera sur le grand comte Godwin.

Creativia Publishing a publié *Perfecta Saxonia* et *Ulf's Tale*, respectivement sur les empires des rois Aethelstan et Knut. En mai 2019, deux autres sont sortis : un voyage dans le temps, *Angenga*, et *In the Name of the Mother*, la suite de *Wyrd of the Wolf*. *L'Antre d'Elfrid* est le premier roman de la série Jake Conley, attendez-vous à la future publication des livres 2 et 3 : *Red Horse Vale* et *Memory of a Falcon*. Je travaille actuellement sur le livre 4, qui n'a pas encore de titre.

Lightning Source UK Ltd.
Milton Keynes UK
UKHW041836180221
379033UK00008B/514/J